JN057519

悪役令嬢の兄に転生しました

Reincarnated as a Villainess's Brother

7

著
内河弘児
Hiroko Uchikawa

イラスト
キャナリーヌ
Canarinu

TOブックス

CONTENTS

目次

第三部 学園編

イラスト　キャナリーヌ
デザイン　諸橋藍

CHARACTERS

登場人物紹介

ディアーナ

エルグランダーク公爵家令嬢。カインの妹。
乙女ゲームでは、悪役令嬢として
数多の悲惨な破滅を迎える運命。
カインが大好き。

カイン

エルグランダーク公爵家長男。
本作の主人公。前世でプレイした
乙女ゲームの悪役令嬢の兄に転生した。
愛する妹のため破滅回避に激闘中。

イルヴァレーノ

カインの侍従。
『暗殺者ルート』の攻略対象。

アルンディラーノ

リムートブレイク国の第一王子。
『王太子ルート』の攻略対象。

アウロラ

平民の少女。
乙女ゲームのヒロイン。

サッシャ

子爵家令嬢。
ディアーナの専属侍女。

ケイティアーノ

サラティ侯爵家令嬢。
ディアーナの友人。

ジャンルーカ

サイリユウム王国の第二王子。
『隣国の第二王子ルート』の攻略対象。

第三部　学園編

Reincarnated as
a Villainess's
Brother

大人の都合

リムートブレイク王国の王都にあるお城には、役職を持つ貴族達が集まり執政・執務を行っている執務区画と、王族達が暮らす生活区画がある。

それぞれ、貴族達が執務を行う区画を『王城』、王族達が暮らす生活区画を『王宮』と呼んで区別されている。

王宮には王族と王族に仕える使用人達のみが出入り可能となっており、それ以外では王族が招待した者しか立ち入ることは出来ない。

王宮の一階はそういった客人のために開かれており、来客用のサロンや応接室、小さなホールや食堂などの部屋がある。

王妃様主催の刺繍の会や詩集の会、情報収集や派閥調整の為の小規模なお茶会などは『王妃様のご友人の集まり』という扱いで、王宮の一階にある来客用サロンで開催されている。

その他、買い物をするため商会の人間を呼ぶ時や、衣装を仕立てるための服飾職人を呼ぶときなども一階の部屋を利用する。

王宮の二階以上は王族の完全なプライベート空間となり、王宮所属の使用人ですら選ばれた者しか出入りすることは出来ない。

しかし、極親しい間柄であればプライベートな空間まで招待されることもある。

例えばカインの母であるエリゼは王妃の学生時代からの親友ということで、王宮の奥にある王妃の私室へ個人的なお茶会に招待されることもある。貴族家へと婿入りし、臣籍降下した王弟などもこっそり国王陛下の私室へ酒を飲みに来ていることもあるという。

そういった王族の個人的な用事ではない、国や王家が主催する大規模な舞踏会や、行事としての晩餐会については執務に当たるため、王城にある大広間や大食堂などが使用される。

王城の一角には宿泊が可能な客室なども備え付けられており、遠方からの来客が宿泊することも可能になっている。そのため、何か不手際があろうが国外からの招待客であろうが王宮に立ち入ることはない。

王城ではなく王宮で開催される茶会や晩餐会などに招待される事は大変な名誉であるとされ、貴族の憧れとなっている。

そんな王宮と王城の間には美しく広い庭が広がっており、王族と王城で働く貴族の緩衝地帯となっている。

王妃が主催する中規模のガーデンパーティーではこの庭が使われることもあり、そこかしこに休憩のための東屋《あずまや》やベンチなどが配置されていた。

緩衝地帯でもあるこの庭は王族が散策することもある為、動物を模して刈られた植木や、蔓科の植物で作られたアーチなどに巧妙に隠された騎士の待機場所がある。

王や王妃の散策時に偶然を装っての謁見、陳情を目論んだとしても、そういった場所に潜んで警護している近衛騎士団にすぐに取り押さえられる事になる。

王族から呼ばれなければ王宮に入れない貴族たちの為に、王城には王や王妃の執務室や謁見室などが用意されている。視察等の外出予定がなければそこで仕事を行っているので、王族に用がある場合にはそちらに赴くのが正規の手順である。

もちろん、王城にある執務室とはいえ王の予定は過密であるため、謁見するための約束を取り付けるのは容易ではない。


執政区域である王城の最上階。

緩衝地帯である美しい庭を一望できる小部屋の窓から、ディスマイヤ・エルグランダークは花が咲き乱れている庭を眺めていた。

ちょうど昼食の時間でもあるので、王城に近い場所にあるベンチではお弁当を広げている職員の姿がちらほら見えている。昼食時は散策する一般職員なども多いため、王族は遠慮して庭には姿をあらわさない。

数年ほど前までは、カインやクリスと遊ぶ王太子の姿を見かけることがあったが、今となっては懐かしい思い出になっている。

「旦那様。皆様おそろいになりました」

窓の外を眺めていたディスマイヤの背中に、パレパントルが声をかける。中庭から室内へと視線を戻したディスマイヤは、静かにため息をつくと小さな扉へと足を向けた。

「年寄りどもは時間にルーズでいけないな」

エルグランダーク家の紋章入りの肩掛けマントをバサリとはね上げて、眉間にしわを寄せた。

「先に入場されて、遅いだの礼儀を知らぬだのと文句をいわれるよりはよろしいでしょう」

ディスマイヤがはね上げたマントの裾を整え、紋章が綺麗に見えるように折り目を調整しつつパレパントルが苦笑まじりに慰めた。

「棺桶に片足を突っ込んでるくせにしぶといジジイどもだ。さっさと棺桶の中に引っ越しゃいいのにな」

「そのご意見には同意いたしますが、胸にお仕舞いになってからお部屋にお入りくださいませ」

パレパントルは早足でディスマイヤの前に回ると、ドアノブを握って扉を開いた。

「いってらっしゃいませ、旦那様」

「ああ」

視線は扉の向こうへ向けたまま、パレパントルを振り返ることなくディスマイヤは部屋を出て行った。

扉の先は、十人程度がゆったりと座れる大きさの円卓がどーんと部屋の真ん中に置かれており、クッションの効いた豪華な椅子が等間隔に七脚並べられている。椅子の前には綺麗な刺繍の施されたプレースマットが敷かれており、アンダープレートとカトラリーがセッティング済みとなっていた。ディスマイヤが出てきた扉の他に、七つの扉が三方の壁に並んでおり、それぞれ貴人の控え室と使用人の準備室へと続いている。

この部屋は、控え室を通らずには入ってこられない構造になっているのだ。

「エルグランダーク家ご当主様。お待ちしておりました」

王城の小間使いの制服を着た青年が、ディスマイヤが出てきた扉の目の前の椅子を引いて案内をする。言われるままに座ったディスマイヤは、ぐるりと部屋の壁に並んでいる扉を見回した。

円卓には、すでに四人の侯爵達が座っていたが、公爵家の席が全て空いていた。

「全員そろったと聞いたから出てきたというのに。御大たちはまだ準備中かね」

「皆様、控え室にはご到着されております。準備ができ次第おいでになるでしょう」

ディスマイヤの言葉に、小間使いは深々と腰を折った。つまり、遅れてきたくせに控え室で一休みしてるという事だ。

ディスマイヤはわざとらしく大きなため息をついた。びくりと肩を揺らす小間使いだが、そのまま無言で壁際へと下がっていった。

本日は、月に一度の元老院の会合である。

リムートブレイク王国に存在する三つの公爵家と古くから続く四つの侯爵家の当主が集まり、国内各地の情勢について情報交換を行ったり、王族が参加する行事について確認をしたり、過去ひと月の王族の行動の是非を論じたり、各行政部門の仕事ぶりを評価し、王へと助言や提案をする内容を選定したりする会である。

王へと届けられた陳情書類のうち、宰相室にて仕分けられた『要審議』の案件についても、元老院にて取り扱うこととなっている。

以前は夕方から晩餐をかねて開催されていたのだが、議題が多岐にわたり終了時間が深夜になってしまうことが度々あったことから、昼食を兼ねて開催されるようにと変更されたのだった。

「おう。エルグランダークの若造が一番か。感心だな」

そう言って左手側の壁に設置された扉から出てきたのは、真っ白い髪をゆるゆると二つに分けて肩口で結び、豊かなあごひげを三つ編みにしてリボンを着けている老人だった。

「老い先短い方々のお時間を奪うわけにはまいりませんからね」

「はっはっはっはっは。相変わらず年寄りを敬う気がみじんも感じられん若造だ」

老人は快活に笑うとカツカツと靴を鳴らして椅子へと進んでいく。

「アルファディング家当主様。お待ちしておりました」

アルファディングと呼ばれた老人は、小間使いの引いた椅子にどかりと座ると笑い声を引っ込めて、先ほどのディスマイヤのようにぐるりと部屋の扉達をみまわした。アルファディング公の対面のかべに設置された扉が、ちょうど開くところだった。

「ヴォクシュア家当主様。おまちしておりました」

「うむ」

ヴォクシュア家当主と呼ばれた老人は、真っ白い眉毛がのれんのように長く垂れ下がり、糸のように細い目が隠れてしまっている。きちんと整えられている鼻ひげもすっかり白くなっている。

眉毛とひげはふさふさなのだが、頭には一本の毛もはえておらずつるつるとまぶしく光っていた。

「まだ生きておったか、ヴォクシュア」

「お互い様じゃな」

大きな円卓の対角線上に座っているというのに、しっかりと室内に通る声でしゃべる老人二人。その二人の顔色をうかがうように黙っている侯爵家当主の老人四人。ディスマイヤは嫌そうな顔でそれを眺めていた。

全員そろったことで、部屋の一角にしつらえている簡易的な調理台から一品ずつ料理が提供されていく。スープやサラダが全員の席へと行き渡った頃、国内各地の情勢や近隣諸国の動向などについて、それぞれから報告されていった。

まずは、リムートブレイク王国の西端の領地を有するアルファディング公爵から、領地を接している隣国で内乱があり、今後難民の流入があるかもしれないと報告がなされた。

アルファディングの領地に隣接する領地を治めている侯爵家二家が追従するように、

「西国の内乱は、女を取り合っての領地間戦争が切っ掛けだそうですな」

「色にぼけた貴族が領地を治めているなど、下らん国ですな」

「戦争を起こすほどのいい女ってことですかな。どんな女か見てみたいもんですな」

「傾国の美女って事ですなぁ。よっぽど具合がいいんでしょうな」

そう言い、下卑《げび》た笑いを顔に浮かべていた。

すでにひ孫もいるような年齢の侯爵家当主達が下品な話題を楽しそうに話しているのを、ディスマイヤは吐き気をもよおすような気持ちで聞いていた。

（家が古いだけの年寄りどもが）

心の中で吐き捨てて、ディスマイヤはワインをあおるように飲んだ。

「黒いドレスの似合う黒髪黒目の女という噂らしいがな。いざ領地間戦争が始まってみればその女自身はどこにもみつからんという話だ。女の取り合いというのは別の理由を隠すためのでっち上げで、そもそもそんな女は居らんかったか、内乱を起こす為に入り込んでいた他領の工作員だったんじゃないかと目されておる」

アルファディングが語気を強めに、両隣に座る侯爵家当主達をチラリとにらんだ。アルファディング領と並んで西側の隣国に近い土地を治めている割に、情報が足りていない。そのことを注意されているのだ。

にらまれた二名は気まずそうな顔をして皿に残っていた野菜を口に放り込んだ。

「国の騎士団を派遣する必要はありそうかの？」

空いたワイングラスを持ち上げ、小間使いにおかわりを要求しつつヴォクシュア公が場の空気を変えるように発言した。

「難民といっても民間人がぼちぼちというところだ。まだ我が領の騎士団で対応可能な範疇《はんちゅう》だから不要だ。それよりは食料の融通を付けてもらいたい」

「いずれ、内乱も泥沼化すれば逃げ出した兵や騎士が流れて来ることもあろうよ。国の騎士団にも準備だけはさせておくがよかろう」

「領民として引き受けるか、いずれ隣国に返すのかで手続きも変わるでしょう。法務省からの職員の派遣が必要であれば調整するが？」

「内乱が終われば、疲弊したところへ支援物資を持たせて難民は送り返す。復興に人手が必要だろうから恩も売れて良かろう。これについては、我が領として交渉するより国として交渉すべきだろう」

「では、そのように」

「支援物資分の免税などについては、次回の昼食会でいいじゃろう。内乱の終わりが見えねば判断できんじゃろうしな。王は多忙である故早めに提案書をだすんじゃな」

結局、侯爵家四家は置いてけぼりのまま、公爵家三家で話を済ませてしまった。


続いて、南端の領地を有しているヴォクシュア公爵が、隣接している国で王の暗殺未遂事件があり、隣国から逃亡犯の調査の為に捜査員を入国させろとせっつかれていると報告をした。

「暗殺犯は黒い服の女だという話だ。愛人として寝所にもぐりこみ、寝酒に毒を盛ったそうじゃ」

「我が陛下の寝所の警備を厳しくする必要がありますかな？」

「陛下と王妃殿下は仲がよろしいですから、我が国で愛人として潜り込むのは難しいのでは？」

ヴォクシュア公爵の報告に、侯爵達が言葉を重ねていく。

そのうちの一人が、ニヤニヤとした顔でディスマイヤの顔をのぞき込んだ。

「エルグランダーク夫人なら、陛下も気を許すやもしれませんな。陛下は王妃殿下をお選びになる前は、夫人を気にかけておいででしたからな」

侯爵の言葉が終わった瞬間に、ディスマイヤの目の前にフォークが刺さる。怒りに任せて、「ディスマイヤ本人がテーブルに突き立てたのだ。

「我が国でも、領地戦をお望みか？」

こめかみに青筋を立て、地を這うような声でディスマイヤが問いかける。

今でこそ、国王陛下と王妃殿下はおしどり夫婦、比類無き仲良し夫妻であると言われているが、ディスマイヤより上の世代ではエリゼとサンディアナとハインツ、そしてディスマイヤが四角関係だったことは有名な話だ。

話を振った侯爵は、エリゼなら国王陛下の寝所に忍び込み毒を盛れるのではないかとディスマイヤをからかったのだ。

「いちいち軽口に本気になるな、ディ坊や」

諫《いさ》めるように口を挟むアルファディング公爵に、ディスマイヤが視線を移す。

「私をディと呼ぶのは止めていただきたい。そう呼んで良いのは妻だけだ」

「先代もそう呼んでおったではないか。わしらにとってもおまえは孫みたいなものだろ」

三つ編みに編まれたあごひげをしごきつつ、アルファディングがディスマイヤの低い声をにこやかに受け流す。

「ジジイの事を言っているのなら先々代とおっしゃってください。先代は私のことをそうは呼びませんでした」

それに対する、ディスマイヤの冷ややかな声。

エルグランダーク家の先代当主であるディスマイヤの両親は、馬車の事故ですでに鬼籍の人となっている。先々代である祖父母は健在だが、息子に家督を譲ってからは国中を放浪していてめったに屋敷に帰ってこない。

おそらく、カインとディアーナは祖父母の顔を肖像画でしか知らず、曾祖父母については会った事はあるがぼんやりとしか覚えていないに違いない。

ディスマイヤの両親の死後、祖父は隠居を撤回せずにまだ若いディスマイヤに家督を継がせたのだ。

「そうであったな。アイツは今頃どこに居るのやら」

「隠居を撤回して、あのお方がまたご当主となられれば良かったのに」

先々代が戻って当主をすれば良いのに。

それは、ディスマイヤは当主として未熟であると言ってバカにする台詞なのだが、平均年齢がこの国の平均寿命と等しくなっている元老会の会食の場ではいつものことであった。

ディスマイヤがテーブルに突き立てたフォークを小間使いが頑張って抜き取り、新しいフォークがディスマイヤの前に提供された。

怒りが頂点を超えて却って無口になったディスマイヤは、運ばれてきたメインの肉を細かく切り分けて自分の怒りを鎮めようとした。


話題は変わり、王太子であるアルンディラーノの魔法学園入学が議題に上った。

「そういえば、ウチの王太子殿下も今年入学でしたな」

「ということは、エルグランダークの末っ子とサラティの孫娘も入学か」

サラティ侯爵家の孫娘というのは、ディアーナの親友のケイティアーノである。サラティ侯爵家も元老院メンバーとしてこの場に着席している。

「そういえば王太子の婚約者決めはどうするんじゃ。学園入学ならそろそろ頃合いじゃろ」

「今年入学といえば、東の隣国サイリユウムからも王子が一人入学いたしますね」

サラティ侯爵が婚約話を流すように、話題をズラした。

「隣接各国がきな臭いっていうのに、サイリユウムの王子を受け入れるのはいかがなものか」

西隣の内乱、南隣の国王暗殺という話に戻し、別の侯爵がディスマイヤをにらみながらそう発言した。

「ゴタゴタしている南と西の国を刺激しないといいがのぅ？」

ヴォクシュア公爵もディスマイヤの方を見ながら牽制《けんせい》してくる。

「それは一年も前に議論して受け入れると決まった事だ。西と南がきな臭い今、留学を突っぱねて東とも緊張状態になることをお望みか？」

自分よりも四十は年上の元老院メンバーに対して、ディスマイヤも引かない。

エルグランダーク家嫡男であるカインのサイリユウム留学、夫人であるエリゼのサイリユウム外遊など、国としてではなく家として他国と交流があることを遠回しに批難されているのだ。

「サイリユウムと我が国は現在仲が悪くも良くも無い。こんな時だからこそ、南と東、西と東で挟み撃ちにならない為に友好を深めておくべきでしょう」

ディスマイヤは表情を変えずにそう返す。

実際に国境に接しているのはエルグランダーク家が治めているネルグランディ領なのだ。戦争とならないよう国交を調整するのに後ろめたいことなど何もない。

そもそも、リムートブレイク王国と隣接する各国とは短期間の交換留学制度があるので学生が行き来するのにはなんの問題も無い。

ここ数年は活発には行われていないが全く無いわけではない。ただの難癖である。

「西か南の国からアルンディラーノ殿下へ嫁を取ればどうです？」

サラティ侯爵が他国からの嫁取りを提案した。中立派として王家とも公爵家三家とも適度に距離を取っているサラティ侯爵家としては、同じ歳の孫であるケイティアーノを婚約者候補にしたくないという思惑があるのだろう。

「各国との国交のバランスを考えれば、よろしい考えではないでしょうか？」

サラティ侯爵の意見に、ディスマイヤも乗っかった。

何故か王太子殿下と妹の婚約を頑なに拒絶する長男の顔が頭をよぎる。ディアーナが王太子殿下の婚約者に、などということになれば長男の大暴れによる家庭崩壊の危険が訪れかねない。

ふむ、とアルファディング公爵があごひげの三つ編みを撫でる。

これ以上、エルグランダーク公爵家やサラティ侯爵家に権力を持たせたくないという下心は他の元老院メンバーにもある。

ノアリアやアニアラの家も侯爵家ではあるが、歴史はそこまで古く無いので元老院に所属していない。その為、この場にいる者達の意識の外なのだ。しっかりとリストを作って婚約者候補を挙げていこうとなれば、自ずと名前は挙がってくるはずである。

「他国と違って我が国は一夫一婦の決まりだ。アルンディラーノ殿下しか王子が居ないのだから、どちらか片方からしか嫁をとれんな」

「それでは、片方としか縁を深めることができんのぅ」

アルファディング公爵とヴォクシュア公爵でそんな会話をすれば、

「ではこちらから高位貴族の娘を嫁にだせばよろしいのでは？　ちょうど年頃の娘がおるでしょう」

そう言って、西側の侯爵がチラリとディスマイヤとサラティ侯爵のほうへと視線を投げた。

「きな臭い国へ可愛い娘を出せるわけがない。そもそもあちらの西の王子はすでに三十路、南の王子は既婚者で、王孫はやっと立ったぐらいの幼子です。年齢が合いません」

サラティ侯爵が拒否する。ディスマイヤも、今のところはディアーナを国外に嫁がせる気は無いので嫌味の一つでも返してやろうとフォークを置く。

「そういえば、南の国は姫が居りましたな。エルグランダーク公のご長男が年頃も良いのではないですかな？」

その瞬間にガシャンと大きな音が鳴り、今度はディスマイヤの目の前に皿を貫通してテーブルに突き刺さるフォークが出現していた。

国王暗殺で揺れる国へ我が子を送り出そうとする老人達に、魔法をぶち込むのを我慢した結果、皿とテーブルが犠牲になったのだ。

その後も殺伐とした空気の中、ありとあらゆる議題を片付けていき、夕方頃になってようやく月に一度の元老院の定期昼食会はお開きとなった。

参加していた当主達は、それぞれ邸へ戻ったり王城内の自分の執務室へと戻っていく。

「クソジジイどもめ！　さっさと家督を譲ってとっとと棺桶に居を移せば良いものを！」

ディスマイヤは、法務省の自分専用の執務室へと入るなりソファーへとたたきつけるようにマントを脱ぎ捨てた。

元老院帰りのディスマイヤはいつでも機嫌が悪い。なので部下達や上司である法務大臣ですらディスマイヤの執務室へは近寄らない。とばっちりを貫いたくないのだ。

「王太子殿下がカインを慕っているのが気に食わんのだ、あのジジイどもは！」

議題が変わっても、ことある毎にディアーナやカイン、ケイティアーノを無難な誰かとくっつけようと話を振ってくる元老院のメンバー。そのにやけ顔にディスマイヤは嫌味を返しつつ話題を流し、抑えきれなかった怒りが椅子の脚を焦がしていた。

「銀ブチ食器セット一揃え分と円卓の天板取り替え費用、椅子一脚交換費用の請求書を元老院付き事務官から手渡されました」

ディスマイヤの投げ捨てたマントを拾い、丁寧に畳みながらパレパントルが静かに告げる。

「ジジイ共が、エリーを陛下の愛人呼ばわりしたり、うちの子をよその国に嫁に出せと言ったりしたせいだ。あっちに回しておけ」

シッシと何かを払いのけるように手を振りながらディスマイヤが言い捨てるが、パレパントルは大げさにため息をついて首を横に振った。

「それでは、ディアーナお嬢様が不利益を被った時のカイン坊ちゃまと変わりませんよ」

ディアーナを突き飛ばして怪我をさせたアルンディラーノに、魔法をぶっ放して怪我をさせそうになったカイン。ディアーナをないがしろにしようとした見合い相手の令嬢に対して、無視したり冷たくあしらったりしたカイン。

元老会で家族をバカにされて、モノにあたるディスマイヤもそれと同じだというパレパントルの指摘に、ディスマイヤはばつが悪そうな顔をして頭をかいた。

「エリーや子ども達には黙っておいてくれ」

ディスマイヤの言葉に、パレパントルは静かに頭を下げた。

「人は、歳を取れば取るほど利己的になりやすい。自分の地位や権力、財力を失うのを怖がるようになり、だし惜しみをするようになり、今持っている分では心許なく感じてもっともっとと欲張りになります」

「歳はとりたく無いもんだな」

「全くです。財をため込もうと悪知恵ばかり働くようになりますからね」

パレパントルの言葉に、執務机に積まれた書類の山に伸ばしかけていた手を引っ込めた。

「何か掴んだか？」

「二公が別荘に隠し金庫を持ち、別名義の手形を作っておりました。とある侯爵はアイスティア領の淡水真珠を密漁している事がわかりました。その他、細々とした不正は見つかるのですが、当主本人の過失として突きつけられるまでには至っておりません」

「タヌキジジイどもめ」

ディスマイヤとパレパントルは、元老院の若返りを図るために現元老院メンバー達の不正材料がないかを探っていた。


数年前の夏に、マクシミリアン・サージェスタがネルグランディ城へと不法侵入した事件があった。当時、ネルグランディ城へは王妃殿下と王太子殿下が滞在していたこともあり、本来ならば不敬罪や国家反逆罪に問われる所ではあったが、王妃殿下の滞在理由が表沙汰に出来ないものだった関係で、事件は世間には伏せられた。

正式な罪には問われなかったサージェスタ侯爵家ではあったが、マクシミリアン本人は監視をかねて魔導士団で下っ端としてこき使われることになり、共犯者達はネルグランディ領騎士団の一番過酷な部隊へと組み込まれて過酷な訓練と魔獣討伐の最前線へと送り込まれている。

そして、マクシミリアンの実家であるサージェスタ侯爵家は世代交代を余儀なくされた。現在のサージェスタ侯爵はマクシミリアンの父であり、ディスマイヤより少しだけ年上の男となったのである。

この一件をうけて、ディスマイヤは『ジジイどもの不正行為を暴いてむりやり世代交代させてやる』事を思いつき、パレパントルを巻き込んで情報収集を行っている最中なのだ。

「随時探っておりますし、進展があればご報告いたします」

そういうと、パレパントルはディスマイヤの前にドサリと書類の束を置いた。

「それよりも、明日はディアーナお嬢様の入学式でございます。仕事が終わらなければ出席できませんからね」

にこやかに、しかし目の笑っていない笑顔で告げるパレパントルに、ディスマイヤは余裕の笑みを浮かべた。

「これぐらいの量であれば、余裕で終わるさ」

ポンポンと、書類の山の頂上を叩く。

「お忘れですか？　元老院の昼食会後は旦那様が不機嫌なせいで、仕事を持って入室してこられない職員がいる事を」

「そうだったか？」

「それでいつも、私が法務省の各部署を回って決裁書や陳情書を回収してまわるハメになっていることは、ご存じでしたか？」

つまり、ここからまだ仕事は増えるということである。

「えっと……？」

ディスマイヤのこめかみに、たらりと冷や汗が一筋たれる。

「お嬢様の入学式、出席できるとよろしいですね？」

「ウェインズ？」

「高級食器一揃え分と円卓の天板取り替え、椅子一脚交換分、余分に働いていただきますからね」

「ウェインズ！」

ディスマイヤの呼びかけを無視し、パレパントルは書類を回収するために執務室を出て行った。静かになった執務室に残されたディスマイヤは、手元の書類と閉められたドアを交互に見た後、そっと書類を山に戻した。

元老院の年寄り達に対して怒っていたはずなのに、いつの間にか感情を抑えられないディスマイヤに対してパレパントルが静かに怒っていた。

にこやかに怒るパレパントルを見て、心が落ち着いてしまったディスマイヤ。人は自分以上に怒っている人物を見ると冷静になってしまう、という新たな知見を得たのであった。

入学前夜

いよいよ明日はアンリミテッド魔法学園の入学式。

カインの私室、魔法学園の制服を着て鏡の前でポーズを取っているカインに対して、イルヴァレーノが静かに声をかけた。

「改めて言う必要も無いと思っていましたが、もしかしたら勘違いしているかもしれないのでお伝えしておきますが」

「なんだい、イルヴァレーノ。やっぱり一緒に学校に通いたくなった？」

「いいえ、それは結構です」

きっぱりと手のひらを突き出してカインの誘いを断るイルヴァレーノ。カインのウキウキの顔を鏡越しに見ながら、言葉を続けた。

「カイン様は四年生への転入ですから、入学式には参加できませんよ」

入学式というのは、文字通り新しく入学してくる新入生を迎え入れるための式である。当然新入生ではない生徒が参加する必要は無いし、出来ない。

つまり、新入生であるディアーナは入学式に参加するが、四年生への転入となるカインは入学式に参加する事は出来ないのだ。

「い、いやだぁー！」

一瞬呆けたあと、イルヴァレーノの言葉が脳に浸透したカインは叫んだ。

「いやだい！　いやだい！　ディアーナと並んで入学式に出るんだい！」

中身がアラサーサラリーマンであり、分別ある大人であるはずのカインだが、新しい人生を赤ん坊から十五年も歩み、そのほとんどをシスコンとして生きてしまったがために、こういうときのタガはとても外れやすくなってしまっていた。

「入学式の席順は爵位順だろ？　つまり、最前列センタード真ん中はアル殿下に決まってるんだよ！　それで、筆頭公爵家長女であるディアーナは絶対にその隣に座ることになっちゃうだろ⁉　でも、僕も入学式に参加すれば長女より長男の方が上だから二人の間に僕が座ることになるんだよ！」

「はぁ」

カインの熱弁に、イルヴァレーノは気のない返事を返す。ディアーナが絡んだときに我が儘《まま》を叫ぶカインの言葉は、八割方が屁理屈である。真剣に聞けばだまされるとイルヴァレーノは知っている。

「僕が入学式に参加すれば！　アル殿下とディアーナを隣同士に座らせるのを阻止しつつ！　隣の席で！　間近で！　ディアーナの晴れ姿を見ることが出来るんだよぉおおお!?」

ついには、床にころがってバタバタと手足を暴れさせ駄々をこね始めた。

「ディアーナの記念すべき日なんだよぉー！　すぐ隣で見守りたいよぉー！」

「兄同伴で入学式に参加なんかしたら、ディアーナ様に恥をかかせることになりますよ」

カインの主張を受け流しつつ、イルヴァレーノは転がるカインに毛布をかぶせてジタバタしていた手足を封じ込め、床を転がる勢いで勝手に簀《す》巻《ま》き状態になってしまったカインをそのままベルトで縛り上げた。

「もごー！　もごー！」

「せっかくの制服がほこりだらけになるじゃないですか」

毛布で簀巻き状態のカインを担ぎ上げると、イルヴァレーノはベッドの上にぽいっと投げ捨てた。

「最近は、王太子殿下とディアーナお嬢様が一緒に居てもそんなに反対してなかったじゃないですか」

ベッドのふちに座り、簀巻きカインの頭の部分だけ毛布をめくってやりながら、イルヴァレーノがそう言葉をかけた。

実際、最近のカインはディアーナがアルンディラーノと仲良くしていても、喧嘩をしていてもあまり大騒ぎをしてはいない。

サイリユウム留学中に受け取った手紙で『刺繍の会で一緒だった』『慰問先の孤児院で一緒になったので遊んだ』といった事が書かれていても、微笑ましく読んでいたカインである。

「ぷはーっ。適度に仲良くして、適度に喧嘩する分には良いんだよ、もう。ギスギスして敵対するよりずっと良いから」

簀巻き毛布から顔だけ出した状態で、側に座って見下ろしてくるイルヴァレーノを見上げる。

「じゃあ、入学式で隣同士になるぐらい良いじゃないですか」

「二人の普段の仲を知らない人達の前なのがまずいんだよ。普段の行動範囲ではケイティアーノやノアリア、アニアラとも同じぐらい仲が良いって皆知ってるだろ。でも、刺繍の会に参加してない家の子とか、保護者が見てる前で『普段通りの仲良し』っぷりを見せたらそこに特別な意味を見いだしかねないだろ」

キリッとした真面目な顔でカインが反論する。その体は、毛布でぐるぐる巻きの上ベルトで締められているので真面目な顔が却って浮いて滑稽《こっけい》である。

「まだ十二歳ですよ」

「貴族の家なら学園入学前に婚約を決めてしまう家も多いよ。ディアーナ達の世代はアル殿下がいるから、牽制し合って婚約者を決めていない家が多いだけだ」

カインは、自分で言った言葉に自分で眉間にしわを寄せた。

今のところ、カインから見てもディアーナとアルンディラーノはただの友だちでしかない。ケイティアーノやノアリアなどの刺繍の会メンバーを含めて皆でわちゃわちゃやっている感じで、誰かと誰かが特に仲が良くて、という感じもない。強いて言えばケイティアーノとディアーナの仲が一番良いぐらいか。

「アル殿下とディアーナが仲が良いのを見て、アル殿下狙いの令嬢達からディアーナがいじめられたらどうしよう……」

そう言ってメソメソし始めたカインをうっとうしいモノを見る目で見下ろしたイルヴァレーノは、簀巻きのカインをそのままに立ち上がってクローゼットの前へと移動した。

クローゼットから着替え用の制服一式を取り出して、出しっぱなしになっていたトルソーへと着せていく。

「イルヴァレーノ?」

「明日の為に、ホコリ取りをしておかないといけませんから。今着てるのは、床を転がってしまいましたから洗濯します」

柔らかい毛のブラシでトルソーが着ている制服を撫でるようにしてほこりを落としていく。

「学園在籍中の生徒が保護者席から弟妹の入学式を観覧する時は制服で参加すること、という通達がきておりましたからね」

「ほごしゃせき」

半べそをかいたまま、オウム返しにつぶやくカイン。振り返ってその顔を見ると、イルヴァレーノは小さく噴き出した。

「ちゃんと保護者の観覧席が用意されているそうです。隣の席とはいきませんが入学式を見ることはできるんですからそれで我慢してください」

トルソーの制服を整え終わったイルヴァレーノは、ベッドへと戻ってきてカインを拘束しているベルトを外していく。

「いや、僕は我慢しない。我慢をしなくてすむ努力を……」

「いいえ。今回は我慢してください」

往生際悪く、なにか考えようとしているカインのおでこをイルヴァレーノがぴしゃりと叩いた。


毛布の簀巻き状態から解放されたカインは、ソファーに腰を下ろしてイルヴァレーノが用意したお茶を飲んで一息ついていた。床を転がった制服はすでに脱がされて、室内着に着替え済みである。香草と一緒に果実を甘く煮込んだジャム状のモノをお湯に溶かした『果実茶』は、カインのお気に入りのお茶の一つである。

保護者席での入学式観覧を含めた明日の予定をイルヴァレーノから聞きつつ、改めてトルソーに着せられているアンリミテッド魔法学園の制服を眺めた。

「うふふふぅ〜」

「気持ち悪いですよ、カイン様」

思わずと言った感じで気持ち悪い笑い声が漏れたカインに、イルヴァレーノはまたかとうんざりした顔を向けた。

「だって！　ド魔学の制服だよ！　今度こそ、本物の！」

「ヨカッタデスネー」

興奮するカインに対して、イルヴァレーノは棒読みで適当に返している。この会話をするのは制服が届いて以降すでに三十回目ぐらいなのだ。さっきまでも、着用して鏡を見ながら三回ぐらい言っていた。

カインは四年前の今頃、届いた制服を見て絶望していたのを思い出す。すっかりド魔学の制服が届くのだとばかり思っていたのに、部屋に用意されていたのは見たことのない制服だったのだ。

今度こそ、ゲーム画面でよく見た攻略対象者達が着ている制服が目の前にある。顔もにやけてしまうというものだ。サイリユウム貴族学校の制服は詰め襟だったが、アンリミテッド魔法学園の制服はブレザーだ。

おそらくだが、サイリユウムは建国の王が騎士だったと言われているので騎士制服に近い詰め襟デザインの制服だったのではないだろうか。リムートブレイク王家の祖は大魔法使いだったと言われている。だからといってローブやケープみたいな「ザ・魔法使い」といった感じの制服では無くブレザーなのは、魔法学校の歴史が建国の歴史よりはずいぶん新しいせいかもしれない。

そんな、正解を確かめる術もない事をツラツラと考えながら明日から着ていく制服を眺めているカイン。

ふと思いついて背を浮かせると、制服の胸元をじっと見る。

「制服のアレンジは自由って聞いてるんだけど、首元をネクタイじゃなくてリボンにするとかどうだろうか？」

トルソーに着せられている制服の首元を指差してカインがそういえば、イルヴァレーノはクローゼットの小物箱から適当にリボンを取ってきて首元に当てて見せた。

「こんな感じですか？　……色味が制服と合いませんね。こっちかな……」

小物箱から出したリボンやスカーフを、色々と当ててみては首をかしげている。段々とリボンあわせに夢中になってきたイルヴァレーノが制服の前を陣取ってしまい、カインから制服が見えなくなってしまった。

「ネクタイをリボン風にする結び方もあるから、ネクタイの結び方を工夫するのもありかもね」

真剣に制服にリボンを合わせるイルヴァレーノの背中に向かって笑いながら、カインがネクタイの結び方で工夫しようと提案してみる。

「それなら、色味や柄は問題ないですね」

両手にリボンをもちながら、イルヴァレーノが振り向いて真面目な顔で頷いた。

「ウェインズさんに、ネクタイの結び方を色々聞いておきます」

「頼むよ」

カインが頷くのを見て、イルヴァレーノは出したリボン類をしまっていった。

カインは、ゲームの『アンリミテッド魔法学園～愛に限界はありません！～』のスチルや立ち絵に描かれていた『カイン』のイメージから、自分の見た目を外したいと考えていた。

ゲームの強制力というものがあるのかどうかは、カインにはわからない。今の時点で大分ゲームから外れている事柄も多いが、まだまだゲーム通りの登場人物や設定も多い。

それでも、小さな事からコツコツと、できる事から少しずつでもゲームシナリオから外れていこうという魂胆だ。

その第一歩としての「制服改造」である。学校のルールとしても「アレンジは自由」となっているので、気兼ねなくいじることが出来る。

とはいえ、前世で平々凡々な普通の人として生きていたカインには、思い切ったアレンジというものが思いつかない。

ほどよくふざけてほどよく真面目な学生生活を送っていたので、制服の改造などせずに過ごしていた。サラリーマン時代もほどよく周りに馴染む普通のスーツを着て営業活動をやっていた。

学生時代に良くつるんでいた友人達も、学ランの下にパーカーを着てフードを外に出していたり、学校指定のベストをちょっとおしゃれなニットベストに変えてみたりする程度だった。カインもカラーを外して中のワイシャツを学校指定じゃないものに変えるぐらいしかやっていない。

めっちゃ短ランにしてぶっといベルトとゴツいバックルを付けるとか、長ランにして裏地が昇り竜になっているとか、ブレザーの下に派手なシャツを着るとか、そういった改造もあるらしいとは風の噂で聞いたことはあった。

しかし実際にそんな制服を着ている人を見たことは無かったし、そもそもそういった改造をしたいとも思わなかった。

こちらの世界でフード付きの服といえば魔法使いのローブや旅人や冒険者のマント、雨合羽ぐらいのものでおしゃれ着のフーディなどはない。

Tシャツのようなボタンの無いシャツはあるが、下着や肉体労働者の作業着のような扱いになるのでブレザーの下にシャツだけ着ていれば変質者だと思われる可能性がある。

実際に、魔法使いのローブの上からブレザーを着て襟からフードを外に出し、鏡の前でくるくると回っていたらイルヴァレーノに生ぬるい目で見られてしまった。

「せっかくの綺麗な顔が台無しだ。性格がおかしいのを隠すためにも普通に着た方が良い」

と大真面目な顔でアドバイスされてしまったのは三日ほど前の事である。

ネクタイの結び方でアレンジする、というおとなしい希望に対してイルヴァレーノが積極的で協力的なのは残念すぎるカインのアレンジを先に見ていたせいもある。

アレよりは遙かにましだろうとイルヴァレーノの目が物語っている。

カインは制服を大きく改造するのは諦めて、ネクタイをリボンにしてみたり、セレノスタから貰ったブローチを付けてみたりと、学校が始まったら色々と周りの反応と様子をみながら徐々に着崩していこうと考えなおしたのだった。


いよいよド魔学の入学ということもあって、ディアーナの家庭教師による学習は全て終了している。今後は、必要に応じて社交術や礼儀作法の授業を単発で入れたりする程度となる。

そんなわけで、入学式前日である今日のディアーナの予定は「入学準備」だけ。とはいえ、持って行く筆記用具や教科書などの準備は使用人達によってすっかり整えられており、ディアーナがするべき事は「体調管理」ぐらいのものである。

「お兄様、みてくださいませ」

そう言ってカインの私室へとやってきたディアーナは、ド魔学の制服を着ていた。

カインの前でくるりと一回転。スカートをふわりと広げて軽やかに全身を見せるとピシッとポーズを決めた。

「似合っていますか？」

「とてもよく似合っているよ！　まさにディアーナの為に作られた制服と言っても過言では無いね！」

ディアーナの髪型は、ハーフツインテールを細めのリボンで結び、キツく巻いてあって細いドリル状になっている。下ろしている部分はほぼストレートだが毛先だけ小さくクルリとねじれているのは、髪の毛の癖だろう。

（ゲームパッケージと同じ髪型になっている）

今年の春で十二歳になるディアーナは、急成長して『けしからんボディー』になりそうな予兆をみせはじめている。

ディアーナの制服も数日前に届いていたのだが、採寸・仮縫いから完成までのひと月ほどで身長とお胸とお尻が急成長したことで合わなくなってしまい、お直しに出していたのだ。

それがようやく届き、試着・最終手直しも終わったので入学式前日である今日になってカインに制服姿を見せにきたのだ。

「うーん。すっごく可愛いし、しっかり似合っていて素敵なんだけど……」

カインの目の前でポーズを付けて立っているディアーナはとても可愛い。しかし、こうして制服を着てハーフツインがドリルになっている姿をみるとゲームで登場する『悪役令嬢ディアーナ・エルグランダーク』の姿がちらついてしまう。

「髪型とか変えてみない？　もう少しお姉さんっぽいというか、レディーっぽい感じにするとか」

そうやって提案してみれば、サッシャが後ろでむっとしたのがわかった。サッシャとしては渾身の出来だったのだろう。

「今の髪型ももちろん可愛いよ！　ハーフツインテールにおリボン付けているのはディアーナのトレードマークみたいなところもあるしね」

ポーズを解き、とてとてとカインの側まで歩いてきたディアーナはそのままポスンとカインの膝の上に座る。頬に触れる細いドリルヘアーをカインはつまみ上げて、ゆらゆらと揺らしてみせた。

「でもさ、ディアーナはほら、可愛いの天元突破というか、愛らしいの天下無双というか、とにかく唯一無二の女の子だからさ。もっと可能性を掘り下げても良いんじゃないかって思ったんだよ」

「なるほど」

「なるほど、じゃないよ。だまされないでサッシャ」

カインのディアーナ礼賛《らいさん》を受けてサッシャが深く頷き、イルヴァレーノが突っ込んだ。

「じゃあ、私はお兄様とおそろいの髪型にしようかな？」

「ただの三つ編みだよ？　これは邪魔だから結んでいるだけだし、もっと凝った可愛い髪型を模索してもいいと思うんだけど」

膝の上で上半身をひねり、手を伸ばしたディアーナがカインの三つ編みをつまんでお返しとばかりにぷらぷらと揺らす。

「じゃあ、お兄様もこれを機に髪型を変えてみるのはどうかしら？　格好良くて素敵なお兄様がもっと素敵になっちゃうんじゃないかしら」

「えーそうかなぁ？　でも、これから毎日の事だし簡単なのでいいんだけどなぁ。髪を整えてくれるのはイルヴァレーノだし、あんまり手間をかけるのもねぇ」

「そっか、髪の毛やってくれるのはサッシャだものね。あんまり凝った髪型をお願いしてはいけないかしら」

カインとディアーナの何気ない会話。カインが『ゲームの立ち絵とちょっとでも変えられればラッキー』ぐらいの軽い気持ちで始めた話題。

しかし、その言葉をきっかけにイルヴァレーノとサッシャの間で試合開始のゴングが鳴らされたのだった。

あぁでも無い、こうでも無いと髪の毛を散々いじられること二時間ほど。パレパントルがお茶の時間だと呼びに来るまでの間ずっと、イルヴァレーノとサッシャの戦いは続いた。

細かい三つ編みを沢山作るドレッドヘアもどきの髪型にしてみたり、束ねた髪を何カ所かで留めてリボンを付けた『連続わら納豆風ヘア』にしてみたり、リボンを編み込んでみたり、髪の毛数本ずつにビーズを通して編み込んでキラキラ光らせてみたり。とにかく、思いつく限りの髪型を試してみたのでは無いかという程に、結んではほどき、編んではほどきを繰り返していた。


「お待たせいたしました、お母様」

「おそくなりました、お母様」

少々ぐったりとしつつも、笑顔でティールームへとやってきたカインとディアーナ。二人の姿を見た母エリゼは目を丸くして、そしてにっこり微笑んだ。

「イメージチェンジと言うやつね？　二人とも可愛らしくてよ」

エリゼのその言葉に、カインとディアーナの後ろで胸をはり誇らしげに顎を上げている二人の気配がする。

カインとディアーナはお互いに視線を交わして苦笑いをすると、いつもの席へと座った。

カインは、頭の上の方から二つに分けて編み込みをしていき、うなじ部分からは三つ編みにしている。三つ編み部分には筒状のアクセサリーがかぶせられており、この部分を日替わりなどにすることでおしゃれが出来るとイルヴァレーノが主張している。

ディアーナは、今までのハーフツインを結んでいたあたりから髪の毛の半量ぐらいを編み込みにして、耳の後ろでリボンを結び、そこから三段ぐらいの短い三つ編みをして今度は髪飾りで留めてそこからは流す、という髪型になっている。

カインの「いざというとき動きやすく」「毎朝の事だからあんまり複雑じゃ無い感じで」という注文と、ディアーナの「お兄様とおそろいの要素が欲しい」「大人っぽさを出したい」という希望、そしてサッシャとイルヴァレーノの「どちらがより自分の主を輝かせるか」という競争心の結晶だった。

なんとなく、前世の人気ソシャゲに出てくるキャラクターにも似ている髪型になってしまった事に苦笑しつつ、ゲーム版ド魔学の立ち絵とは違う髪型に出来たことで、ほっとしているカインであった。


一夜明けて入学式当日の朝、カインとディアーナは学園へ向かう馬車の中にいた。

「お父様とお母様、間に合うと良いですわね」

「そうだねぇ。お父様は何をそんなにお仕事ため込んでいたんだろうね」

ディアーナが馬車の窓から遠ざかっていくエルグランダーク邸を眺め、カインはそんなディアーナを愛しそうに眺めながらこの場に居ない両親について言葉を交わしていた。

本当は、入学式には家族そろって同じ馬車で向かう予定だったのだが、仕事が片付かないといって父ディスマイヤが帰ってこなかったのだ。今朝になってから、ちょっとヨレヨレになったパレパントルだけが帰宅し、着替えを持って王城の執務室へもどり直接入学式に向かうと伝えてきた。

それを受けて、母エリゼもパレパントルと共に王城のディスマイヤの執務室へ同行し、王城から一緒に入学式に向かうと言い出したのだ。たしかに、夫婦がバラバラで到着するよりも一緒にやってきた方が世間体は良い。貴族というのは世間体や見栄えを重視するものだ。

「パレパントルも、仕事は終わったと言っていたからね。きっと入学式には間に合うよ」

「入学式楽しみですわね」

アンリミテッド魔法学園は王都の北側にある。ディアーナの白い馬車は一旦大通りへと出てからぐるりと回って北側へと進んでいく。

春の初めの街中は、街路樹やプランターなどにちらほらと花が咲き始めている。

「あ、花のつぼみ」

道へと伸びた木の枝が馬車の窓に触るカサカサという音に振り向けば、咲いた花と膨らんだつぼみが間近に見えた。

「学園の門から玄関までは満開になっていると思うよ」

窓越しに見える花を目で追っているディアーナに、カインがやさしくささやく。ゲームのオープニングで画面一杯の桜が咲いていたし、ヒロインが桜吹雪の中を歩いて行くシーンがあったので、きっとそうだろうという確信だった。

「魔法学園ってどんな所かしら。お父様やお母様は楽しかったとしか教えてくださらないし、サッシャも行ってからのお楽しみですとしか教えてくれないし」

アンリミテッド魔法学園は、在学生の九割以上が貴族の子弟だ。入学準備や連絡事項伝達の為に事前に学園に足を運ぶのは使用人の仕事であり、本人達が入学式まで学園に来ることはない。もちろん、平民出身だったり下位貴族で使用人の数が足りていなかったり、領地住まいで入寮する生徒などはその限りではない。

筆頭公爵家の長女であるディアーナは、もちろんサッシャや母付きの侍女等が手続きを行っているので、今日まで学園に足を運んだことがないのだ。

「魔法学園の敷地内には、魔法の実地訓練の為に森や湖もあるらしいよ。魔法の森には妖精が居るんだって。楽しみだよね」

「妖精さんが⁉」

魔法の森を攻略対象と探検するイベントや、湖に浮かべた小舟に攻略対象と二人っきりで乗るイベントなどがゲームにあったのでおそらくあるだろう。

妖精と遭遇するエピソードは毎年春に発生する「魔の森の冒険」というイベントに出てくるのだが、ランダム発生エピソードのためディアーナが会えるかどうかは運次第である。

それでも、カインはディアーナを喜ばせたかった。

「大小様々な中庭や、大きなガラス温室もあるらしいよ。教師のお手伝いで実験をすることがあるらしいし、もしかしたら魔法で新しいお花を作る実験とかできるかもよ？」

ガラス温室や様々な中庭は、自由行動ターンで選択できる行き先として存在していた。

好感度やキャラクターによって小さな会話イベントが発生したり、失敗していれば『誰もいない。静かな温室だ』などとナレーションが入るだけでヒロインのみの立ち絵が表示されたりする。

「素敵！　魔法で作られたお花にも、花言葉ってあるんですの？　私が魔法で新しいお花を作ったら、真・カイン花と命名いたしますわね！」

魔法の花は、同級生ルートの攻略対象が作っていた。というか、作るように誘導して受け取らなければ真《トゥルー》エンドにたどり着けないキーアイテムだ。そして、同級生ルートのハッピーエンドは、ディアーナの精神崩壊エンドである。

「ふふふー。真・カイン花には、なんて花言葉をつけるのかな？」

複雑な心境を隠して、カインはニコニコ笑顔でディアーナの顔をのぞき込んだ。

もう、ディアーナがなんて答えるかはわかっている。

「お兄様大大大好き！　に決まってますわ！」

「僕もディアーナが大大大好きだよ！」

「きゃあ～！」

ディアーナの答えに、カインが抱きつきながら告白を返す。楽しそうな笑い声の漏れる白い馬車は、ゆっくりと学園の門をくぐっていった。


ド魔学の講堂は扇形の浅いすり鉢状になっている。すり鉢の底には一段高くなったステージがあり、教員用と思われる椅子が並べられていて、その前にはスタンドマイクのようなものが立てられていた。ちなみに、マイクと思われる部分には綺麗な薔薇が咲いており、スタンド部分は蔓に巻き付かれ葉も茂っている。よく見ると時々楽しそうに揺れているので、魔法生物か何かかもしれない。

すり鉢の外側には階段状に座席の並んでいる二階席と個室になっている三階席があり、入学生達の家族がすでに待機していた。

「王族を除いてこの国で一番爵位の高いウチがこんなに遠い席なのはおかしいのではありませんか？　ちょっと僕、前の方の席に行ってきてもいいですかね」

「王族を除いてこの国で一番爵位の高いうちだから、高くて個室で真ん中のこの席なのよ。カイン、あなたディアーナの近くに行きたいだけでしょう？　ダメよ」

ステージの真正面、三階席の大きな個室の手すりから身を乗り出して、カインが母エリゼに愚痴をこぼしていた。母エリゼはゆったりとしたソファーに優雅に座り、カインの言葉に苦笑している。

個室は十畳ほどの広さがあり、大きなソファーが三つ置かれている。一つのソファーに男性なら三人、ドレスの女性なら二人が並んで座れる大きさである。

カーテンで隠された壁際に、湯沸かしポットや冷蔵庫（もちろん、魔法の力で動いている）が置いてあるようで、エリゼの侍女が紅茶と冷たいクリームを添えたビスケットを用意していた。

「下は伯爵家以下の者達が座っている場所だ。そんな所におまえが混ざったら周りに座る者達が恐縮してしまって入学式どころじゃ無くなってしまうよ。彼らが我が子らを祝福する機会を台無しにするつもりかい？」

父ディスマイヤが、入り口で上着を脱ぎながらカインに声をかけた。仕事を片付けてから来ると言っていたのだが、どうやら入学式の開始には間に合ったようだ。夫婦そろってつい先ほどやってきて、父は母をエスコートして先にソファーに座らせていた。

「警備の都合もあります。おとなしくここからディアーナ様を見守ってください。あと、あんまり身を乗り出すと落っこちますよ」

手すりから身を乗り出すカインが落ちないように、後ろからベルトを掴んでいたイルヴァレーノにまで言われてしまっては、カインも諦めるしか無かった。

「わかったよ」

しぶしぶ頷いたカインだが、諦めきれずにソファーの一つをズリズリと前方へと移動させてすわり、両親にさらに渋い顔をされた。

「カインお坊ちゃま。こちらをお使いください」

そう言って後ろからパレパントルが差し出したのは、オペラグラスだった。光魔法が掛かっているもので、レンズ式では無い。のぞき込めば自動的に見たいところがズームアップされて見ることが出来るようになっていて、フレームが視界を邪魔することも無いという便利グッズである。

ちなみに、この国の眼鏡も光魔法によって視力矯正する仕組みのものが主流になっている。

「意外と、僕以外の学生も見学席にいるのが見えるね」

渡されたオペラグラスでチラリと別の座席を見れば、ド魔学の制服を着た生徒がちらほらと見える。同じ階の他の個室席にも人が居る気配はあるものの、しっかり奥の方に座っているようで足先やドレスの裾ぐらいしか見えなかったが、制服のズボンらしい裾がチラリと見えていたりする。

「あ、ディアーナだ」

オペラグラス越しに、講堂の入り口から入ってくるディアーナが見えた。ケイティアーノやノアリアと一緒に楽しそうにおしゃべりしながら椅子の間を通り、一番前の席に腰を下ろした。

キョロキョロと観客席の方を見回して、カインの姿を見つけるとニコッと笑って小さく手を振った。

「かぁわいい。ディアーナ可愛いなぁ。見た？　すごいお上品に手を振ってくれたよ」

「はいはい。危ないから下がってください」

興奮するカインをイルヴァレーノがなだめつつソファーに座らせ、持ち込んだ果実茶を手に持たせて動きを封じた。

イルヴァレーノがチラリと視線を会場にむければ、最後に入場してきたアルンディラーノがディアーナの隣の席に座る所だった。座席は爵位順なので、最前列の真ん中が王太子であるアルンディラーノで、その隣が筆頭公爵家のディアーナになる。

そっと立ち位置を調整してカインの視線をきったイルヴァレーノは、

「今日はリンゴ茶ですが、ミルクを入れても美味しいそうですよ。入れますか？」

とミルクポットを小さく掲げてみせた。

「いや、いいよ。今日のリンゴ茶は酸味があるからこのまま飲むよ」

カインの言葉を受けて、イルヴァレーノは一礼して部屋の奥へと下がる。入学式が始まってしまえば、カインも大騒ぎするような無粋なことはしないだろう。個室のドア前で、イルヴァレーノとパレパントルが前を向いたままコツンと拳を合わせていた。


カインが熱いリンゴ茶をゆっくりと一口飲んだ頃、さざめき聞こえていた新入生達の声がピタリと止まる。

職員らしき人物が開式宣言を行い、いよいよ入学式が始まった。

まずは、教師の紹介から。舞台の袖からぞろぞろと教師達がでてくるのを、カインはオペラグラス越しにじっと見ていた。マクシミリアンが出てこないかを確認したかったのだ。

(ゲームの強制力的なアレで、マックス先生復活とかしてたらやっかいだ)

マクシミリアンは、エルグランダーク公爵の領地であるネルグランディ領の城に不法侵入するという罪を犯したが、その時の城内の状況を公に出来ないという大人の事情と、カインの取りなしのおかげで今は魔導士団員になっている。ティルノーアの助手という立ち位置でこき使われているはずだ。

しかし、『教師に欠員が出たので魔導士団から臨時で教師を派遣してほしい』みたいな理由でマクシミリアンがやってくる可能性もあるのではないかとカインは危惧していた。

「マクシミリアンはいないみたいだな」

「マクシミリアン？」

「こっちの話」

ぞろぞろと出てきた教師陣の中に、マクシミリアンはいなかった。代わりに、ゲームでマクシミリアンが教えていた『魔力操作術』の教師としてよぼよぼの老人が紹介されていた。本来ならば去年で引退するはずだったところ、教員採用枠が埋まらずにもう一年続けることになった、と説明されていた。

「これでもう、教師ルートは無いな……」

マクシミリアンが出てこないまま、全教員の紹介が終わったことでカインは深く息を吐き出した。知らず知らずのうちに緊張していたようだった。

その後、国王陛下からの激励の挨拶があり、新入生代表としてアルンディラーノが挨拶をして入学式は終了した。保護者達はこの後大食堂へと移って保護者同士の懇親会があるらしく、保護者席から移動を始めていた。

その間に講堂では新入生達にこの後の動きについて説明がなされている。マイクを使っているわけではないので、何を説明しているのか保護者席からではわからなかった。

「マックス先生がいない以外は、ゲーム序盤と同じ流れだったな」

ざわざわとざわめく講堂を見下ろして、カインがひとりごちる。

アルンディラーノの堂々とした挨拶はその内容までゲームと一緒で、最後にやさしげに笑って女子生徒から黄色い悲鳴があがっているのまで一緒だった。

ゲームでは、メインの攻略対象だし王子様だし王道だからそういうものだ、と気にも留めていなかったアルンディラーノの「理知的な表情。穏やかな口調。優しい笑顔」という挨拶姿も、いつもの調子を知っていれば「一生懸命王子様ぶっているな」とおかしくなる。

「王太子殿下のあの挨拶、まるで世を忍ぶ仮の姿の時のカイン様そっくりですね」

猫をかぶっているであろうアルンディラーノに笑っていたら、そんなことをイルヴァレーノに言われてしまった。

「僕ってあんな？」

「あんなですよ。さすが『王子様より王子様』ですね。本物の王子様からお手本にされているんですから」

「えぇー……」

眉を寄せて嫌そうな顔をするカインを、今度はイルヴァレーノがおかしそうに口の端だけで笑った。

アウロラの新しい一歩（入学式）

どこまでも続くレンガ壁に沿って、桃色ボブヘアの少女が軽い足取りで歩いて行く。白い小さな花びらが一枚、その小さな可愛い鼻先にひらりと優しく乗っかった。

「サクラ？　にしては白いかな？」

小さな花びらを指先でつまみ、空を振り仰ぐ。レンガ壁の上から枝先が顔を出していて、小さな白い花が沢山咲いている様子が見えた。

それはまるで、日本の春の風物詩のようにも見える。ソメイヨシノが有名だけど、白いサクラもあった気がするな、と一人で納得したアウロラはハンカチに花びらを挟むと、そっと胸ポケットへとしまう。

チラチラと揺れながら降ってくる花びらを目で追いながらゆっくりと歩いて行くアウロラを、豪華な馬車が何台も追い越していく。アンリミテッド魔法学園には寮があるものの、王都に住む貴族達は家から通うし、領地から出てきている子息令嬢も入学式となれば宿から親と共に馬車でやってくることがほとんどだ。アウロラのように寮から歩いて行く生徒はほとんどいない。

それでも、アウロラはこれから始まる学園生活への期待に胸を膨らませていて、追い越していく馬車の家紋をチラリと見ては「ゲームで出てきた知ってる紋章来ないかな？」と自分の記憶との神経衰弱を楽しんでいた。

永遠に続くのかと思われたレンガ壁にも終わりがやってきた。レンガ壁の終わりには、『アンリミテッド魔法学園』と刻まれた黒く光る石でできた門柱が立っており、馬車が二台ほど余裕を持ってすれ違える程の距離を離して向こう側にも黒い石の門柱が見えている。

アウロラはひょこっと門柱から顔をのぞかせ、校内をのぞき見る。

「わぁ」

そこには、まっすぐに延びた石畳が、白い壁に黒い柱の立派な校舎へと続いていた。校舎の前には丸い大きな噴水があり、水しぶきが朝日をはじいて虹色に輝いている。石畳の両脇には等間隔にアーモンドの木が植えられており、小さな白い花が満開に咲いていた。

「オープニングのまんまだ」

目の前の景色にかぶるように、ゲームのタイトルロゴがせり上がってくる幻覚が見えてくるようで、アウロラは思わずオープニング曲を口ずさむ。

「る、る、る～。愛に限界があるなんてぇー、だ・れ・が決めたの♪」

リズムに合わせてステップを踏むように、石畳の真ん中を進むアウロラ。ゲームオープニングの視点が道の真ん中だから、ついつい同じ視点をたどろうとしてのことだ。道の両脇を、同じ制服を着た生徒達が歩いていく。ゲームオープニングでは背景として描かれていた為に顔の中身が無かった彼ら彼女らも、当然だがそれぞれに顔がある。

「貴族出身が多いせいか、皆顔が良いねぇ」

ゲームの立ち絵やスチル絵に出てきていた攻略対象者達ほどでは無くとも、前世社会でいえば普通にアイドルとしてテレビや舞台に立っていてもおかしくないレベルの美少年や美少女が普通に歩いている。眼福、眼福と目を細めながら歩いて行くアウロラ。

「そこの女子！　道の真ん中を歩いていたら危ないぞ！」

「え？」

鼻歌交じりに気分良く歩いていたアウロラの腕が、後ろからグイッと引かれて道の脇へと移動させられた。急に引っ張られた事でたたらを踏み、よろけたところを誰かにがっしりと支えられる。聞き覚えのある声に、体を支えている人物を見上げれば水色の瞳と目が合った。

「道の真ん中は馬車が通るんだ。真ん中を歩いているとはねられるぞ」

藍色の髪の毛に水色の瞳、幼さを残しつつもしっかりとした体格の少年は、抱えていたアウロラの肩を押して立たせると、ざっと全身を見て怪我が無い事を確認した。

その後ろをつやつやの黒塗りの立派な馬車が通り過ぎていく。馬車を引いているのはアウロラの身長の二倍ほどもある立派な馬が四頭で、校内のせいか徐行していて速度は出ていなかったものの、あの立派な太い足で踏んづけられていたら大けがしていた事だろう。アウロラはぞっとした。

「あ、ありがとうございます。おかげで命拾いをしました」

「君も新入生だろ？　わからなかったんなら仕方ないさ。ほら、道の両端が色の違うレンガになっているだろ？　徒歩組はあっちを歩くんだよ」

そう言って道の端を少年が指差した。そちらを見れば確かに道の端っこは色の違うレンガ敷きになっており、歩いていたモブ生徒達はみなその上を歩いていた。

「やべ。馬車に追いつかなきゃ。じゃあ、気をつけてな！」

アウロラ達を追い越していった立派な馬車を追いかけて、藍色の髪の少年は走り去ってしまった。

「クリスだ……」

走り去っていくクリスの後ろ姿に、またゲームオープニングムービーの一シーンが重なる。

『危ないっ！　大丈夫？　ここは馬車が通るから気をつけてね』

ゲームでも馬車から体をひいて守ってくれて、優しい言葉をかけて去って行くクリス。

ゲームのその場《シーン》では顔見せ程度で名前も出てこないが、全ルートクリア済みのアウロラはもちろんその名前を知っている。

「なんか、ちょっとワイルド系だったな……」

ゲームと同じシーンだったが、台詞はちょっと違っていた。まぁ、この世界は今やアウロラにとっても現実であり、全てがシナリオ通りに進むとも思っていない。むしろ、この世界で起こったことを乙女ゲーム的に翻訳し直したのがあのゲームなんじゃ無いかとも考えたりすることもある。

アウロラを追い越していった豪華な馬車は、校舎の前の噴水をゆっくりと回り込んで玄関前へと寄せている。

「なるほど。あの噴水は馬車の玄関前ロータリーの役割があるんだね」

噴水を同じ方向から回り込む、というルールが決まっていれば事故も無い。ゲームでは「あった方が豪華だからかな」ぐらいの気持ちで見ていた背景にも、ちゃんと意味があったのだと感心した。

速度を落として止まった馬車から御者が降り、御者席の下から取り出した車輪止めを車輪の下に噛ませ、馬車後方の荷物箱から踏み台を出して出入り口に置く。そういった降車準備をしているうちに、アウロラは玄関前で馬車に追いついた。

見れば、クリスが馬車のドアを開けようとしているところだった。ああいうのは御者の仕事じゃないのかな？　と思って見ていれば中から出てきたのはまたもや見覚えのある少年だった。

ふわふわのまぶしい金色の髪、陽を透かした若葉のような鮮やかな緑色の瞳。真新しい制服も、皆と同じデザインであるはずなのにまるで彼のためにデザインされたかのように似合っている。

アウロラのすぐ側で立ち止まっていた少女が制服のスカートをつまんで腰を落とした。案内係と書いてある腕章を付けた女生徒も「王太子殿下よ、失礼の無いように」とその場に居る新入生達に声をかけている。

踏み台を降り、玄関前に降り立ったアルンディラーノはゆっくりとその場を見渡すとにこりと優しげに微笑んだ。

「これから同じ学び舎で学ぶ仲間なのだから、かしこまらないでいいんだよ」

親しげな声がお辞儀するみんなの頭上にかけられる。

「ゲームのオープニングの通りだ！」

アウロラの鼻息が荒くなる。

ゲームでは『王太子殿下よ、失礼の無いように』と言われるのはアウロラで、『かしこまらなくていいんだよ』とアルンディラーノが話しかけるのもアウロラに対してだ。それが、ここでは玄関前にちょうど居た新入生みんなに対してとなっている、という違いはある。でも、そんなのは些細《ささい》なことだった。アウロラは、ゲームとおんなじシーンが目の前で繰り広げられている、たったそれだけで大興奮である。

静かに鼻息が荒くなっているアウロラには気がつかないまま、アルンディラーノがクリスを引き連れて玄関の中へと入っていく。玄関前にいた新入生達がその後に続いていき、今のシーンを脳内リピートしていたアウロラはその場に残されてしまっていた。

ポンと後ろから肩を叩かれ、振り向けば年上らしい少女がにこりと笑っていた。先ほど「失礼の無いように」と声をかけてくれた、案内係の腕章を付けた少女だ。おそらく先輩なのだろう。

「急がないと遅れてしまうわ。玄関の中へ入ってミスマダムに挨拶をして頂戴」

「は、はい」

これはゲームには無いシーンだったな、と思いながらアウロラは玄関の中へと入っていった。

「ようこそ、アンリミテッド魔法学園へ！　夢と希望に満ちた魔法使いの卵さん」

玄関へ入ったところで、りんりんと鈴を転がすような美しい声が頭上から聞こえてきた。見あげれば、そこには畳二枚分もあろうかという大きな肖像画が飾られている。

「おお……」

思わず感嘆の声が漏れるアウロラを見下ろしてくるのは、美しいドレスを着た女性の肖像画だ。リムートブレイク王国、というかこの世界は土足文化なので玄関だからといって日本の学校のように下駄箱が並んでいたりはしない。広々としたタイル敷きの床、高い天井から長く細い銀色の鎖で吊り下げられているランプ、そして正面には二方向に分かれて上っている階段と大きな肖像画。

ゲームでは、学校に入ったところで画面が暗転し、名前入力画面になる。その際にこの『ミスマダム』が色々と質問してくるのだが、

「まさか、動く肖像画だったとは」

「さぁ、お名前を教えていただけるかしら？　私にご挨拶をしてちょうだい！」

肖像画の中の婦人は、バサリと羽の扇子を広げると口元をかくして目だけでニヤリと笑って見せた。アウロラは「夢の国のホラーハウスか、丸眼鏡魔法使い見習いが通う学園かって感じだね」と思いつつ、スカートをつまんでぺこりと頭を下げた。

「初めまして、ミスマダム。アウロラと申します」

ミスマダムってなんだよ。敬称重ねてるだけやんけ。とはゲームプレイ時から思っていたが野暮なことは言わないでおく。

「うふふ。可愛らしいお嬢さん。入学式が行われる講堂は私の足下の階段を右側に上がって奥の方よ。あなたが六年後、立派な魔法使いになれることを期待しているわ」

「ありがとう、ミスマダム」

ミスマダムに手を振り、右側の階段を上ろうと段差に足をかけたところで、バタバタと足音を立てて玄関に駆け込んでくる人物がいた。

平民も居ないわけでは無いが、貴族が大多数を占めるこの魔法学園では屋内で足音を立てて走る

などというがさつな動きをする人は少ない。寮からこの学園の玄関に来るまでの間、アウロラの周りを歩いていた人達は皆お上品だった。

気になって振り向いたアウロラの視線の先には、ちょっと小汚い感じの少年が走り込んでくる姿があった。

分厚いレンズの眼鏡をかけているせいで表情はわからない。腰までのびた後ろの髪は切れ毛のせいか長さがそろっておらずボサボサで、鳥の巣のようにからみあって膨らんでいた。学生服のボタンはきちんと留めていないから襟が広がってしまっているし、シャツは片方だけズボンからはみ出している。とてもこれから入学式に参加する新入生とは思えないだらしなさである。

キョロキョロと首ごと巡らせてあたりを見回し、アウロラの姿を発見した少年はがらんとした玄関ホールに自分以外の生徒がいることに安堵したのか、肩を少し下げた。

「あ、あ……。入学式は、まだ？　間に合う……感じ？」

「ようこそアンリミテッド魔法学園へ！　と言いたいところだけれど……身だしなみも言葉遣いもなっていないわね、あなた」

アウロラに向けた少年の声と、少年へ向けたミスマダムの声が重なった。

走り込んできた少年を一目見たミスマダムは、閉じていた扇子をまた開くと鼻の上まで覆い隠し、眉間にしわを寄せて嫌そうな目で少年を見下ろした。

「え？　え？　おぉ。すごい、動く肖像画だぁ。話には聞いていたけど本当にあるんだ。投影魔法？　それとも絵の具に魔力を載せて動かしている？」

少年はよろよろとミスマダムに近づくと、手を伸ばして額縁に触れようとした。

「無礼な！　挨拶もせず、返事もせず、ぶつくさいいながらレディーに触れようとするなんて紳士の風上にも置けないわ！　下がりなさい！」

くわっと目を見開いて怒りをあらわにしたミスマダムは、左の掌《てのひら》に叩きつけるようにして羽扇子を閉じた。パチンと大きな音を立てたと同時にブワリと風が吹き付けて少年を吹き飛ばしてしまった。

尻もちをついた拍子に掛けていた眼鏡が落ちてしまい、下からバチバチに長いまつげに囲まれた薄紫色の瞳が現れた。

「うわぁ」

アウロラが、尻もちをついた少年のその綺麗な顔を見て若干引き気味に声を上げる。

ラトゥール・シャンベリー。

『アンリミテッド魔法学園～愛に限界はありません！～』の登場人物で、同級生魔導士ルートの攻略対象者である。

乙女ゲーであるアンリミテッド魔法学園の攻略対象者の中には、眼鏡キャラクターが二人居る。

一人は、大人・先生枠のマクシミリアンで、通称マックス先生。一見クールな大人眼鏡なのだが、負け犬根性が染みついた僻《ひが》み嫉《そね》みを心に持つキャラクターである。マックス先生は、眼鏡の奥にちゃんと目が見えているキャラクターデザインとなっており、知的な印象を与えている。

メガネのつるから首の後ろに向かって伸びているグラスコードが色っぽいとファンからは評判だった。

そして、もう一人の眼鏡キャラクターが同級生魔導士のラトゥールだ。こちらは、瓶底眼鏡をかけていて普段は瞳が見えない。猫背で身だしなみはだらしなく、髪の毛も伸ばしっぱなしのぼさぼさという一見女子受けしない見た目のキャラクターなのだ。しかし、お約束というかなんというか『眼鏡を外すと美少年』なキャラクターなのである。

お約束だとわかっていても、眼鏡属性のあった生前のアウロラは「眼鏡を外すことで真価を発揮する眼鏡キャラなど許容できぬ」と友人に語って聞かせていた。

そんなこんなで前世ではラトゥールルートは三周ぐらいしかしていないアウロラであるが、今世では同級生である。袖振り合うも多生の縁だということで、ラトゥールを手助けすることにした。

絵画といえども、ミスマダムのこめかみの血管が切れそうになっていたのを見過ごせなかったというのもある。

「ほら、メガネ。早くしないと入学式が始まってしまいますよ」

「あ。ど、どうも……」

メガネを拾って手渡すと、ラトゥールはアウロラと目を合わさないようにしながらメガネをかけ直した。

「ほら、立ってください。ミスマダムにきちんと挨拶して」

「あ。は、はじめまして。ラトゥール・シャンベリーです」

アウロラはラトゥールに手を貸して立たせると、ミスマダムに挨拶をさせ入学式の会場である講堂まで引っ張って連れて行ったのだった。

入学式の席次は爵位順ということだったので、貴族のラトゥールとは入り口で別れてアウロラは一番後ろの列に座った。平民の間では上下もないので来た順に座っているらしく、入場が最後だったアウロラは通路側の端っこに座ることになった。

ゲームでは、入学式は『長い学園長の話が終わると……』というモノローグや、『いかにも魔法使いという見た目の教師陣が次々に挨拶していき……』といったモノローグが表示されるだけでほとんど端折られていたので油断していたのだが、実際には長々した挨拶を聞いたり、よぼよぼのおじいちゃん先生の聞き取りにくい挨拶を目を細めて聞いたりと、なかなかに退屈であくびをこらえるのに必死になっていた。

「マックス先生が居なくね？」

教師陣の挨拶が終わったところで、ゲームではいるはずの先生ルートの攻略対象マクシミリアンがいないことに気がついた。

しかし、その後にあった生徒代表の挨拶でアルンディラーノが一字一句全くゲームと同じ挨拶をしたのを見たアウロラは「アル様！　ハァハァ、生アル様キタコレ。レック、レック、脳にレック！　マジヤバ超二．五次元！　再現度高すぎ問題！」と大興奮したせいですっかり意識の外に飛んでいってしまったのだった。

「新入学生達は、この後組み分けをするための実力テストを行います。魔法鍛錬所まで順番に案内しますので、声が掛かるまでそのまま座って待つように！」

入学式が滞りなく終わると、若い教師が通路を歩きながらそう言って回ってきた。爵位の高い順に退場するとのことで、アウロラは一番後ろの席でおとなしく座って順番を待つ。

まず王太子であるアルンディラーノが横を通り過ぎていき、「さすが王太子アル様はいい匂いがするぜ」とこっそりクンカクンカと鼻をひくつかせていたアウロラ。目をつぶって残り香の余韻に浸っていたら、すぐ上から声をかけられた。

「アウロラさんじゃありませんこと？　魔法学園に入学なさっていたんですのね」

目をあけ、見上げればそこにはディアーナが立っていた。身分の高い順に退出するのだから、王太子の次に退出するのは当然筆頭公爵家の令嬢ディアーナとなるのである。

ディアーナの後ろには、三人の貴族令嬢がディアーナを囲むように立っている。

（悲アーナだ！　悪役令嬢とその取り巻きだ！　孤児院で会ったときにはもうちょっと柔らかい印象だったのに、制服着ていると迫力が違う！）

とアウロラは感動しつつも声をかけられた事に冷や汗を流す。

アルンディラーノの挨拶がゲームと一緒だ！　とか、講堂の窓の位置やステージの造りなどがゲームの集会系イベントの背景と全く同じだ！　なんて、聖地巡礼中のファンの感覚で楽しんでいた所に、悪役令嬢から声をかけられてしまったのだ。

急に舞台に引っ張り上げられたマジックショーの客の気分とでも言おうか、とにかく緊張してしまった。

「ディアーナ様、お知り合いですの？」

「お可愛らしい方ですわね。でも、席順的には男爵家の方かしら？」

「どちらでお知り合いになりましたの？」

固まってしまっているアウロラを、ディアーナの後ろにいる三人の令嬢が興味深げに見つめてくる。

「実は、お兄様と羽根ペンを作りにアクセサリー工房へ行った際に……」

取り巻きに囲まれて楽しそうに話すディアーナの顔を、アウロラがまじまじと見つめる。

よく見れば、目の前に居るディアーナはゲームに出てくる悪役令嬢のディアーナとも、セレノスタの働いているアクセサリー工房で見かけたときとも違う髪型になっている。頭頂部から二つに分けた編み込みを耳の下でリボンで結び、短い三つ編みの先は緩く肩から前に流している。

ゲームでのキャラクターデザインであるツインテールドリルではない。

顔の作りはゲームのまんま、つり目で勝ち気な美人といった感じなのに、友人達に向ける笑顔が柔らかいせいか、それとも髪型のせいなのか印象がまるでちがう。

「もう一人の転生者って、もしかして……」

手のひらで口をかくし、小さくつぶやくアウロラ。

「まぁ、アウロラさんも慈善の心がございますのね。素晴らしいですわ」

一人考え込んでいるアウロラを尻目に、ディアーナは取り巻き達にアウロラとの出会いについて話していたようだった。

「ケイティアーノ様、ノアリア様、アニアラ様。少し先に行っていてくださいませ」

話の区切りが付いたところで、ディアーナはそう言って取り巻き達を先に退出させると、腰をかがめてアウロラの耳元でささやいた。

「組み分けテストの前に、少しお時間いただけませんこと？　校舎裏にご一緒してくださいまし」

そう言って身を起こすと、ディアーナはにっこりと微笑んだ。

アウロラの背中に冷たい汗が流れる。

（キタ――！　いきなり「おいてめぇ、体育倉庫な！」ってやつキタ――！　さすが悪役令嬢だ！　町では良い子っぽかったのに、これがゲームの強制力ってやつなのか！）

ゲーム的展開に興奮するアウロラは、少し前に考えていた事をすっかり忘れてしまっていたのだった。

講堂から魔法鍛錬所へと移動する生徒達の、足音とざわめきがかすかに聞こえる校舎裏。背中を壁にくっつけて立つアウロラは、壁についたディアーナの手に囲われるようにして向かい合っていた。

いわゆる両手壁ドンである。

「あ、あの……。お顔が近いですディアーナ様？」

アウロラは、すぐ目の前にあるディアーナの顔に鼓動が速くなっているのを感じていた。アウロラを閉じ込めるように、顔の両側に置かれた腕からは爽やかな森林のような香りがする。

アウロラとディアーナでは、アウロラの方が少し背が低い。さらに、平民でぺったんこな靴を履いているアウロラに対して、ディアーナはかかとの高い靴を履いている。そのため、壁ドン状態の今、ディアーナは少し見下ろす感じでアウロラの顔をのぞき込んでいる状態であった。

「ふふふ。孤児院でお会いした時、治癒魔法が使えるとおっしゃっていたので学園で会えるかも、と期待しておりましたのよ。こうして、学園でお会いできて嬉しいですわ」

目を細め、にこりと笑ってそう言うディアーナ。

美人の笑顔は迫力があるな、と思いつつ顔が引きつっているアウロラである。

「私、学園でアウロラさんにお会いできたらお願いしたいことがあったんですの」

「な、なんでしょうか」

太陽に雲がかかり、校舎裏がワントーン暗くなる。壁ドン距離で見つめるディアーナが、さらに目を細めて笑いかけた。

「学園では私、『世を忍ぶ仮の姿』で居なくてはなりませんの」

「よ、世を忍ぶ仮の姿？」

美少女による迫力あるドアップ笑顔にびびっていたアウロラだが、突拍子も無い事を言われて正気に戻った。

「先日、セレノスタ師匠の工房でお会いした時や、孤児院でお会いした時の私のことを、秘密にしておいてほしいんですの」

ディアーナも、アウロラが正気に戻ったのに気がついたので改めてにっこりと笑顔を作り直してささやいた。先ほどまでの威圧的な笑顔では無く、無邪気で、そして美しい笑顔を向けられたことでアウロラは顔に血が集まってくるのを感じた。

カイン仕込みの『自分の美貌をわかっていて落としにかかる』技である。

「えっと。先ほどまでの令嬢的振る舞いは、演技だったということでしょうか？」

顔を真っ赤にして、どぎまぎしつつも返事するアウロラ。思い起こせば、羽根ペン作りの時や孤児院で年上の友人との仲について相談されたときのディアーナはもうちょっと年相応の砕けた話し方だった。

「演技だなんてそんな……。『世を忍ぶ仮の姿』ですわ」

令嬢らしくうっとりとするように目を細めて、ディアーナはアウロラの頬を撫でた。

「ひぃっ」

撫でられた頬を中心に、アウロラの体にゾクゾクと寒気が走る。その反応にクスリと笑ったディアーナは、頬を撫でたのと反対の腕のひじまで壁に付けた。ディアーナとアウロラの顔がさらに近くなる。長いまつげが触れあいそうな距離だ。

「はわわわわわわあ」

カインからの継承技、『秘技・美麗な顔に至近距離で見つめられると断れない』が炸裂！　アウロラは動けない。

グルグル目になりつつ、アウロラはコクコクと勢いよく首を縦に振った。それをみて、ディアーナもようやく壁から腕を離して一歩下がった。

「ふふふっ。わかってくださって嬉しいですわ。これから六年間、仲良くしてくださいましね」

最後の一押しとばかりに、迫力ある笑顔で念押しをするディアーナ。

「……よろしくお願いします」

押し負けて小さな声で了承するアウロラの声は、ちゃんとディアーナの耳に届いていた。

「よろしくね！」

ニパッと笑うディアーナの顔は、セレノスタの工房で羽根ペンを作っていた時の無邪気に明るいものと同じだった。

ディアーナの迫力ある美人微笑と無邪気に明るい笑顔の温度差に心臓をバクバクさせつつ、アウロラは壁ドンを解いて離れたディアーナの背中をうかがう。

ディアーナの様子がおかしい。

ゲームではキリッとしていてとっつきにくい高位貴族然として振る舞っていたはずのディアーナ。確かに講堂で声をかけてきた時や、壁ドンして迫ってきたときの笑い方や言葉遣いは「悪役令嬢」にふさわしいものだった。取り巻きもいたし。

しかし、悪役令嬢に呼び出されて「無邪気な姿は皆に内緒にしてね」とお願いされるなんてシーンはゲームには無かった。

「やっぱり、もう一人の転生者は……」

つぶやいて、アウロラはディアーナをチラリと盗み見る。

壁ドンを解いて少し離れたところに立っているディアーナは、アウロラに背を向けて壁のフチから渡り廊下の様子をうかがっている。

「まだ講堂から生徒が出てきてますわね。バレない為には人が切れてから戻った方がいいかしら……」

ディアーナは戻るタイミングを見計らっているようだ。そんなディアーナの背中を見つめながら、アウロラは思考する。

（ヤンデレ化して暗殺業を続けているはずのイル様はエルグランダーク家の使用人になっていて、冷静《クール》で無表情でとっつきにくいはずのカイン様は優しくて笑顔が素敵なシスコンになっている。高慢で我が儘な悪役令嬢のはずのディアーナは朗らかでちょっとやんちゃなお嬢様で、表と裏で態度を変えている……。新入生代表の挨拶を見た感じ、アル様はゲームと変わっていないし、爽やか脳筋のクリスたんもモサダサ眼鏡のラトゥールもほぼ同じ）

両手の指先をそろえて緩く三角形になるように手首を開いて口元に添える。前世で有名な探偵の推理時のポーズをまねて、アウロラは考える。

（つまり、ゲームとの差異が発生しているのは悪役令嬢であるディアーナ回りだけということ。前世のWeb小説や電子書籍の縦読み漫画によくあった転生ザマァものでも定番だったし……）

「知っている子爵家のご子息が通っていったわ。ということはあと男爵家と平民の方達ね」

ディアーナは、腰を低くして頭をちょっとだけ角から出して渡り廊下の様子を見ている。ぴょこっとお尻をすこし突き出したポーズがたいへん可愛らしい。

「やっぱり、悪役令嬢であるディアーナ嬢がもう一人の転生者ってことか……」

可愛いポーズで壁の向こうの様子をうかがっているディアーナの背中にむかって、アウロラはぽつりとつぶやいた。口の中で転がしたその言葉は、ディアーナには届かない。

「そろそろ人が途切れてきましたわ。私たちも遅れないように参りましょうか」

そういって、ディアーナが振り向いた。

「平民の私と一緒なの、お嫌ではありませんか？」

「なぜですの？　セレノスタ師匠のところでも孤児院でもご一緒しましたでしょ？」

アウロラの返事に、ディアーナが小さく首をかしげて答える。

「あの時は、周りに他の貴族の方達は居ませんでしたけど、学園内は貴族の視線が沢山あります」

ディアーナが本当に『悪役令嬢』になっていないのか、ただの良い人になっているのか、探るようにアウロラが言葉を重ねる。

そもそも『世を忍ぶ仮の姿』というのが令嬢らしい姿の事をいうのであれば、平民と仲良くするのは『令嬢らしくない』のではないかという指摘である。

「学園の方針で『学園内で学ぶ生徒は平等であること』となっておりますでしょう。無礼講とはもうしませんが、アウロラさんが平民だからと距離を置く方がよっぽどはしたない行為だと思いますわ」

なんでもない風にそう返してくるディアーナの顔に、無理をしている様子は無い。

（立派だ。とてつもなく立派な思考をしている！）

明らかにゲームのド魔学に出てきたディアーナとはキャラが違う。誰かがゲームシナリオを改編している事を確信したアウロラは、それがディアーナであるかどうかを試してみることにした。

「それは、クラス分けや教える教師を身分で変えたりしないって意味であって、身分制度を無視していいって事ではないですよね」

「身分制度を無視しているわけではありませんわ。でも、身分違いではお友達になれないなんてことはないでしょう？　アウロラさんはきちんと丁寧な言葉と態度で私に接してくださっていますし……」

アウロラは、転生者かどうかを試すタイミングを計っている。この会話の流れなら、どこかでそのタイミングがやってくるはず。

「でも、一緒に帰ってご友人に噂されると恥ずかしいですし」

「まぁ！　それはさすがに怒りますわよ？　私の友人達はそんな心の狭い人達ではなくってよ」

（不発か）

前世で有名な恋愛シミュレーションゲームのヒロインの台詞を挟んでみたが、特にディアーナの反応に変わったところは無い。しかし、この台詞はアウロラが前世に生きた時代でもすでに古いものとなっていたし、ディアーナに前世の記憶があったとして、恋愛ゲームを嗜まない人だった可能性もある。

「それとも……。もしかして、アウロラさんが私と一緒に居たく無いんですの？」

ディアーナが、悲しそうな顔でアウロラに向けてつぶやいた。眉尻がさがり、若干目が潤んでいるようにも見える。そっと口元に添えられた細い指が影を落とし、なおさら寂しそうに見せている。

ズキュンと胸を打ち抜かれる感覚に襲われながら、アウロラはここだ！　と確信した。

「フォッサマグナ！」

「……」

突然叫んだアウロラに、ディアーナはコテンと首を倒す。きょとんとした顔は先ほどの悲しげ美人顔とは異なり、年相応の無邪気さが出てきている。

そのギャップに萌えつつ、アウロラがコホンと空咳をこぼす。

『フォッサマグナ』とは。

アウロラの前世の世界で週刊少年誌で連載されていた「アベンジ！　リベンジ！　ストレンジ！」という少年漫画のライバルキャラの口癖である。

『週刊少年王者』に連載中だったその漫画は、コミックも爆発的に売れ連載開始三年後にはアニメ化されてさらに人気が上昇。実写映画化や二．五次元舞台化などもされ、原作コミックは日本人の八割が読んでいて、残りの二割もタイトルだけは知っているとまで言われていた。まさに国を代表するような人気作である。

タイトルの頭文字を取ってファンから「ア・リ・ス」と呼ばれているその作品に、主人公のライバルキャラクターとして登場する少年がいるのだが、彼の口癖が「フォッサマグナ！」なのだ。

「そんなまさか！」とゴロが似ているからという理由で、驚いた時に口にするのである。

作品人気と、その意味不明さから「フォッサマグナ！」という口癖を面白おかしくマネする若者が急増し、ネットミームとなり、ア・リ・スを知らない人間までもがＳＮＳで使い、流行語大賞にノミネートもされた言葉である。

同じ年齢でこの世界に転生しているのであれば、前世でも同じ時間を生きていた可能性は高い。

そう考えたアウロラはカマを掛けるつもりで口にした。

前世でも普通に口癖になりかけていたけども。実は今世の父と母には何度か「そんなまさか」のつもりで「フォッサマグナ」と言ってしまったこともあったけれども。

そんな、アウロラの放った奥の手であったが、ディアーナはきょとんとするばかりで反応を示さない。「まさか、アリスを知ってるの⁉」とか「それをいうなら『そんなまさか』でしょ！」とか、そういった反応を期待していたのである。

「？　ふぉっさ？　なんです？」

「あ、いや、えーっと」

こうなると、会話中に意味不明な言葉を叫んだただの変人である。どうごまかそうかと脳みそをフル回転させているその時に、校舎裏にもう一人少女がやってきた。

「ディちゃん、先生をお待たせしてしまっておりましてよ」

ケイティアーノが迎えに来たのだ。

「ケ、ケーちゃん！　学園ではちゃんと令嬢らしくしようって言ったよね⁉」

わたわたと腕を振りながら、ケイティアーノの口を塞ごうとしつつアウロラとケイティアーノの間に視線を行ったり来たりさせるディアーナ。

「あら、まだその方と一緒でしたのね。ディちゃん、お話は済みましたわね？」

ディアーナの手を優しく握って口からどけたケイティアーノがアウロラの姿を見つけてにこりと笑った。

「えっと、えっと。とにかく！　約束ですわよ！　秘密を漏らしたら許さないんですのよ！」

ケイティアーノに引きずられるように、ディアーナは捨て台詞を吐いて校舎裏から去って行った。

「全然世を忍べてないじゃん……」

しばらくぼんやりとディアーナの去って行った方をみていたが、自分も組み分けテストに遅れてしまうことに気がついたアウロラは、慌ててその場を後にしたのだった。

組み分けテスト

ゲームのシナリオ通りなら、入学式の後は組み分けテストというイベントがある。

ド魔学には入学テストが無く、魔力を持っていて入学金を払うことが出来れば誰でも入学することができる。入学金は貴族にとってはたいした額ではなく、爵位の低い男爵家であっても十分払える額なので、騎士を目指しているので無ければ大概の貴族子女が入学してくる。

平民からしてみれば十分に高額な入学金ではあるが、アウロラのように町の皆からのカンパで入学してくる平民の子や、親が商売で成功している裕福な平民の子などが少数ではあるが在籍している。

そういった事情があるため、入学式に続いて魔力の多さや事前学習などによる魔法の力量などを測ってクラス分けをしようというイベントである。

「ふっふっふ。ディアーナにいいとこみせちゃうもんね」

「はぁ。頑張りすぎて怪我などなさらないようにしてくださいね」

入学式終了後、両親は保護者同士の懇親会のために大食堂へと移動している。一人残されたカインはぐいぐいと腕を伸ばすストレッチをしながら、不敵に笑っている。

その後ろに控えつつ呆れた顔で適当な相づちを打っているイルヴァレーノ。

二階の観覧席も三階の他の個室もすでに人は居なくなっている。カインとイルヴァレーノの二人だけが、講堂の中に残っていた。

組み分けテストに参加するためである。

「ティルノーア先生のお墨付きと、貴族学校から転送された成績表のおかげでテストを受けなくても第一組で良いと言われてたじゃありませんか」

やる気満々のカインから脱いだ上着を受け取って腕の中で畳みつつ、イルヴァレーノがそうこぼすが、

「何を言っているんだ、イルヴァレーノ。せっかく同じ学校に通えるとは言え、学年が違うと学校行事で一緒になることなんてめったにないんだぞ。ディアーナと一緒にイベントをこなせるチャンスなんだから、逃すわけないだろ」

グッグッと腰をひねりながら、イルヴァレーノに返す。

ゲームでは、当然だが三年先輩のカインはこの組み分けテストイベントには出てこない。

この組み分けテストイベントは、魔法を的に当てるというミニゲームをプレイして、高得点を出せばアルンディラーノやラトゥールと同じ第一組になり、得点が低い場合にはクリスやジャンルー

カと同じ第二組の所属になる、一番最初のルート分岐点なのである。

また、ラトゥールが新入生とは思えない魔法を繰り出して注目を集め、魔法以外に興味がなさ過ぎるその態度に同学年から距離を置かれてしまうというシーンが描かれるイベントでもある。

当然、カインは邪魔する気満々だ。

『俺が一番魔法を使うのがうまいんだ。この雑魚どもが』とか思っちゃう痛々しいお子様に、上には上が居るってところを見せてやらないとな！」

「大人げない……」

カインは、同級生魔導士ルートの攻略対象者、ラトゥール・シャンベリーの出鼻をくじこうとしての台詞だった。しかし、そんな事情は知らないイルヴァレーノにとっては、三歳も下の子ども達の中で自分の魔法を披露し、『お兄様素敵!?』と言われたいだけの兄バカの台詞としか聞こえないのであった。


「では、私は御者と一緒に馬車でお待ちしております」

「うん。わかった。ディアーナと一緒に戻るからね」

その後、迎えに来た職員に魔法鍛錬所まで案内されたカインとイルヴァレーノ。組み分けテスト中は鍛錬所に生徒しか入ることが出来ないという事なので、イルヴァレーノとは一旦ここでお別れである。

中に入ると、すでに一年生たちが集まっていて、期待と不安がない交ぜになった顔で周りを見渡したり、知り合いと言葉を交わしたりしていた。カインがぐるりと視線を巡らせれば、奥の方でケイティアーノと楽しそうにおしゃべりをしているディアーナの姿を見つけることが出来た。

パンパンパンっと手を打つ音が高い天井に響き、一年生達のおしゃべりがピタリとやむ。いつの間にかカインの隣に立っていた教師は、注目されたのを確認すると片手を上げてふらふらと大きく振った。

「はぁい。では、組み分けテストを実施しま～す。本当は一年生だけでやるんですが、今年は四年生に転入生がいるのでその子も一緒にやることになりました～。みなさん、仲良くしてくださいね～」

教師の言葉を受けて、カインは生徒達の前に出た。

「去年まで隣国サイリユウムに留学していました。カイン・エルグランダークです。四年生への転入ですが、魔法の勉強は皆さんと同じスタートになります。よろしくおねがいします」

そう言ってサッと紳士の礼をするカインに、新入生の女子学生から「きゃぁ」「かっこいい」という声が掛かる。教師の隣から見渡せば、先ほど見つけた場所にケイティアーノ達と一緒に居るディアーナの姿が見えた。ディアーナも目が合ったのがわかったようで小さく手を振ってくれた。

「組み分けテストはシンプルです。自分の一番自信のある魔法を一つ、先生の前で披露してもらいます。属性も出し方も得意なものでかまいません」

そう言って、カインの隣に立っていた教師は魔法鍛錬所の何カ所かの壁際を指差した。壁際にはそれぞれ教師が立っていて、指がさされる度に手を振って生徒達に存在をアピールしていた。魔法を披露するのはどの先生でも良いらしい。

ド魔学の魔法鍛錬所は八角形のホールのようになっていて、天井はドーム型になっている。何カ所か天窓があってそこから光を取り入れられていて、光魔法の掛かった鏡のようなものが空中でくるくると回転してキラキラと光を増幅して室内を明るくしていた。

カインは感慨深げに鍛錬所のホールを見渡す。ゲームでの組み分けテストはミニゲームだったので、背景にドット絵で表現されたこのホールの壁が描かれているだけだった。八角形の頂点に当たる部分にある柱は装飾も美しくなっているが、辺にあたる壁は基本的にクリーム色で塗られているだけ。なんの特徴も無いので『ゲームと同じだ！』とはしゃげるほどではなかった。

「あそこはこんな風になっていたんだな」

その後も、同級生魔導士ルートに入れば度々この鍛錬所に来ることもあったのだが、ラトゥールの立ち絵の背景も壁と柱が描かれているだけだったので、ホールの全体像が出てきたことは無かった。

天井を見上げれば、光魔法を帯びて窓からの光を拡散させている鏡が回転しながら浮いている。魔法の鏡の向こうには、天井の中を鳥の影が移動しているのがみえる。玄関ホールに居る動く肖像画のミスマダムのように、平面の中で暮らしている魔法の鳥がいるようだ。入ったときから聞こえてきた「ピチュピチュ」という鳴き声は、窓から入ってくる外の声では無く、この平面の鳥の声だったのかもしれない。

カインとは反対側の壁際に居た教師が手を振ると、壁から光の板が天井に向かって階段状に現れ、教師がそれを上っていくのが見えた。生徒の魔法を上から見る為らしい。

講堂から魔法鍛錬所に移動する時に上った螺旋階段も、手すりの蔓が生きていて花が咲いていた。上るために手すりを掴もうとすると葉や花がするりと避けてくれていた。

どこを見渡しても、不思議な建物である。

「さ、カイン君。あなたもテストに参加してくださいね～。私が見ますか？　それとも別の先生がいいかな？」

魔法鍛錬所を見渡して感動していたら、隣に立つ教師から声をかけられた。思う以上にぼんやりしていたようだ。

「すみません。色々とすごくって、見とれてしまっていました」

「ふふふ～ん」

カインの言葉に、なぜか教師がどや顔で返した。学校が褒められて嬉しいのだろうその態度に、教師の学校愛が見えた気がする。イヤイヤ教師をやっていないのであれば、良い先生なのかもしれない。

「エルグランダーク家ほどであれば、お家のなかにも魔法道具は沢山あるでしょう。でも、ここまでは無いでしょう～？」

「ええ、凄いです。魔法であることはわかりますが、どうやってるのかさっぱりわかりません」

教師の言う通り、エルグランダーク家にも魔法道具は沢山ある。暖炉を使わずとも部屋の中を暖める暖房器具や、湯沸かしポット、光魔法が込められた魔石を使ったランタンやライト等。その他にも、カインの目に入らないところでは洗濯室には大きな湯沸かし器があったり、厨房には火起こし不要なかまどやオーブンもあるらしい。

しかし、必要なときだけ壁から出てくる階段や、壁の中を移動する鳥、話しかけてくる絵画などはエルグランダーク家にも無かった。……必要なものとも思えなかったが。

「卒業するまでには、わかるようになりますよ」

そう言って、教師はポンとカインの頭に手を置いた。頭を撫でようとしたようだったが、カインの髪型が思ったより複雑だったのでポンポンと軽く叩いて終わりにした。

「わかるように、なるでしょうか？」

カインも、ティルノーア先生から『教えることは無いかな』といわれる程度には魔法を習得している。それでも、この学園に入ってきてからたったの半日の間に見た不思議な出来事はどうやれば再現できるのかさっぱりわからなかったのだ。

「わかるようにするのが、わたしたち教師の仕事なのですよ」

そう言ってニカッと笑う教師の顔を見上げてカインは思った。イヤイヤ教師をやっていたマクシミリアンを、排除しておいて本当に良かったな、と。


魔法鍛錬所のあちらこちらで、生徒達の魔法披露が始まった。男子生徒は手のひらの先に火の玉を出して見せたり水の球を飛ばしていたり。女子生徒はティーカップに魔法をかけたりお花に魔法をかけたりしている。女子生徒の魔法は、おそらくお茶を美味しくする魔法だとかお花が長持ちする魔法なんかだと思われるのだが、それを教師がこの場でどう判定するのかはカインにはわからなかった。

「では先生。魔法を披露しますので少し場所を空けてください」

「はぁ～い」

カインが手で避けるようなジェスチャーをすると、教師は間延びした返事をしながら素直に壁際へと移動して行った。目的地が見えていないと失敗する可能性がある。カインは左右を見渡し、他の生徒がこの場所に駆け込んできたり転んでしまったりしないかを確認する。ここに居る教師に魔法を見てもらおうとしている他の生徒も、四年生のカインがどんな魔法を披露するのか興味津々のようですこし距離を置いて注目していた。皆が見守り体制になっているので、邪魔をされることはなさそうだと判断した。

「行きます！」

壁際に立って見守っている教師の隣をしっかりと見る。今朝、イルヴァレーノに整えてもらった服装や髪型をチェックするのに見た鏡の中の自分を思い出す。自分の中から魂を送り出す感覚は相変わらず独特で、遊園地の落下系アトラクションに乗ったときのような内臓の浮き上がる感覚を思い出す。

「来ました！」

一呼吸の後、カインは壁際に立って見守っていた教師の隣に立っていた。五メートルほど離れた位置にいたはずのカインの声が、すぐ隣から聞こえてきたことに驚いた教師は、遠心力で首がもげるのではないかという勢いで振り向き、目を丸くしてすぐ隣に現れたカインを見下ろした。

カインは転移魔法を披露したのだ。転移魔法は土魔法と風魔法の複合魔法なので、それだけで土魔法と風魔法を極めている事の証明となるのである。

転移したのはたったの五メートルほどの距離だが、教師へは強烈に印象付けることに成功したようだ。カインの魔法が転移魔法だという事に気がついた教師は天井に向かって吠えた。

「エクセレント！　カイン君は問題無く四年一組に決定～！」

「なんだか、ノリがティルノーア先生に似てますね……」

「ティルノーア様は私の憧れの先輩だからね！」

教師はティルノーアの後輩だったらしい。

側で見ていた一年生達からも拍手喝采を浴び、それに柔らかい笑顔で応えるカイン。格の違いを見せつける事には成功したようだった。ド派手な魔法を披露して注目を浴びることも考えたのだが、厨二病的には『静かなのにめっちゃ強い』という方がインパクトが大きそうだなと思い直したのだ。雑魚からはたいしたことないように見られるが、実力が高い人ほどその強さに気が付くという、バトル漫画などに良くあるパターンである。現に、拍手喝采をしながらも「公爵家の令息だから拍手しておかないとな」という顔をしている生徒と、「すげぇー！　マジすげぇーー！」という顔をしている生徒が入り交じっている。

カインは、教師に挨拶をすると鍛錬所内を見渡してディアーナの姿を探す。カインから柱三つ分向こうにいる女性教師に魔法を見てもらおうと待っているところだった。

「お兄様！　お兄様はもうテストは終わったんですの？」

カインが側まで行くと、気がついたディアーナがにこりと笑って話しかけてきた。

「ディアーナの晴れ舞台を見逃さないように、早めに終わらせてきたよ」

「あら。あのかっこいい長尺詠唱はなさらなかったの？」

「一般的には、詠唱が短い方が優秀な魔法使いだって事になっているからねぇ」

ディアーナの言う長尺詠唱とは、魔法発動のための詠唱をわざわざ持って回った言い回しにすることで、効率は悪いがなんとなくかっこいいというやり方のことである。

以前、夏休みを領地で過ごしていたときにキールズたちと遊んでいる最中にカインが提案し、カインの近しい者の間で流行した。いわゆる『厨二病的魔法詠唱』の事である。

カインは、転入生として紹介してくれた教師にそのまま見てもらったので早かったが、その他の教師達の所では爵位の低い順に魔法を披露しているようだった。

「一般的には身分の高い方が魔力が多い傾向にあって、家庭教師の質も身分によって差がでるから身分の低い順にやるんですって。先に凄い魔法をみせちゃうと自信がなくなって魔法出せなくなっちゃう子がいるのだそうよ」

と、ディアーナがこっそりと教えてくれた。

「ディアーナはどんな凄い魔法を披露するつもりなの？」

「うふふっ。お兄様にも内緒よ。びっくりさせるからね？」

「楽しみだな。僕が留学していた間にも、すっごい上達したんだろうね」

ここに居るのが女性教師だからか、この場には女の子が多い。カインは、教師を囲うように円形に集まっていた令嬢達の一番後ろに立っていたのだが、兄妹のこそこそ話に気がついたのか、チラチラとカインの事が気になっている令嬢が何人かいた。

「もう。お兄様も隅に置けないですわね」

「違うよ、ディアーナの可愛さが気になって仕方が無いんだよ」

「お兄様がかっこいいから、気が散っているんですわ」

二人でお互いを褒め合っている間にも、令嬢達の組み分けテストが進んでいく。

侯爵令嬢であるケイティアーノの順番になり、彼女が花の色を変える魔法を使おうとしたその時だった。

「なんだあれは！」

「すげぇっ！　あんなこと出来るのか？」

「誰だあいつ！」

カインとディアーナの背後から、そんな驚嘆の声が聞こえてきた。それと同時に、ごうごうと炎が燃える音とザワザワと水のうねる音も聞こえてくる。

カインとディアーナが振り向けば、鍛錬所ホールの中心に、大きな水の龍と炎の龍がらせんを描くようにお互いの体を絡ませながら天井へと向かって登って行くところだった。

「水属性と火属性の同時使用か」

さすが魔法学園、凄い子もいるもんだとカインが二頭の龍の足下を見れば、そこに居たのはボサボサの髪と瓶底眼鏡の少年だった。

（ラトゥール……。同級生魔導士ルートの攻略対象者だ）

自然と、カインの表情が厳しくなる。

同級生魔導士ルートは、ヒロインに心を奪われたラトゥールがヒロインの気持ちを自分に向けようと精神支配魔法を研究し、ヒロインに向けて放つ。しかし、ちょうどヒロインにちょっかいをかけようとしていたディアーナの方に魔法が当たってしまい、未完成だった精神支配魔法のせいでディアーナは精神を崩壊させてしまう。その後、魔法は自分のためじゃなく、世のため人のために使うべきよ！　とヒロインに諭されて心を入れ替えたラトゥールはヒロインと一緒に慈善活動などに励み、人に感謝される事で自信を取り戻し、改めてヒロインに告白してハッピーエンド。というシナリオである。

ディアーナをこの破滅から救う方法としてはいくつか考えられる。

ディアーナがヒロインの邪魔をしなければ、精神支配魔法の流れ弾を食らうこともないわけだから、ディアーナとヒロインを引き離しておく、という方法が一つ。

しかし、これだと邪魔をするディアーナがいないせいでヒロインがまともに精神支配魔法を受けることになる。カインは別にディアーナの代わりに誰かが不幸になればいい等とは思っていないので、なるべくこの方法は取りたく無かった。

そもそも、ディアーナとヒロインは羽根ペン作りの時にすでに知り合っている上に、孤児院でも顔を合わせているらしく「お友達が出来たのよ」とディアーナからも話を聞いている。

ディアーナには優しくて良い子に育ってほしいと思っているカインは、「あの子とはお友達になっちゃいけません！」なんてことは絶対に言うことができない。なので、この手段を取ることは出来ない。

次にラトゥールがヒロインに惚れなければ、精神支配魔法を使わないのでは無いか、という方法。ヒロインとラトゥールの接点をなくせば良いのだが、これをカインの方で調整するのは難しい。まず、ラトゥールは間違い無く一組になるだろうが、ヒロインがどちらの組になるのかは未知数なのだ。

ゲームでは攻略したい対象に合わせてミニゲームの出来を調整すれば良かったのだが、当然ながらカインはヒロインでは無い。ヒロインがどっち狙いで調整してくるのか、もしくは調整などはせずに自然体で生きているのかもわからない。万が一ヒロインが一組になってしまっても、カインは学年が違うので授業中や休み時間毎に二人の仲を邪魔して回るわけにもいかない。

だいたい、ラトゥールがヒロインに惚れなかったとしても他の女の子に惚れたらやっぱり精神支配魔法をかけてくる可能性も捨てきれない。見知らぬ女子が犠牲になるのも、やっぱりカインとしては見過ごせないのだ。

「お兄様、順番が来たので行ってきますわ」

「あ、ああ。ディアーナ頑張って！」

「しっかりみててくださいませ。驚かせますわよ！」

カインが思考に沈んでいるうちに、二頭の龍は消えていたし、ケイティアーノの魔法披露も終わっていた。

小さく手を振りつつ、教師の前まで行ったディアーナは大きく手を広げると、背中に闇魔法で黒い蝶の羽を作り出し、ふわりとその場で体を浮かべた。

「ふぁああぁ！　しゅごい！　ディアーナ妖精さんみたい！」

「カインお兄様、お顔が乱れてましてよ」

いつの間にか隣に来ていたケイティアーノがハンカチを差し出してくれた。ハンカチを受け取り、鼻水を拭きつつ表情をキリッと戻したカイン。その間にも、ディアーナの体はくるくると回りながら上昇していく。

「あぁっ！　ディアーナ！　とっても可憐で可愛いけど、それ以上はスカートの中が見えてしまうよ！」

カインが慌てて制服の上着を脱ぎ、ディアーナの足を隠す為に前に出ようとしたが、

「大丈夫よお兄様！　ほら！」

ディアーナはそういって体を倒し、カインにむかって足を広げた。思わず手で顔を覆って見ないようにしたカインだが、そっと指の隙間からのぞき見たスカートの中身は、真っ暗闇だった。

「闇魔法でスカートの中をのぞけないようにしているのか。なるほどこれはいいな……」

空中で黒い蝶の羽を羽ばたかせ、くるくると踊るように回るディアーナを見上げて教師がそうつぶやいた。

ディアーナはその後ゆっくりと降りてくると、美しい淑女の礼を披露して輪の中へと戻っていった。

「……全然世を忍べてないじゃん」

組み分けテスト終了済みだったアウロラは、その様子を別の教師の側から心配そうな顔で眺めていた。

組み分けテストの結果は、ディアーナとアルンディラーノ、アウロラ、ラトゥールが一組。ディアーナの友だち三人とクリス、ジャンルーカが二組となった。

ヒロインと新しい攻略対象

入学式当日は、入学式と組み分けテストだけなので昼には解散となった。

「さ、ディアーナ一緒に帰ろうか。イルヴァレーノが馬車で待ってるよ」

そう言ってエスコートするように手を差し出したカイン。しかし、ディアーナはその手を取らずににこりと笑った。

「本日は、ケーちゃんのお家の昼食会に招待されておりますの」

「帰りはウチの馬車でちゃんとお送りしますから、カインお兄様は安心なさって？」

ディアーナとケイティアーノがそろって淑女の礼を取る。二人の後ろにはノアリアとアニアラも立っていて、小さく礼の姿勢を取っていた。

「え、でも。今日はまだ入学式だよ……」

カインは宙に浮いた手を持て余しながら、戸惑うように言いつのる。ケイティアーノたちは幼なじみだ。母親達もみな王妃様主催の刺繍の会に参加しているため仲が良いので、お互いいつだって遊びに行き来することが出来る仲なのだ。

わざわざ、学園の入学式という節目の日に他家に遊びに行く必要をカインは感じられなかった。

「入学式の後だからですわ」

「入学準備の為にしばらくご一緒するのはお預けになったんですの」

「授業が始まれば、なかなか集まれなくなりますもんね」

入学前は忙しく、授業が始まればやはり忙しいし、組が違えば一緒にいられる時間は限られる。半日で解放される入学式の後は幼なじみ皆で集まれる貴重な機会だということだ。

「え、じゃあ僕も招待してくれない？　ケイティアーノ嬢」

そうであれば、カインは一緒について行くだけだ。一緒に帰らないと言われてショックをうけたが、ちゃんとした理由があっての事ならば問題は無い。仲の良い友人がいるというのは悪役令嬢化を防ぐのにも有効であるし、友人関係がずっと続けばそれはディアーナの人生の宝物になるに違いない。

カインはディアーナに差し出していた手をケイティアーノに改めて差し出し、招待してほしいとお願いした。

しかし、

「乙女の会話に混ざろうなんて、破廉恥ですわよ」

とディアーナからきっぱりと断られた。

「今回はご遠慮頂きたいんですの」

「時には内緒話も必要ですもんね」

「遅くならないうちに、きちんとお屋敷まで送り届けますから」

と、幼なじみ全員からも追い打ちをかけるように断られてしまった。

刺繍の会で出会い、ディアーナと同じ歳の友人として妹のように可愛がってきた女の子達。カインのことをカインお兄様と呼んで慕ってくれる三人の令嬢たちであれば、断られることはないと信じていたカインは、今度こそ頭が真っ白になってしまった。


カインは意識があやふやなまま、ディアーナの白い大きな馬車に一人で乗り（イルヴァレーノは御者席）、しょぼしょぼになりながら帰宅してイルヴァレーノと昼食を食べた。何を食べたのかも覚えていない。そして今は、自室のソファーにだらしなく伸びていた。

「だらしないですよ、カイン様」

「イルヴァレーノしか居ないからいいだろ。お母様もお父様もディアーナもいないんだから、どうせ誰も来ないよ」

入学式後、保護者の懇親会に参加していた両親は、終了後に父ディスマイヤは仕事に戻り、母エリゼは王妃殿下の昼食会へと向かっていった。

王妃殿下の昼食会は、刺繍の会のメンバーから五人も魔法学園に入学する事になったのを受けて、その母親達と昼食を取りながらクラス分けの結果など、母親としての情報交換をしているのだろう。おそらくは、夕食前まで帰ってこない。

「そういう問題じゃないと思いますけど」

そう言いながらも、ソファーの上で伸びているカインから靴を脱がせるイルヴァレーノ。

「なぁ、イルヴァレーノ」

「なんでしょう？」

「女の子達の内緒話って何だと思う？」

ディアーナと、その幼なじみ達に拒否されたことをまだ引きずっているカインである。カインからの問いかけに、イルヴァレーノは呆れたように片眉を持ち上げると、大げさにため息をついた。

「そういう詮索をされるのがイヤで、置いて行かれたんじゃないですか」

カインから脱がせた靴をソファーの前に並べて置くと、イルヴァレーノはタオルを取り出して丁寧にカインの脚を拭っていく。

「ま、まさか恋バナとかじゃないよね⁉」

ガバリと上半身を起こして詰め寄るが、イルヴァレーノは肩をすくめるだけで返事を保留した。

「いや、ディアーナも今年で十二歳になるんだもんな……。ましてや、今日の入学式には同じ歳の貴族の子が一堂に会していたわけだし……」

ぶつぶつと言いながら、またソファーに倒れるカイン。そのすきに、イルヴァレーノは室内用の柔らかい靴をカインの脚に履かせていく。

「孤児院の女の子達なんかは、奉公先が決まって出て行く時にお揃いのリボンや髪留めを持とうとして相談していたりするんです。そういう時には大概男子は食堂から閉め出されていたりしましたよ」

一応のフォローのつもりなのか、イルヴァレーノがそんなことをぼそりと話す。「まぁ、孤児院の子と貴族令嬢では比べようも無いかもしれませんが」と小さく付け足していた。

「そうだよね……。家族とはまた別の、ディアーナだけの世界だってあるよね……」

「そうですよ。これで、サイリユウムの貴族学校でディアーナ様がお拗ねになった気持ちがわかったんじゃないですか」

イルヴァレーノが昔の話を持ち出してカインをからかった。留学中のカインを訪ねてきたディアーナが、カインと友人がやりとりしている姿を見て拗ねて飛び出してしまった事があったのだ。

今回、自分より友人を優先したディアーナに対してカインが感じている不安や複雑な思いと過去のそれとは同じシチュエーションではないが、確かに似ている感情ではあるかもしれない。

「ディアーナが学校でも新しい友人を作れるように、兄である僕はあんまり干渉しない方がいいんだろうか」

ただでさえ筆頭公爵家の長女という立場なのだ。同じく筆頭公爵家の長男であるカインがしょっちゅうディアーナに会いに行ったりくっついていたりしたら、幼なじみ以外の友人が出来にくいかもしれない。

「カイン様が側に居ると、『恐れ多い度』が上がるかもしれませんね」

戸棚からヘアケアセットを取り出したイルヴァレーノが、ソファーへと戻ってくる。

ゲームで悪役令嬢だったディアーナは、取り巻きを連れてヒロインを見下す発言をする事もあれば、単独で現れて行動を邪魔しようとする事もあった。ゲームから見える範囲では友人は少なそうに見えたし、あの性格では爵位の低い者は近づけさせる事もしていなかったかもしれない。ここまでは素直で良い子に成長してきているディアーナ。ケイティアーノ達も取り巻きでは無く対等な友人として付き合っているように見える。

カインから見ても魅力的な女の子に成長しているディアーナ。きっと友人も多くなるだろうし、ディアーナに心を寄せる男の子だって出てくるかもしれない。

もしかしたら、今のディアーナであればクラスになじめていない男の子に声を掛けるかもしれない。例えば、同級生魔導士ルートの攻略対象のような人物に。

「モテないヤツが、好きな子に振り向いてほしくてずるいことするとするじゃん」

ソファーに仰向けに寝っ転がったまま、カインは天井に向かって話しかけた。

「ずるいことってなんですか」

視線は天井を向いたままのカインからの言葉に、イルヴァレーノは返事をする。

「ずるいことはずるいことだよ。例え話だから、そこは流しておいて」

「はぁ」

カインは流しておいて、といいながら手をぷらぷらと振った。そのままソファーの下に腕がだらーんと落っこちたのを、イルヴァレーノが拾ってソファーの上に戻す。

カインの脇の下に手をつっこんで上半身を少し持ち上げると、ずるずるとソファーの上を移動させて頭をひじ置きの上に乗せた。

「で、ずるいことをしたとして、なんですか」

「それをやめさせるにはどうしたらいいと思う？」

「やめさせる必要があるんですか？」

ひじ置きの後ろへと回ったイルヴァレーノは、カインの髪から髪留めを外し、三つ編みを解いていく。

「その、ずるいことっていうのが、相手の女の子に危害が及ぶことなんだよ」

「なるほど……」

三つ編みをほどき終わると、編み込みを丁寧にほぐしていく。ついでにヘッドマッサージを始めたので、カインは思わず目をつぶった。

「その好きな女の子に、ずるいことしなくても振り向いてもらえれば良いんじゃないですか」

「モテないヤツって言ったじゃん」

「うーん」

ヘッドマッサージを切り上げて、櫛で髪を梳いていく。朝から三つ編みと編み込みをしていたので、毛が絡まないように毛先の方から少しずつ、徐々に櫛を上に上げていく。

「モテるようになればいいのでは？」

「イルヴァレーノ、面倒くさくなっただろ」

イルヴァレーノの適当な返答にカインが苦笑する。

モテないからずるい手段を使うのであれば、モテればいいだろう。単純な話ではあるが、それが出来れば苦労しないのだ。

「その『モテない』というのがどのくらいの事を指しているのかわかりませんが、人の好みって人それぞれじゃないですか。振り向かせたい女の子の好みを把握して、自分をそれに寄せることはできるんじゃないですか？」

櫛で髪を梳き終わったイルヴァレーノは、ゆるめの三つ編みで髪を一つにまとめると、リボンで留めて立ち上がった。

「お茶を入れますか？」

「まだいい」

イルヴァレーノはカインの返事に一つ頷くと、カインが伸びているソファーとローテーブルを挟んだ向かいのソファーに腰を下ろした。

「そもそも、相手の好みを調査できる能力があれば、ずるい手なんて使わないだろう？」

「そんなにダメな人物なんですか？」

イルヴァレーノは、背もたれに背を預けると腕を組んでうーんと空を仰いだ。

物心つく前から六歳頃まで暗殺者として育てられていたイルヴァレーノは、子どもであることと垂れ目の可愛い容姿を利用して大人の警戒心を解き、懐に入り込む術を身につけていた。

カインに拾われて以降は、エルグランダーク家の執事であるパレパントルから『カインの侍従として』相手の表情や態度から心情を読み取って適度な好意を得る態度や仕草などをたたき込まれている。数度試し行為をすれば、相手がどういった人物を好んでいるのかを大体把握することができる。カインの例え話に登場する人物は、それが出来ないというのがイルヴァレーノにとっては不思議だった。

「その子を好きになるまで、人間に興味が無いタイプの人物だったんだよ」

ラトゥールはゲームでは魔法バカなキャラクターとして描かれている。魔法にしか興味がないので身だしなみには無頓着だし積極的にコミュニケーションを取ろうともしない。基本的に貴族の子ども達が集まるド魔学では、そんなラトゥールは当然浮いてしまうので友人もできない。クラスの行事などで困ったことがあっても、友人がいないラトゥールは誰にも助けてもらえない。

平民であり、心優しく正義感の強いヒロインは、そんなラトゥールにも声をかけてくれるから、それをきっかけにヒロインに心惹かれ始めるわけである。

「それでも、身だしなみに気をつけて清潔感を保って、愛想笑いでもしておけば嫌われたりはしないだろう?」

そう言って、イルヴァレーノはソファーの上でアルカイックスマイルを浮かべた。カインほどではないが、イルヴァレーノも度々『顔が良い』と言われることがあるので自分の容姿が良い方であることを自覚している。

カインの留学中に、パレパントルからも『お仕えする主人の敵を侍従が作ってどうする』と、無愛想を注意されて笑顔の練習をさせられた事もある。

今では、エルグランダーク家の執事服を着て、優しげに微笑めば相手に好感を持たれることを自覚している。

「さっすが、攻略対象者。破壊力あるぅ」

「なんですか？」

カインの前では素の表情でいることが多いイルヴァレーノの微笑みに、思わず軽口を叩いてしまう。愛想笑いをするだけで相手が惚れてくれるのは、乙女ゲームの攻略対象者だからだよ、と心の中でツッコミを入れた所で、カインは気がついた。

「ラトゥールも攻略対象《そう》なんだから、愛想笑いをさせたら良いんじゃないか……？」

テーブルを挟んで座っているイルヴァレーノには聞こえない程度の声量。カインが自分に向かって語っていないのを察したイルヴァレーノは、立ち上がるとドアへと向かう。

「お茶を入れてきます」

考え事をすると、甘い物が食べたくなるものだ。

思考モードに入ったカインの為に、イルヴァレーノはティールーム併設のミニキッチンへと足を向けたのだった。


入学式からひと月ほど経ったある日。

エルグランダーク家のティールームにジャンルーカとアルンディラーノが遊びに来ていた。

「魔法の勉強、とっても楽しいです」

そう言ってニコニコと笑うジャンルーカの声は弾んでいる。

「クリスに聞いたけど、ジャンルーカはすっごい魔法が強いらしいな」

焼き菓子を頬張りながら、アルンディラーノがジャンルーカを褒めた。

「強いって……」

魔法が凄いでもうまいでもなく、『強い』という褒め言葉をチョイスしたことに、ジャンルーカは思わず苦笑いを浮かべた。

「一組じゃなくて二組になっているのが不思議なぐらいだって言ってたぞ」

「入学式の時には、カインに教わった基本的な魔法しか使えませんでしたから。来年は一組になれるようしっかり勉強中ですよ」

そう言って、小さく力こぶを作るジェスチャーをしてみせるジャンルーカはとても楽しそうだ。

魔法学園には、ディアーナとカインは自宅から、アルンディラーノは王宮から、ジャンルーカは学生寮から通っている。そして、学校の玄関まで馬車が迎えに来るのが当たり前という世界なので、前世の学生みたいに「一緒に登下校する」という習慣が無い。

魔法学園は時間割も割とアバウトなので、組が違うと昼食時間が異なることも良くある。その為、学校にいる間に二組のジャンルーカと一組のディアーナ、アルンディラーノとで情報交換をするのが難しくなっていた。

当然のことながら、学年すら違うカインとは全然交流をすることができていなかった。ということで、一年生の授業を陰からこっそり見守っていたカインにジャンルーカが相談し、このお茶会の場をもうけたのだ。

「ジャンルーカ殿下。何か不便とかは無いですか？」

カインが聞けば、ジャンルーカは小さく首を横に振った。

「ディアーナ嬢が、お友達に私を『友人』として紹介してくれたおかげでケイティアーノ嬢やノアリア嬢にとても親切にしてもらっています」

ジャンルーカの言葉に、ディアーナがグッと親指を立てて答えている。

「僕もちゃんとクリスに頼んでおいたぞ」

「はい。クリスも良く声をかけてくれるので助かっています。ありがとう、アルンディラーノ」

そんなディアーナに対抗したアルンディラーノの言葉にも、ジャンルーカはニコニコと笑顔で返している。

魔力を持っていても差別されない、のびのびと魔法を使うことができる生活が楽しくて仕方が無い様子だ。カインもそんなジャンルーカの姿にほっと胸をなで下ろしている。

ゲームの『隣国の第二王子ルート』は、言葉や文化の違いに戸惑って友人が出来なかったり、家庭教師による基礎教育が前提となっている授業について行けなかったりする事に悩んでいたジャンルーカが「平民だから貴族の文化にはなれていないし、家庭教師もいなかったから魔法の授業も追いつくのが大変」という共通の悩みを持つヒロインに共感し、行動を共にしたり励まし合ったりして仲を深めていくというシナリオになっている。

現実のジャンルーカは、ディアーナとアルンディラーノを介して友人が出来ていて、ちゃんと学校になじめている。カインが留学時代に語学の家庭教師をしていたときに、魔法の基礎や文化やしきたりについても教えていたので、授業に全くついて行けないということもない。

その為、平民であるヒロインとの共通点もなくなるので『隣国の第二王子ルート』としてヒロインと特別に仲良くなる可能性は限りなく低くなる。もちろん、同学年なのでヒロインと普通に仲良くなることはあるだろうが、唯一無二の相手にはならないだろう。

父親に無理矢理留学させられて、ディアーナと離ればなれになってしまった時はどうしようかと思っていたが、こうして楽しそうにしているジャンルーカの様子をみれば結果オーライだったといえるだろう。

「今日のお茶は、特別うまいな」

ディアーナの破滅フラグが一つ折れているかもしれない事に、カインは気が楽になった。

「いつもと同じ茶葉ですが」

「気分の問題だよ」

「そうですか、おかわりは？」

「貰うよ」

楽しそうにおしゃべりをしているディアーナとジャンルーカとアルンディラーノを眺めながら、カインはイルヴァレーノが入れ直したお茶を口にする。

マクシミリアンは教師にならなかった。ジャンルーカはしっかりと学園の同級生達になじめている。こうなれば、当面の問題は『同級生魔導士ルート』の攻略対象者、ラトゥールだけである。

『腹黒後輩ルート』については、来年になってから改めて考えるしか無い。

「ジャンルーカ様、二組は今どの辺をやっていらっしゃるの？」

ディアーナが焼き菓子をつまみつつ、ジャンルーカへと話を振った。

「魔力技術論は、魔力の体内循環の効率化について習いました。来週から実践ということになっています。魔法操作については、基本呪文の教科書が二十ページぐらいまで進んだ感じですね。ディアーナ嬢、一組はどのような感じですか？」

「こちらの組は、基本呪文の教科書は二十五ページまで進んでいますけど、魔力技術論はちょっとそちらより遅れているようです」

「入学からひと月で、五ページ分も差が開いていますね。一組と二組でそんなに差が出るものなんでしょうか」

ディアーナの言葉に、驚いた顔を作るジャンルーカ。

「組み分けテストでは凄い人が数人いましたけど、大多数はそんなに差が無いと思っていたんですが……」

「一組はアウロラ嬢以外はみんな貴族だったんで、基本魔法の呪文はほとんどの生徒が暗記済みだったんだ。たぶんそれで、二組よりも進みが早いんだろうな」

気にするなと言うように、アルンディラーノがジャンルーカに説明をする。基本呪文の授業というのはその名の通り基本的な魔法の呪文を丸暗記するだけの内容だ。家庭教師の質によるブレがほとんど無い教科なので貴族有利と言える。

「クリスとか、魔法剣に特化して自己流な魔法ばっかりだから基本呪文あやふやなんだよな」

「ああ、なるほど。確かに二組には商人の子と叙爵《じょしゃく》したばかりという男爵令息もいましたね。あれ？　でもそうしたら魔力技術論も一組の方が進んでいそうなものですけど？」

それまで楽しそうに会話をしていたアルンディラーノが、ジャンルーカに魔力技術論の話を振られた事で顔が曇った。

魔力技術論というのは、魔法の素である『魔力』を使う為の技術について学ぶ授業の事だ。自分の体内にある魔力の感じ方や、体内を巡らす方法といった基本的なことから、体内魔力の育て方や蓄積方法、魔石へ魔力をためておく方法などの応用まで、文字通り魔力を扱うための技術について学ぶ。

「一組の生徒は、家庭教師の魔法使いが感覚派だった子が多いんじゃないかな」

カインが、顔を曇らせたアルンディラーノを気にしつつフォローを入れた。

「感覚派、ですか？」

ジャンルーカがコテンと首をかしげてカインに視線を向ける。初めて会った頃のジュリアンに容姿は似てきているのだが、何故だか当時のジュリアンよりは断然かわいらしさが上である。

「アンリミテッド魔法学園に通うような貴族の子であれば、ほぼ全員が入学前から家庭教師に魔法を習っているんですよね。その家庭教師が『感覚派』だったりするとこの授業で苦労するみたいですよ」

なんせ感覚で魔法を使う人達なので、技術的な解説を省略して魔法を教えがちなのだそうだ。

家庭教師が『感覚派』か『理論派』かは、家庭教師の質の高低や家庭教師自身の魔法使いとしての資質とはあまり関係がないので、雇ってみないとわからないのだ。

「カインはどちらかというと感覚派？」

「どちらかというと感覚派ですね。でも、魔法を作るのに頭はちゃんと使ってますよ」

「私もお兄様と一緒で感覚派ですわ」

カインが魔法の家庭教師だったジャンルーカは気になったらしい。

ちなみに、ティルノーア先生は『超感覚派』だったのでディアーナはとっても新鮮な気持ちで学校の授業を聞いている。カインは四年生への転入なので教科書をさらっと読んで知識としてだけ頭にいれてある。

「僕は理論派だな！」

とアルンディラーノがジャンルーカに向かって胸を張っていた。

「どちらが上ということはないのですが、論理的に魔法を使う人よりは感覚で魔法を使う人の方が魔法が派手になる傾向にあるそうです。なので、ああいった組み分けテストの方法だと感覚派の人が一組に割り振られることが多いようです」

「ああ、それで魔力技術論は一組の方が遅れてるんですね」

納得したようにジャンルーカは頷いたのだが、ディアーナとアルンディラーノが顔を不満そうにゆがめて口をとがらせた。

「それが理由ではありませんわ」

「授業が遅れてるのには別に理由があるんだよ」

ディアーナとアルンディラーノ、二人がそろって異議を唱えた。

「ジャンルーカ様は、魔力技術論の授業を受けてどう思われましたか？」

ディアーナが眉間にしわを寄せ、唇をとがらせたままジャンルーカに質問をした。

「魔力技術論、体内に魔力を循環させるのに右回りにするか左回りにするか個人差が出るというお話が面白かったです。それまで全然意識していなかったんですが、授業で聞いてから意識してみたら私は左回りでした」

「無意識に巡らせる方向と、効率良く巡らせる方向は違う場合があるってのは習ったか？」

アルンディラーノが焼き菓子を口の中にポイと放り込みながらジャンルーカの顔を見る。

「先週教えていただいたのがそれですね。休息日明けの実践授業で逆回転をやってみることになっています」

「その授業内容を聞いて、ジャンルーカ様はどう思いましたの？」

「はい？」

アルンディラーノとディアーナから交互に質問攻めにされ、ジャンルーカの顔に戸惑いが生まれる。

「どう、と言われましても。そうなのか、僕はどちらだろう？　としか思いませんでしたが……」

困惑した顔で、ジャンルーカがディアーナとアルンディラーノの顔を交互にうかがう。カインも、三人の会話を微笑ましく見守っていたのだがどうにも雲行きが怪しい。

「アル殿下。ディアーナ。魔力技術論の授業で何かあったの？」

どう答えて良いか迷い、困っているジャンルーカに代わってカインが二人へと問いかける。

一組には感覚派が多いせいで魔力技術論の授業が遅れることもあると自分で説明したカインだが、『超感覚派』のティルノーアに習ったディアーナも授業に新鮮さを感じてはいても詰まっている様子はない。

「うーん。なんて言えば良いかしら」

「魔力技術論の授業中、いちいち教師の説明にツッコミを入れて議論になるヤツがいるんだよ。そいつのせいで授業が全然進まないんだ」

ディアーナが言葉を選んでいるうちに、アルンディラーノが口をとんがらせて文句を口にする。

ジャンルーカへの質問は、教師に習ったことに疑問を持ったりしたかを聞きたかったらしい。

「わからない事があって質問することが多い、とかじゃなく?」

カインが質問を重ねれば、

「「違う!」」

とディアーナとアルンディラーノの声がそろった。

「右回り、左回りという言い方は不足がある。体が立体である以上は上下左右、前後といった動きが魔力にもあるはずだとか言っていたな」

「効率の話をするのであれば、体全体を一周させるのでは無く体の部位毎に分け魔力を回転させるべき。なんてことも言っていましたわ」

二人の説明を聞いてカインは理解した。その生徒はおそらく頭が良すぎるのだ。

体内に魔力を循環させるときに意識する方向を立体的に意識するとか、体全体を一周させるのでは無くて腕なら腕だけ、足なら足だけで魔力を循環させた方が場合によっては効率的であるとか、それは四年生で習う内容なのだ。カインがちょうど学園で習っている内容である。

理屈がわかっていればいきなりそうした高度な考え方、複雑なやり方をやったって良いとは思うが、学園の授業には手順というものがあるのだ。算数の授業で三足す三を教えている教師に「それは三かける二の方が効率が良い」と指摘しているようなものだ。

「その生徒って、なんていう名前なんですか？」

ジャンルーカが困ったように二人に問えば、アルンディラーノとディアーナは二人で顔を見合わせて、そしてそろってジャンルーカの方へと身を寄せた。

「『ラトゥール・シャンベリー！』」

息ぴったりに叫んだ二人の様子に、ジャンルーカは目を丸くしながら「二人は息ぴったりですね」と言って、カインを含めた三人から声をそろえて否定されたのだった。

人は一度愚痴をこぼし出すと、止まらなくなるものだ。一緒になって愚痴を吐く人と、聞いてくれる人が居る状況というのは特に愚痴を加速させる。

ディアーナとアルンディラーノは、ジャンルーカとカインという聞き手を得て、いかにラトゥールが授業の邪魔をするかを熱く語った。

「ラトゥールは魔法鍛錬所での実践授業の時に周りを見てないから危ないんだ」

「先日も、まだ準備中の生徒を水浸しにして授業が中断してしまいましたのよ」

だとか、

「グループテストなのに、自分一人で再現可能だからってグループを組もうとしない」

「実際に一人で再現してしまわれたんですけど、どうしてそれが出来たのかについて教師と検討会が始まってしまいましたの。それで、また授業が中断ですわ……」

だとか、

「魔法道具に頼るなんて魔法使いとして三流だ！　なんて言って魔法道具に魔力を込めたり出したりする授業をボイコットしようとするんだよな」

「授業補助で来てくださっていた魔道具作成職人様が半泣きになってしまわれて切なかったですわ」

だとか。どんどん、ラトゥールに対する愚痴がこぼれてくる。

「た、大変ですね」

隣の組の、よく知らない生徒に対する愚痴を延々と聞かされたジャンルーカは災難である。ただ、相づちは打つものの知らない人の愚痴に混ざるようなことはしなかったのはやはり育ちが良いんだろうなとカインは感心した。

前世の会社の飲み会などでは知らない人の愚痴を聞いては「そいつ最低ッスね！」と一緒になって自分の知らない人の愚痴を言う人も居たが、あれはよくないと前世から思っていた。

「二組は一組よりも平和な組で良かったな、とか思ってるんだろ」

「……。思いました」

「こんにゃろー」

アルンディラーノとジャンルーカがじゃれだした。愚痴大会は終わりらしい。

「ところで、そのラトゥール・シャンベリーという生徒はどの方ですか？」

「あれ？　一年生ってまだ合同授業とかないの？」

ジャンルーカがラトゥールについて質問した。同じ学年といえども組が違えば名前や容姿を覚えていないことはもちろんあるだろう。

わからないなりにも、ジャンルーカはここまで相づちを打ちつつも黙って二人の愚痴に付き合っていたのだ。

カインはゲームで合同授業イベントがあった事も覚えていたので、もうジャンルーカはラトゥールの事を知っているのだとばかり思っていた。

「合同授業？　そんなものがあるんですの？」

「ダンスレッスンとかは合同のはずだよ」

ゲームでは組み分けイベントで別の組になってしまった攻略対象との、数少ない接触チャンスとなる合同授業がいくつかあった。ダンスレッスンが合同授業になってるなんて、ゲーム的ご都合主義だと思っていたのだが、実際には魔法の能力で振り分けた組だと男女比が偏る事が多いからという至極まっとうな理由が存在していた。

「学園敷地内にある森を使ったオリエンテーリングもあるらしいぞ」

「へぇ、それは楽しそうですね」

「でも、それは組別に課外授業だったはずですわよ」

「そういえばラトゥールのやつ、アマニ先生のカツラを指摘して授業を潰したこともあるんだぞ」

「ええ！『魔法使いの長髪は魔力を留めておくためです。偽物を頭に乗せていても効果はあるのですか？』ですって！　あの時は皆どう反応して良いのかわからなくて困りましたわ！」

「それ、ラトゥールのモノマネか？　似てないぞディアーナ」

一年生組三人の話が少しずつ脱線していく。猫をかぶった王太子、世を忍ぶ仮の姿でいる公女、国の代表という看板を背負っている第二王子。気を遣わなくて良い場所、良い仲間との会話は楽しいのだろう。話題は尽きないようだ。

組違いのジャンルーカでも、ラトゥールについて授業態度などの人となりは知らなくても、『アレがラトゥールね！』ぐらいの認識はあると思っていた。しかし、ジャンルーカから「どの人がラトゥール？」という質問がでるということは、愚痴を聞きながらも全く該当する生徒が思い浮かんでいなかったということだ。

「忍耐強いですね、ジャンルーカ様」

全然知らない人の愚痴をずっと聞き続けたことに対してねぎらいの言葉をかければ、

「……。兄上《ジュリアン》でなれているので」

という返事が返ってきた。あぁ、なるほどなとカインは遠い目をしつつ、ジャンルーカの頭を優しく撫でてやるのであった。

ゲームの同級生魔導士ルートでは、魔法は凄いが社交的では無くクラスの中で浮いている存在だったラトゥールに対して、「ラトゥール君の魔法凄いね！」「平民で独学だったからわからないところがあるの。教えてくれる？」といった感じで気さくに声をかけてくれるヒロインに徐々に心を惹かれていくというシナリオになっている。

ちなみに、「ラトゥール君、そういう独りよがりはダメだよ」とか「え、怖いんですけど。近寄らないでくれる？」といった選択肢を選ぶと好感度が下がるので同級生魔導士ルートから外れていく事になる。

「ディアーナ、アル殿下。同じ組で他に仲良くなった子はいるの？」

ヒロインであるアウロラが、ディアーナやアルンディラーノと同じ一組だったのを思い出し、カインは探りを入れてみる。

入学式後の組み分けテストで一組になったということは、手を抜いていないということ。ジャンルーカやクリス狙いではないということだ。

「一組の皆さんのお顔とお名前は全員覚えましてよ？　授業ではその時その時で近くの席の方とご一緒しますけど、特に仲が良くなった方となると……」

ディアーナは、クラスメイトとまんべんなく仲良くなっているようだ。

「僕もそうかな。仲良くなる人物に対してはまだ様子見してる段階だ」

アルンディラーノは、派閥だとか下心だとかを見極めるためにクラスメイト全員にまんべんなく同じように接しているらしい。必要以上におだてたり自分を卑下した言葉で話しかけてくる生徒に対しては若干うんざりしているようだった。

「ライバルではあるけど、ディアーナが同じ組で良かった。クリスが別の組になってしまったから気を抜ける相手がいないんだよな。ジャンルーカ！　来年は絶対に一組に上がって来いよ」

「はいはい。アルンディラーノこそ来年は二組に落ちたなんてことにならないようにしてくださいね」

王子同士、アルンディラーノとジャンルーカは仲が良い。ジャンルーカは学生寮に住んでいるが、アルンディラーノが時々王宮に連れ帰っているみたいだと、以前ディアーナがカインに教えてくれていた。

「なんだっけ、ほら。羽根ペン作りに参加していた子も一組に居るんでしょう？」

アウロラの話題が出てこないので、カインは自ら話を振ってみる。これで、全然反応がないようであれば、転生者らしいヒロイン側も「ゲームの登場人物に近寄らんとこ！」と考えている可能性が高い。

「ああ、アウロラさんね！」

ディアーナがパッと明るい顔をして手を打つ。逆に、アルンディラーノは眉間にしわを寄せ、ジャンルーカは小さく首をかしげた。

「入学前からの知り合いですし、私は仲良くしたかったんですのよ……」

「あいつ、セレノスタ師匠の先生なんだろ？　僕も声をかけてみようとしたのに全然つかまらないんだよな」

「学園内では世を忍ぶ仮の姿であることを内緒にしてねってお願いしただけですのよ？　普段から避けなくてもよろしいのに……」

「セレノスタ師匠？」

ディアーナとアルンディラーノの反応を見る限り、アウロラは積極的に『ド魔学』プレイを再現しようとしている訳ではなさそうだった。

（いや、腹黒後輩ルートか、先生ルート、もしくは俺ルート狙いで今だけおとなしい可能性もあるか？）

カインがアウロラの行動について考察している間、頭上にハテナマークが並んでそうなジャンルーカに、ディアーナとアルンディラーノがアウロラについて説明していた。

『石はじき』というシンプルで面白い遊びがあって、セレノスタというその遊びの名人がいること。アウロラはそのセレノスタに文字や計算を教えていた賢い少女であること。治癒魔法を使えるようになってからは孤児院に赴いて無償で子ども達の怪我や軽い病気を治してくれている心優しい少女であること等を説明している。

アルンディラーノは入学するまでアウロラと面識はなかったらしいが、セレノスタを石はじきの師匠とあがめていることもあって興味はあったらしい。

「なんか、柱のかげとか廊下の角とかからじっと見つめてくる事があってちょっと怖いんだよな」

「ああ！　もしかして、あの桃色の髪の毛の令嬢ですか？　こう、このくらいの髪の」

アルンディラーノの言葉に、ジャンルーカがようやく反応を返した。肩の上で手のひらをぽわぽわと動かして、ボブヘアを表現している。

「あの子が、アウロラ嬢なんですね。私も時々視線を感じます。サイリユウムから来た人が珍しいのかと思っていたんですが、アルンディラーノも覗かれているんですね」

「私、覗かれてない……」

アウロラの不審な行動に、カインは思い当たることがある。おそらく、ゲームの立ち絵やイベントシーンの再現というか聖地巡礼というか、そういったことをやっているんだろうと思う。

以前アウロラと羽根ペン作りで一緒になったときに「サイオシキター」と叫んでいたアウロラのことだ。おそらくゲームプレイ済みな上にオタクであるに違いない。

ゲームと同じようにヒロインとして恋愛するにしたって、逆ハーエンドが無いド魔学であれば誰か一人に絞って攻略をするだろうし、かといって別のキャラクターが嫌いなわけでも無いのであれば、似たシーンを自分の目で見たいと思うのは自然の摂理である。カインだって見たい。

「ディアーナ様のことは、カイン様が覗いていますからご安心ください」

しれっと、イルヴァレーノがバラした。

「それなら、引き分けね!」

「カイン！　僕のことも様子見に来てもいいんだぞ！」

「ディアーナ嬢のついでに、私の所にも遊びに来てくださいね、カイン」

これ以上、アウロラに関する情報は出てこなそうである。学校から出されている宿題の話や、カインのクラスメイトの話などを少しした後、エルグランダーク家での小さなお茶会はお開きになった。

ラトゥールの闇を暴く

アンリミテッド魔法学園は、サイリユウム貴族学校とは違って使用人を連れてくることが出来る。

とはいえ、色々と制限はある。

使用人は授業中の教室には入れないとか、主人と一緒で無いと移動出来ない場所があるとか、派手な服装をしてはならないとか、学生服を着てはならないとか、主の身分を笠に着てはいけないとか、それはもう色々と。

「過去に、なんかもめ事がある度にルールが増えていったんだろうな」

「名札が恥ずかしいんですけど」

「ルールだから我慢してよ」

アルンディラーノとジャンルーカをエルグランダーク邸へ招いてのお茶会から一週間後、アンリミテッド魔法学園の廊下をカインとイルヴァレーノが並んで歩いていた。

カインは制服を着ており、イルヴァレーノは黒いズボンに濃茶のベスト、ループタイという地味目の服装で、腕に『四年一組カイン・エルグランダーク』と書いてある腕章を付けている。

使用人は主人の名前の書かれた名札を身につけること、というルールがあるのだ。

「これじゃあ、私がカイン様みたいじゃないですか」

「他人の従者を騙って悪さしたヤツがいたとかで出来たルールなのかもね。主人の名前なのは、何かあったときに責任の所在を明らかにするためだろうなぁ」

イルヴァレーノは居心地悪そうに、腕章をつまんで引っ張ったりしている。主人の名前が書かれた名札は腕章である必要はないのだが、カインが「学生が自分の所属を表明するならやはり腕章」と言い張った為に腕章になっている。

ちなみに、他の生徒の使用人は主人のクラスと名前の入ったサコッシュのようなショルダーバッグを提げていたり、主人の名前入りのハンカチを胸ポケットからこぼしたりしている。

カイン達が今歩いているこの廊下は、両側に大きな窓が並んでいて明るい。とはいえ、実はこの窓も魔法で設置されているものなので本物では無い。

両開きで開く作りのように見えるのだが、押しても引いても窓枠はピクリとも動かない。はめ殺しになっている。

本当は廊下の両側に教室などの部屋があって外に直接は通じていないので、万が一窓を開けることが出来たとしても、外にはでられないのだ。

ちなみに、窓ガラスから見える庭園の風景は、光魔法で中庭の様子が映し出されているらしい。

面白そうなので、今度時間のあるときにディアーナとカインで廊下と中庭に分かれて本当に中庭の画像なのかどうか、リアルタイム映像なのかどうかを確認する実験をしてみようとカインは思っている。

「カイン様、ここです」

窓の景色を眺めながら歩いていると、一枚の窓の前でイルヴァレーノが立ち止まる。カインからは廊下に並んでいる他の窓と同じように綺麗な庭園と青い空を映しているだけに見えるのだが、イルヴァレーノにはそこにドアがあるように見えているらしい。

イルヴァレーノが窓枠に手をかけ、グイッと腕を手前に引くと使用人控え室の入り口が現れた。瞬きする前には窓があったはずのところには、木製のドアが現れていて、部屋のなかが見えている。

「人がやるのを見ると不思議議だなぁ」

「普通にそこにあるドアを開けているだけなんですけどね」

そう言ってイルヴァレーノは体をズラしてカインを先に室内へと通す。続いてイルヴァレーノが部屋の中へと入って後ろ手に戸を閉めれば、スッとドアが壁へと馴染み、また窓が続くだけの廊下へと戻っていた。

「ご希望通り、シャワー設備と簡易キッチンのある使用人控え室を借りておきました。カイン様のご要望にあってますか？」

先に部屋の中へと入っていたカインは室内をぐるりと見渡し、目に付いたドアをあちこち開けてまわっていた。

「うん、うん。これで大丈夫そうだな。ありがとうイルヴァレーノ」

「まったく、何をするつもりなんですか」

「黒猫さんをプロデュースするつもり」

また、訳のわからないことを考えているな、と不審そうな目を向けるイルヴァレーノをよそに、カインは部屋に備えてあったソファーへとどっかりと座った。

「ソファーが硬いな」

「使用人のための控え室ですからね」

ソファーでくつろぐカインをよそに、イルヴァレーノは持ってきていた鞄から色々な道具をテーブルの上に並べていく。

はさみと櫛、タオル、光魔法の込められた魔石やアイロン等が次々と鞄から出てきた。

「授業は良いんですか？」

「次の時間は選択授業だから大丈夫。それより、一年生の授業はそろそろ移動だから準備してくれる？」

「本当にやるんですか……」

カインは、今日ラトゥールを拉致監禁するとイルヴァレーノに伝えてある。ディアーナの楽しい授業を邪魔しまくっているヤツを懲らしめる為、と説明してある。

「消すんだったら、学園の外の方が証拠が残りにくくていいと思うんですけど」

「物騒なこと言うなよイルヴァレーノ。ちょっとお話し合いするだけだよ」

「お話し合い、ねぇ」

イルヴァレーノは眉間にしわを寄せつつテーブルに並べたはさみやアイロンに目を向ける。話し合いにはさみが必要だとは全く思えない。

「とにかく、一年生の休み時間になればディアーナとサッシャがラトゥールをこの部屋に連れてくる手はずになってるから」

「良くサッシャが納得しましたね」

「ディアーナの授業がそいつのせいで遅れてるって言ったら腕まくりしてたよ」

その時の様子を思い出して、カインがくっくと喉を鳴らして笑っている。

「学園のドアは『必要な人の目にしか映らない』魔法が掛かっているからね。部屋に引き込んでしまえば、もうイルヴァレーノとサッシャ以外の人にはこの部屋の入り口はわからなくなる」

カインの言葉に、イルヴァレーノはそっとため息をつきながらドアの前に立つ。部屋の中から見れば、ドアは普通の木製のドアでしかない。

留学前に、カインがティルノーア先生に別れの挨拶をするために魔導士団の詰め所に行った時は、ティルノーア先生のドアに似たような魔法がかけられていた。

魔導士団詰め所の各部屋のドアには招かれざる客を拒むために魔法がかけられていて、おどろおどろしい牢屋の鉄格子や血痕が飛び散った扉などが並んでいた。カインが「ここがティルノーア先生の部屋ですね」と指差さねば案内係の魔導士も通り過ぎるところだった。

人を拒むための幻影が、牢屋の扉だったり血まみれだったりするのはそれぞれの部屋主の趣味らしい。

魔導士団詰め所のドアは『用のない人には存在は見えるが入りたくない気持ちにさせる見た目』にする魔法がかけられていたが、魔法学園のドアには『その部屋に用のある人以外には壁や窓にみえる』魔法がかけられている。

間違えた教室に行ってしまったり、入ってはいけない部屋に入ってしまったりするのを防止するためだと言われている。学生には好奇心旺盛な者もいるので、恐怖心を煽るような見た目の扉だと肝試しと称して入ろうとする者が出るのだそうだ。だから、隠す魔法が使われている。

しかしコッチはコッチで目的地を思い浮かべず、ぼんやりと考え事をしながら廊下を歩いていると、ドアが見つからずにどこにもたどり着けないこともあるそうだ。

今、カインとイルヴァレーノがいるこの部屋は、カインの使用人であるイルヴァレーノと、ディアーナの使用人であるサッシャの控え室として申請して借りた部屋なので、ドアを見つけることが出来るのはイルヴァレーノとサッシャしかいない。

主人であるカインですらドアが見えないようになっている。

この部屋にラトゥールを引っ張り込めば、後は誰からも邪魔されることは無いというわけである。

「来たようです」

ドアの前に立っていたイルヴァレーノがソファーに座るカインを振り向いて報告すれば、すぐにドアの向こうからザワザワとした音が聞こえてきた。

コンコン、とノックの後にガチャリとドアノブが回り、開いた隙間からサッシャが部屋をのぞき込んできた。ソファーに座るカインの姿をみつけると、小さくうなずいてするりと部屋の中へと入り、扉を押さえてディアーナを招き入れた。

「ふわぁ。凄いね。本当にサッシャがドアを開けるまで部屋があるなんてわかりませんでしたわ」

「は、はなしてよ。きみ……きみたちはいったい。なに？　なんなの」

サッシャがドアを開いているうちに、ぐいぐいとディアーナに背中を押されたラトゥールが部屋へと入ってきた。

ラトゥールの背中を押すディアーナが完全に部屋の中まで入り、サッシャがドアを閉めるとイルヴァレーノがドアの前に立って逃げ道を塞いだ。

ディアーナに背中を押されて部屋の真ん中までやってきたラトゥールの前に、行く手を阻むように立つカイン。ラトゥールはディアーナと同じぐらいの身長で、カインより頭一つ小さい。

ぼさぼさの髪の毛に、分厚いレンズの眼鏡をかけたラトゥールの顔を上からのぞき込むように見下ろすカインは、にっこりと笑ってこう言った。

「ようこそ、ラトゥール・シャンベリー。ちょっと僕とお話をしようじゃ無いか」


使用人向けの控え室のソファーは硬い。

「ディアーナ、お尻いたくない？　僕の膝の上に座る？」

「お兄様。最近のお兄様のお膝は硬くてあまり座り心地がよくありませんの」

「えっ。……ちょっと太ろうか？」

「お膝の上に座れないのは残念ですけど、そのままかっこいいお兄様でいてくださいませ」

座り心地の良くないソファーに並んで座っているカインとディアーナの会話に、サッシャはどこからともなくクッションを取り出しディアーナの背に差し入れた。

簡易キッチンでお茶の用意をしていたイルヴァレーノが、三人分のお茶をテーブルに乗せてからカインの後ろで待機態勢に入る。

「……」

ラトゥールは、カイン達と向かい合わせのソファーに座らされ、ディアーナとカインのいちゃいちゃぶりを見せつけられていた。

「お兄様、そろそろラトゥール様とお話しなさいませんと」

「そうだった。ディアーナは気が利くねぇ。淑女の鑑だよ!」

偉い偉いとディアーナの頭を撫でようとするカインの手を、サッシャがそっと阻止した。出来る侍女は主の髪が乱れるのを許さない。

「さて、ラトゥール・シャンベリー。君、授業妨害してるって一年一組の生徒達から不満がでているのは認識してる?」

カインが単刀直入に切り出した。

「?」

ラトゥールは、何を聞かれているのかわからないというように首を小さくかしげる。

「授業内容が幼稚だとか、効率が悪いとかって教師にクレームつけて授業を中断させてるらしいじゃないか」

カインは具体例を挙げて問いを続ける。

「組み分けテストで一組に入ったっていうのに、魔法に関する授業が二組より遅れてるって不満を持っている子もいるみたいだけど? 自覚はある? ラトゥール・シャンベリー」

「授業の、邪魔……してない」

カインの言葉に、不服そうな顔をして答えるラトゥール。

「自覚は無いって事だね」

ラトゥールの聞き取りにくい、ぼそりとした小声をちゃんと拾ってカインが頷いた。

アルンディラーノとディアーナからラトゥールに関する愚痴を聞き出した後、カインは一年一組の教師にも話を聞きに行っていた。

教師から聞いた話だと、ラトゥールの語る魔法というのはとても高度なものらしく、深い知識に基づいた推論の確認だったり、仮説の不足部分についての質問だったりするらしい。

教師としても、クラス全体の授業を進めなければならない事は認識しつつ、最新の魔法技術論文から引用して発言してくるラトゥールと議論を交わすのが楽しくなってついつい脱線してしまうらしい。「これじゃいかんとわかってるんだがねぇ」と苦笑いしていた。

「ねぇ、自分以外の同級生たちは皆バカだって思ってない？」

カインは身を乗り出して、膝の上で指を組んでラトゥールを見つめた。見つめられたラトゥールは、ツイッと視線をそらした。

「思って……ません」

これは思っているな、とカインは苦笑い。隣に座るディアーナをチラリと見れば、口がへの字に曲がっていた。

「私の事も、バカだと思っているってことですわね」

「思ってない……って、言った」

「こちらを見て、私の目を見てもう一度おっしゃって？」

「……」

ラトゥールは目をそらしたままこちらを見ない。見られないのだろう。

ラトゥールも、言葉通りに『バカだ』と思っている訳ではないのだろう。しかし、同じ年齢の生徒達は自分とは話が合わない。話すだけ時間の無駄だとは思っていそうだ。級友たちを同レベルだと思っていれば、授業中や授業後に「先生の今の解説まちがってない？」と級友と話せばいいのだ。授業中の教師に声を上げることが出来ているので、コミュ障だから話しかけられないとは言わせない。

遠回しにディアーナをバカだと言われたサッシャは、ディアーナの後ろに待機しつつ臨戦態勢に入っている。

カインが留学し、サイリユウムに別邸を購入したことでイルヴァレーノもサイリユウムに行ってしまって以降、サッシャはディアーナと一緒に毎朝走り込んで脚力を鍛えている。パレパントルの隙間時間に教えを請うて護身術バリツも身につけた。私のお嬢様をこれ以上馬鹿にしたら許さないオーラがにじみ出ている。

サッシャの隣に立っているイルヴァレーノは、カインの様子をうかがっていた。ディアーナを馬鹿にされて一番怒るのはカインだと思っているからなのだが、当のカインは困った顔はしているものの怒っている様子は無い。

「ねぇ、ラトゥール。組み分けテストで同級生達の魔法を見てたいしたことないって思ってしまった？　それとも、一年生の授業内容が初歩的すぎるから、それを真面目に受けている人達も魔法初心者だと思った？」

ラトゥールは組み分けテストで火属性と水属性を同時に発動してみせた。しかも、天井付近まで登って行くような巨大な螺旋の形で。魔法の制御も魔力もしっかり鍛えていなければ出来ない魔法ではあった。

火の玉を出すだけ、風で小さな竜巻を起こすだけ、紅茶が冷めないだけといった魔法を周りの生徒が使っていれば、レベルが低いと感じても仕方が無いかもしれない。

しかし、カインがやって見せたような「たった五メートルだけ転移する」という一見地味にみえるが実は二属性を極めていないと出来ない、といった魔法もあるのだ。ずっと独学でやってきたラトゥールはおそらくそういった『地味だけど高レベル』な魔法を使った生徒を見逃している。

「ディアーナの蝶の妖精魔法なんて、すっごい高度なことやっているのにねぇ」

「ふふふ。組み分けの先生もそうおっしゃってくださっていましたわ」

闇魔法で光を遮ることで蝶の羽を表現、同じく闇魔法でスカートの中を暗黒で満たして不可視化。闇魔法の『存在を薄くする』という性質を利用して体を浮かせる。ディアーナは闇の一属性のみだったが、同時に三つの魔法を使っていたのだ。ただ可愛いだけではない、高レベルな事をやっていたのである。

「ねぇ、ラトゥール。君は『魔力の体内循環』に関して、授業で右回りと左回りがあるっていうのに疑問を持って教師に質問したんだってね」

カインが、ディアーナとアルンディラーノが愚痴っていた内容をラトゥールに確認する。

「人間の体は平面じゃ無い。体内を巡らせる魔力は左回り右回りなんて単純なものじゃない」

魔法の話になったら、ラトゥールは急にシャキッとしゃべり出した。顔も上げてまっすぐにカインに向けている。

「あたりまえですわ。人の体には厚みがあるなんてことは百も承知でしてよ。腕も太モモも丸いですし、頭なんて球ですもの」

「それがわかっていて、なぜ右回り、左回りなんていう単純化して考えなければならないのかがわからない。最初から立体的に意識して訓練した方が効率がいいじゃないか」

「でも、ベッドで大の字になって寝てしまえば人なんて平らなものでしょう？　腕や足などでは、らせんを描くように魔力を巡らせるのだとしても、大きな目でみれば結局は右回り、左回りっていうお話に戻ってきますわ」

「そんなのは実践的じゃ無い」

「入学前は皆さん別々の家庭教師について魔法を習ってきているんですのよ。教わり方も家庭それぞれですわ。それを、これから六年間一緒に学んでいく為に基本をすりあわせましょうって事ではないかしら」

「それじゃあ、君は魔力の体内循環を立体的に出来てるって言うのか？」

興奮してきたのか、ラトゥールの語気が荒くなってきている。しかし、ディアーナは余裕の笑顔で頷いた。

「もちろんですわ」

そう言って立ち上がると、ディアーナは軽く両腕を開き目をつむる。魔力を意識して体内にめぐらせているのだろう。ディアーナの髪の毛がふわりと浮かび、スカートの裾が小さく揺れる。広げた腕をらせん状に風が包み、やがて肩、腰、足先へと巡って行く。

「わかりやすいように魔力に風の属性を乗せているね。さすがディアーナ」

右肩から右の指先へらせんを描くように腕に沿って下りていき、それとすれ違うように指先から肩へと戻っていく細い空気の筋。そして右肩から首を巡り、髪の毛を揺らして左肩へ、左指先、そこから腰へ下がって胴をぐるりと回り、左足へ。その後は右足へと続き、腰に上がってぐるりと胴を回った後はまた右肩へ。腕や足では体に沿うようにらせんを描いて風は巡っている。

「左回りですね」

「左回りですわね」

カインとディアーナの後ろに立つ侍従二人組から言葉が漏れる。そうしてしばらく風をまとっていたディアーナは、やがて浮いていた髪も落ち着いた頃にポスンとソファーへと座りこんだ。

「ディアーナは凄いねぇ。ちゃんとわかりやすいように、魔力を巡らせるのに合わせて風魔法を体に沿って発動させるとか、発想がもはや天才！　巡らせ方も完璧！　将来は世紀の大魔法使いになっちゃうんじゃないかな？」

「お兄様、そんなに褒めては照れますわ。それに、魔力の通り道を目に見えるように示してくれたのは元々お兄様でしてよ？」

「そうだっけ？　でも、それは僕の留学前の話でしょう？　覚えていたのが凄いよ！　記憶力が凄すぎる！」

カインがディアーナを褒めちぎっていると、バンっとラトゥールがテーブルを叩いて立ち上がった。

「それぐらい、わたしにだってできる！」

そう言って、ラトゥールは体の周りに霧をまといだしたのだった。

体に霧をまとわせ、魔力を体に巡らせるのと合わせて霧を動かしてみせたラトゥールに対して、カインはあっさりと褒めた。

「口だけじゃなかったんだね。きちんと実践出来ていて偉いじゃないか」

そう言って、テーブル越しに身を乗り出してラトゥールのぼさぼさ頭をぐりぐりと撫でた。

「右回りですわね」

「右回りだな」

その後ろで、侍従コンビがコソコソとしゃべっている。コソコソしているが、きっちりカインにもラトゥールにも聞こえる音量でしゃべっているのがわざとらしい。

「ラトゥール。魔力の体内循環に関して立体を意識するのは二年生で、腕や足といった部位を意識するのは三年生、それらを総合して全身を効率よく巡らせるのは四年生で習う内容なんだよ」

頭をぐりぐりと撫でながら、優しい声でカインが諭す。

「君は、すでに四年生で習う範囲のことを理解しているみたいだけど、クラスの他の子にはそうじゃない子もいるんだ。教師の解説はそういう子達に譲ってやってくれないか」

「……」

ラトゥールはおとなしく頭を撫でられつつも、口をキュッと結んで開かない。

「私も、ちゃんと四年生で習う事が出来てるって事ですわね？」

そう言ってディアーナも頭を差し出してきたので、カインは空いている方の手でディアーナの頭も優しく撫でた。

「ディアーナは天才だからなぁ。ティルノーア先生の感覚派な説明でそれを身につけちゃったから、なぜそれが効率が良いのかとか、理屈の方が追いついてないんじゃないかな」

「でしたら、ちゃんと授業を受けて学ぶべきですわね」

カインに頭を撫でられつつも、うんうんと大げさに頷いたディアーナは、次にラトゥールの方へと向き直った。

「ラトゥール様。自慢ではありませんが、私は優秀な家庭教師の先生ととっても優秀なお兄様に恵まれたおかげで魔法のお勉強は大分進んでおりますの。それでも、学園の授業で教えていただく内容には新しい発見がありますし、理解がより深まる事も多いと感じておりますのよ」

柔らかく微笑みながら、ディアーナがラトゥールへと話しかける。

「でも、授業内容に物足りなさを感じることが私もありますの。自分の知識への復習として有意義と思っても、やはり知っていることを再度なぞるのはちょっと退屈ですわよね」

今度は、いたずらっ子のように笑って内緒話をするように語りかける。

「ね、ラトゥール様。学園の授業で物足りない所については、私とお話ししませんこと？」

良いことを思いついた、という顔で身を乗り出してディアーナがそう提案した。コロコロと変わっていくディアーナの笑顔に、カインの顔はとけそうになっている。

「エルグランダーク嬢と？」

カインとは逆に、すこし面倒くさそうな顔でラトゥールが答えた。

「ええ。その代わり、授業中はおとなしく先生のお話をきくんですのよ？　一組の他の皆さんの授業の邪魔をしてはいけませんわ」

ディアーナとラトゥールの頭に手を置いているカインを挟んで、二人で次の約束の話をしている。

もちろん、カインは二人きりで会話などさせる気はないが、空気を読んで今は黙って様子を見ている。

「もちろん、お兄様も参加してくださいますわよね？　四年生の意見をお伺いしたいわ」

「もちろんだよ！」

ディアーナの方からカインを巻き込んできたので、意気揚々と承諾の返事をする。

「上級生との、魔法の勉強会……」

カインの返事に、ラトゥールは少し思案するようにうつむいた。ディアーナの提案に心がゆれているようだ。

「そろそろ、授業が終わりますわね。教室にもどりませんと」

壁に掛けられている時計を見上げてディアーナが小さくつぶやく。ディアーナの中では、もう話は終わっているようだ。

「この部屋は、エルグランダーク家の使用人用として継続的に借りるように申請しよう。そうだなぁ……。確か、ディアーナ達一年一組は水曜日の午後が早く終わるんだっけ」

「そうですわね。水曜日の午後はおじいちゃん先生の授業だけですから早く終わりますわ」

「じゃあ、水曜日の放課後にここで魔法の勉強会をしようか」

「お兄様はそれで大丈夫ですの？」

「四年一組の水曜日の午後は選択授業なんだ。今のところ何も選んでないから問題無いよ」

「では、次は来週ですわね」

カインとディアーナの間でポンポンと予定が決められていく。

次の約束をしたところで、カランカランと軽い鐘の音がなる。ディアーナ達一年一組の授業がおわった合図だ。それを機に、ディアーナとラトゥール、そしてサッシャは使用人部屋を出て教室へと戻っていった。

カインとイルヴァレーノの二人だけになった部屋は静かで、心なしか照明も暗くなったように感じる。

「結局、用意したものは使いませんでしたね」

そう言ってイルヴァレーノがはさみやアイロンを鞄にしまおうと手を伸ばすが、

「次か、その次か……。近いうちに使うからそのまま置いておいて」

とカインが止めた。イルヴァレーノはそうですかと答えて道具をそのままにし、冷めてしまったお茶を入れ直すために茶器をテーブルの上から片付けはじめた。

「カイン様、良く怒りませんでしたね」

「怒る要素があった？」

カップを片付けながら背中越しに話しかけてくるイルヴァレーノに、カインもソファーに座ったまま答える。

「同じ組の生徒を馬鹿にしているということは、ディアーナ様も馬鹿にしていることになりませんか？」

「視野が狭くて、経験が足りないだけの子どもだよ。かわいいもんじゃないか」

「そういうもんですか？」

カインが前世で営業活動をしていた保育園や幼稚園で、園児達は大人に対していかに自分が周りより優れているかをアピールしようと一生懸命になることがあった。他の子より一ミリ身長が高いだとか、髪の伸びるのが早いだとか、誕生日が早いので一つ年上なのだとか、そんなささやかなことを自慢して、大人と沢山会話しようとする。大人の関心を得ようとする。

ラトゥールはもう今年で十二歳だが、カインには魔法の能力が高いことを一生懸命アピールして教師の関心を引こうとしている幼い子どものように見えた。何かに秀でていて、大人と対等に話せている（と思い込んでいる）子どもは、他の子どもは自分より劣ると考えてしまうことがある。魔法にしか興味が無いラトゥールは、魔法という小さな世界の中で生きていて、魔法以外の判断基準が無いのだ。カインは、ラトゥールはとても可哀想な子だと思った。

魔法道具の湯沸かしポットからお茶を入れ直し、カップをカインの前に置いたイルヴァレーノは先ほどまでラトゥールが座っていたソファーへと腰を下ろした。

自分の分のカップを持ち上げて、ふぅふぅと息を吹きかけている。

「氷入れる？」

お茶を冷まそうと一生懸命なイルヴァレーノの様子を見て、指先を凍らせながら聞いた。

「薄くなるじゃないですか」

イルヴァレーノは眉間にしわを寄せてカップをカインから遠ざけた。

「シャンベリー家はさ、騎士一家なんだよ。そんな中で一人だけ魔法使いになりたくて、独学で魔法を学んできたんだ。家族を説得してようやく入学した魔法学園の授業が思ったより低レベルで、がっかりしたんだろうな」

まずは授業内容のレベルの低さに驚き、それを一生懸命聞いている生徒達にまたがっかりしたのだろう。魔法に理解を示さない家族の中から抜け出して、ようやく魔法について語れる仲間が出来るかと思ったのに、同年代は低レベルな授業を真剣に聞いているような格下だった（と思い込んだ）のだから。

自分と同じレベルで魔法について語れる同級生なんていないと早々に切り捨てたのだろう。

「そんな情報、どこから仕入れてきたんですか」

「クリスから聞いたんだよ」

「あぁ、ヴェルファディア家も騎士一家ですもんね」

イルヴァレーノは納得したが、カインは嘘をついている。

ラトゥールの情報はクリスから聞いたのではなく、ゲームをクリアして仕入れた情報だ。

代々騎士として国に仕えているシャンベリー家は、当然のように息子達も騎士になると思っている。両足で立てるようになる頃から木刀を振らせているとかいないとか。

そんな中、ラトゥールだけは魔法使いに憧れ、魔法使いになりたいと願ったのだ。

最初はただの我が儘だと無視して木刀を握らせていた両親だったが、稽古の合間に本を読み、寝る時間を削って本を読み、ついには寝不足で倒れたラトゥールを見て、騎士の基礎訓練を続けることを条件に、一旦は魔法使いを目指すことを認めたのだ。

しかし、魔法に関して知識も伝手もないシャンベリー家が雇った家庭教師は質が悪く、ラトゥールはしばらく魔法を覚えることが出来なかった。魔法の家庭教師とは性格の相性も悪く、教え方が悪いのを棚に上げて出来ないラトゥールを無能だ、出来損ないだと責めた。

せっかちな両親はそれを受けて家庭教師など無駄だと早々に判断して教師を解雇し、その後別の家庭教師を雇ってくれることはなかった。

それでも独学で魔法について勉強をするラトゥールに対して、いつしか両親はラトゥールから興味を失いほったらかすようになった。

出来ない自分を責め立てる教師、自分の言うことより教師の言うことを信じる両親、貰われっ子なんじゃないかとからかってくる兄達。人間不信気味になったラトゥールは、それ以降は独学で魔法を勉強し、独学で火と水の魔法を極めた……というのが、ゲームの設定である。

「とにかく、家族は母を除いて全員騎士だし魔法の家庭教師もいない状態だったんだ。魔法について語り合える人が居なかったんだろうな。なのに、学園に入ってみても教師が低レベルの授業をしているし周りの生徒は真面目にその話を聞いているんだ。自分と話の合うヤツがいないって思っても仕方が無いさ」

「改めて習うとなれば、基本から始まるのはあたりまえだろうに」

イルヴァレーノは呆れたような声で相づちを打ちつつ、カップに口を付けて「あちっ」っとカップをまた遠ざけていた。

「基本から順番に教えてくれる人がいなかったんだ。仕方が無い」

「それで、教師の代わりに話し相手になってやろうって?」

おやさしいこって、と皮肉な表情をつくってイルヴァレーノが鼻で笑う。カインもニコーっとわざとらしい笑顔を作って人差し指をカップに向け、イルヴァレーノのカップに氷を一粒落っことした。

「天才を、一般人レベルに引きずり落としてやろうって事だよ。やさしくなんかないさ」

背もたれに腕をかけ、天井を見上げた。使用人用の部屋でさえ、天井の中を鳥の影が通り過ぎていく。もしかしたら、あれは監視カメラの役割をしているのかもしれないとふと思った。

イルヴァレーノやアルンディラーノのように、ラトゥールも幼少時代から出会う事ができていれば、ひねくれる前に手を差し伸べることができただろうか。

例えば、ラトゥールが魔法の家庭教師を失ってしまった後に、一緒に魔法の勉強をしようと手を差し伸べ、魔法について語らう友となっていれば、必要以上に魔法にのめり込むことも人間関係を諦めることも無かったのではないか。

ソコまで考えて、カインは静かに首を振った。

「たられば を言い出したら切りが無いよな」

カインの独り言になれているイルヴァレーノは、そのつぶやきを聞き流しつつぬるくなったお茶を静かに飲み干した。

スチル回収させてください！

アウロラは、忍んでいた。

アンリミテッド魔法学園の校舎内、魔法鍛錬所へと移動する途中にらせん階段がある。木製の手すりには蔦が絡んでおり、所々に花が咲いている。

アウロラは、そのらせん階段の中程にしゃがみ込み、蔦と葉と花が絡んだ手すりの支柱に隠れるようにして息を殺している。

らせん階段を上がった先には魔法鍛錬所しか無いため、魔法の実践授業が無ければ生徒の行き来は無い。身を隠すにはもってこいの場所だった。

「入学式から、ひと月たった。長かった……」

支柱に絡む蔦の葉と花の隙間から廊下を見下ろしつつアウロラは独りごちる。

ゲームでは、最初のひと月は入学式と組み分けテスト、同じ組になった攻略対象のキャラクター紹介的な会話イベントと、スキル上げ用の授業ミニゲームのチュートリアルだけで終わる。

この現実の世界では、授業はチュートリアルの一回ずつだけなんて事は無く、毎日毎日時間割通りに実施される。キャラクター紹介的な会話イベントも、アルンディラーノは最初の自己紹介で終わりだし、ラトゥールの魔法以外興味ありませんエピソードについてはただの授業妨害で迷惑極まりないだけになっている。スチル回収するようなイベントを見る為には、ひと月待つしかなかったのだ。

手すりの支柱に手を伸ばすと、葉と花が避けて掴む場所を作ってくれようとする。

「まってまって、見つかりたくないの。そっと掴むから葉っぱとお花はそのままでお願い！」

こそこそ声でアウロラがそう花に話し掛けると、動きはじめていた葉と花が戻ってきてアウロラの姿を隠した。

「ふぅ。ありがとうね」

そう言ってそっと蔓だけの部分を指先でつまんで自分の体を支えた。

アウロラは、せっかく自分の好きだったゲームの世界に転生したのだから、ゲーム世界を堪能したいと思っていた。しかし、ここはゲームの世界であってもゲームではない。ゲームの攻略対象者達みたいな癖が強くて心が病んでいる男の子達と実際に恋をするのはごめんだとも思っていた。

「攻略対象者達を避けていれば、ゲームの強制力的な何か神がかった力で別のヒロイン役が現れるんじゃ無いかと思ってるんだけどなぁ」

入学からひと月経ち、ふた月目に突入している。そろそろ、ふた月目のイベントが色々動き出す頃なので、らせん階段に潜んで廊下を見張っているのだ。

「ふた月目の大きなイベントは、ダンスレッスンの合同授業。会話イベントは一組ならアル様から、二組ならクリスきゅんからの放課後の魔法剣補習へのお誘い、ジャン様との図書館での邂逅《かいこう》、ラトゥール君と魔法鍛錬所での秘密の練習……だったっけ」

廊下を見張りつつ、指を折ってイベントの確認をする。アウロラとして生きてきて十二年。しっかりプレイしていたとはいえ、十二年前にクリアしたゲームの内容は大分おぼろげになってきている。

「ひとまず、ダンスレッスンの合同授業は再来週だから良いとして。会話イベントは廊下で発生するヤツが多かったはずだし、ここに居ればラトゥール君が魔法鍛錬所に行くのはわかる。図書館は……追々でいいか」

自分の指から視線を剥がし、また蔦の間から廊下を見下ろす。今は、昼休みの時間だ。ド魔学の昼休みは二時間もある。貴族的なお食事を取るためなのか、食事だけで無く交流を深める意味もあるのかはアウロラにはわからない。学年や組によって、また曜日によっても午前中の授業が終わる時間がまちまちだったりもするので、余裕をもたせているのかもしれない。

何にしろ、学生達は二時間もかけて食事をしたりはしないので、後半一時間はみな自由に過ごしている生徒がほとんどである。

ゲームでも、会話イベントが発生するのは昼休みが多かった。

「あ、ディアーナが来た」

早速、廊下をこちらに向かって歩いてくるディアーナの姿が見えた。ディアーナは悪役令嬢なのでヒロインとの単独イベントはほとんど無い。攻略対象と対面しているところに割り込んでくる、といった登場の仕方ばかりだ。その上、どうもこの世界のディアーナは性格が良い。

「アル様やジャン様と仲が良さそうなんだよね。孤児院で話してる時も朗らかだったし。やっぱり、ディアーナが転生者なのかなぁ」

現時点で、ゲームと乖離《かいり》しているのは暗殺者になっていないイルヴァレーノ。性格が良くなっているディアーナ。妹と不仲になっていないカイン。そして、学園にいないマクシミリアンの四人だ。

アルンディラーノはゲーム通りのキラキラ王子様だし、クリスは未来の騎士らしく男らしい少年に見える。ジャンルーカはまだ接点があまりないのでわからないが、見た目はゲーム通りだ。

マクシミリアンについては全く情報がないのでわからないが、イルヴァレーノがディアーナの家の使用人になっている事を考えると、エルグランダーク家が怪しい。

「悪役令嬢の中身が転生者だと、ヒロインが断罪されるストーリー展開もありえるんだよねぇ。……はっ！　まさか、ここはゲームのド魔学の世界じゃなくて『誰かが描いたド魔学二次創作漫画の世界』って可能性が微レ存⁉」

わなわなとわざとらしく手を震えさせ、「おお神よ」とつぶやきながら自分の顔面を片手で覆って嘆くふりをした。

アウロラが一人芝居をしているうちに、ディアーナはらせん階段の下にさしかかる。それを追いかけるように、食堂の方から早足で近づいてくる人物がいた。

「アル様だ」

きらきらでふわふわな金色の髪を小さくなびかせ、十二歳なりに長い足で大股に歩く姿は早足なのに優雅さすら感じさせた。

「さすが、メイン攻略対象だな。花を背負っているようにすら見える」

左手をひさしのように目の上にかざし、蔦の葉の隙間から廊下を見下ろす。後ろからクリスがやや乱暴な足取りで追いかけて来ていた。

「ディアーナ嬢！」

追いついたアルンディラーノがディアーナに声を掛けた。らせん階段の下を通り過ぎるところだったディアーナは足を止めて優雅に振り向いた。

「あら、アル殿下ではありませんか。ごきげんよう」

「ああ、ごきげんよう。昼食は済んでいるか？」

ちょうどアウロラが潜んでいるらせん階段の下で立ち止まったため、二人の会話がクリアに聞こえてくる。

「んん？」

二人の会話の始まりに、既視感を感じたアウロラ。

「ケイティアーノ嬢たちと頂きましたわ。今日は二組と午前中の授業が終わるのが一緒でしたでしょう？」

「ああ、そうだったな。僕もクリスやジャンルーカと食べる事ができた」

「それはようございましたわね」

なんてことない雑談をする二人。しかし、アウロラはこの会話の流れに覚えがあった。

『ヒロイン嬢！』

『もう、昼食は済ませたのか？』

『そうか、僕も今日は友人と昼食を取ったよ』

ゲームで発生する、ヒロインと王太子の会話イベントだ。ここでの選択肢しだいで別イベントが発生したりしなかったりする。

「たしか、放課後の剣術訓練の見学に来ないかって誘われるんだよね」

でも、相手は悪役令嬢のディアーナだぞ？　と首をかしげるアウロラ。

「まぁ、挨拶して、飯食ったか？　って聞いてるだけだしな。汎用性高いし……」

続きを聞こうと手すりの支柱にぐっと顔を寄せて真下の廊下をのぞき込む。巻き付いている花と葉っぱがちょっと迷惑そうにさわさわと揺れた。

「あー。えっと。そのだな、ディアーナ嬢？」

「はい、何でしょう？　アル殿下」

「今日、放課後に剣術訓練があるんだけど」

「ええ、聞いておりますわ。魔法剣士を目指す方向けの、希望する方が自主的に参加する補習ですのよね」

「そう、それ！　なぁ、見学しに来ないか？」

（会話イベントだコレェエエエ！）

自分で自分の口を手で塞ぎながら、アウロラはのけぞった。

ゲームではもうちょっとスマートに誘っていたような気もするが、年齢を考えればこっちの方が自然な気がする！　らせん階段の上から真下に立っている二人をのぞき込んでいるので、二人の頭しか見えないのが惜しい。ゲームスチル回収のために真横から見たかった。聖地巡礼！　聖地巡礼！

怒濤の感動がアウロラの胸を駆け巡る。

自分自身がヒロイン的な行動をあまりしていない以上、別の誰かがヒロイン的立場になってイベント発生してくれないかな、と期待していた反面、ゲームの強制力なんてなくて自分が何もしなければ何も起こらない可能性も考えてはいた。

よりにもよって、今アウロラの足下で会話イベントを発生させているのは悪役令嬢のディアーナである。

「やっぱりコレ『誰かが書いたド魔学の二次創作Ｗｅｂ小説の世界に転生』なのでは？」

悪役令嬢に転生したので破滅フラグを回避しようとしたらいつの間にかヒロインの立場になっていました。なんてストーリーをアウロラは前世でいくつか読んだ記憶がある。

「悲アーナってあだ名付けられるぐらい、どのルートでもディアーナの最後ひどいもんな……。ディアーナを救いたいって二次創作があっても不思議じゃないか……」

さて、それでディアーナはどう答えるのだろうか。ゲームでの選択肢は三つで、

『え！　いいの？　是非見学させてください！』

『お誘い嬉しいです。でも、剣術訓練とかちょっと怖いかな……』

『は？　イヤですけど』

の三つだ。

三つ目の選択肢は、断るにしてももうちょっとなんかあるだろとゲームプレイ中にも思った。王太子ルート以外を選ぶ為に、友好度を大幅に下げたければ三つ目を選ぶべきなのだが、人間として三つ目の選択肢を選ぶのはなかなかに心が痛かった覚えがある。

「は？　イヤですけど」

しかし、ディアーナは普通に三つ目の選択肢と同じ返事をした。

「……。真の姿が出てきてるぞ」

「おほほほほ。お誘いありがとうございます殿下！　でも、本日は放課後予定がございますの！」

「じゃあ、明日は？」

「殿下、しつこい男は嫌われますわよ」

「ほら、アル様。もうやめとこうよ」

「でも、クリス！」

アウロラの真下で、まだ会話は続いている。クリスがアルンディラーノの腕を引っ張り、どこか向こうのほうを指差した。クリスの指先へと視線を向けたアルンディラーノはビクリと肩を揺らすと、ディアーナに丁寧な挨拶をして教室の方へと去って行った。

「はぁ〜。聖地巡礼。好感度下げコマンドだったけど、イベント再現度めちゃ高だったわぁ」

相手が悪役令嬢ディアーナだったり、まさかの三つ目選択肢だったり、色々と疑問の残るところはあるものの、ゲームの会話イベントの再現シーンを堪能できた。アウロラは感無量だった。

「アウロラさん？　どうしてそんな所でうずくまっていらっしゃるの？」

「！」

しゃがんだまま膝に顔を埋めて、感動の余韻に浸っていたアウロラは、突然名指しで呼ばれて息が止まるかと思った。そっと顔を上げて支柱の隙間から覗けば、ディアーナがこちらを見上げていた。

「体調でも悪いんですの？　保健室にお連れしましょうか？」

「あ、いやぁ……。ちょっと潜んでいただけですから」

そう言ってアウロラは素直に立ち上がった。見つかってしまった以上は隠れ続ける意味が無い。

「まぁ、隠れんぼでもしていたんですの？　よろしかったら次は混ぜてくださいませね」

そう言ってにこやかに笑うディアーナは、ちょいちょいと自分の頭のてっぺんを指差した。

「可愛いぴょろ毛が見えていましてよ？」

アウロラの頭のてっぺん、いわゆるアホ毛というヤツが手すりの上から見えていたらしい。どんなにセットしても、どうしても立ち上がってしまう一房の髪の毛。コレこそが、最強のゲームの強制力ってやつなんじゃないかとアウロラは疑っている。

小さく手を振って教室の方へと戻っていくディアーナの背中を、アウロラは目を細めて見送ったのだった。

アウロラは潜んでいた。

魔法鍛錬所に向かうらせん階段では、蔓と葉と花が姿を隠してくれるものの、手すりが低くてアホ毛が見えてしまう事がわかった。なので、今日は魔法の箒《ほうき》待機所の中に潜んでいる。

魔法の箒は、深夜校舎内から人が居なくなると動き出して自動で廊下の掃き掃除をしてくれる魔法の道具である。その箒たちの待機所が、校舎と図書館をつなぐ通路の中程に設置されているのだ。美観のためか、外からは見えにくいように角度を付けたへこみになっているし、薄暗く陰になっているので隠れるのにちょうど良いのだ。

ヒロインが攻略対象と深夜の校舎に忍び込み、一人で動いて掃除している箒を見て可愛い！　と感動してちょっと柄の曲がった箒に名前を付ける、というイベントがゲームでは三年生で発生する。

その結果、他の箒たちがうらやましがり、やがて妬んで柄の曲がった箒をいじめるようになってしまったので、結局ヒロインと攻略対象者で手分けして三百本の箒全部に名前を付ける、というオチが付くイベントだ。ゲームでは「一本目、二本目……三百本目！　ついに全部の箒に名前を付けたわ！」と途中を端折って「ああ、朝になってしまったな」と攻略対象に寮まで送ってもらって終わるのだが、この世界で実際にそんなイベントを起こしてしまったら本気で徹夜して名付けをする羽目になる。絶対にごめんだった。

そんなわけで、魔法の箒の待機場所があることは知っていたので潜り込んだが、なるべく箒に話し掛けるようなことはしないでおこうと心に決めている。

「あれ、ラトゥール君だ」

しばらく箒に紛れて廊下を眺めていたら、図書館のある方向からラトゥールが歩いてきた。壁に向かっておでこを付けるほどくっついた状態で、カニ歩きで歩いている。

さらに、ラトゥールは両手の平で壁を撫でたり、ゴツゴツとおでこを打ち付けたりしながらカニ歩きでアウロラの潜んでいる近くまでやってきた。

「……。変なやつだな」

今日、アウロラがこの魔法の箒待機所に隠れていたのは、ジャンルーカの図書館イベントを見る為だった。今日来るという確証は無かったものの、ジャンルーカとは組が違うので行動は把握できないし、教室からストーキングする訳にもいかない。目星をつけてダメ元で忍んでおくことにしたのだ。合同ダンスレッスンよりは前にあったはずなので、少なくとも二週間のうちには発生するだろうと、長期戦も覚悟していた。

それなので、ラトゥールがやってきたことをアウロラは意外に思っていた。

「やはり、この校舎の、壁は……魔法が、込められた……塗料が……」

ラトゥールはぶつくさ言いながら、壁をカリカリと爪でひっかいて塗料を剥がそうとしている。かと思えば、いきなりその場でジャンプをして壁の上の方をバンっと叩き出した。いきなり大きな音がしたので、ラトゥールの行動を集中して見ていたアウロラはビクリと体が跳ねてしまった。

「え、何……。ラトゥール君、やばくね」

よく見れば、壁の中を飛んでいる黒い鳥を捕まえようとしているようで、行ったり来たりしている小鳥サイズの影に向かってジャンプしては手のひらを壁に叩きつけている。

「ラトゥール君のイベントって何があったっけ」

『眼鏡キャラは眼鏡を掛けてこそ』という信条があるアウロラは、眼鏡を外すと美形というキャラ付けをされているラトゥールの事があまり好きでは無かった。そのため、周回回数が他のキャラクターよりも少ない。

『貴族の皆に追いつこうと魔法のコソ練しようとしたヒロインが、魔法鍛錬所で先に魔法の練習をしていたラトゥール君に『すごいね！　教えて！』って声を掛けるヤツと、植物が勝手に動いて正解が変わる迷路のお庭で一緒に迷子になるヤツと、鳥に眼鏡を取られて何も見えなくなったラトゥール君にノートを貸してあげるヤツ……。図書館がらみは二年生以降だったはずだし、魔法鍛錬所以外は夏休み以降だった気がする」

思い出してみても、この時期にラトゥールと図書館へつながる廊下もしくは図書館で発生するイベントは無いはずだった。

「つまり、あれはイベントとか関係なく普段のラトゥール君ってことか」

相変わらず壁の上部と天井を行ったり来たりしながら飛んでいる黒い平面の鳥を捕まえようと、ジャンプしては壁を叩いていたラトゥール。出るに出られないアウロラは仕方なくその背中を眺めていた。

「なんか、鳥にからかわれてない？　ラトゥール君」

壁の中を飛ぶ鳥も、ラトゥールが届きそうで届かないギリギリの位置をゆっくり飛んでみたり、届きそうな位置まで下がってきては手が伸びてきた瞬間にピャッとスピードを上げて天井へ逃げたりしている。そうこうしているうちに、ラトゥールが着地に失敗して足をひねったようでしゃがみ込んでしまった。

「あ……」

出て行って、ひねった足を治してあげようかどうしようか一瞬迷ったアウロラ。ここに潜んでいたことを明かすのはちょっと恥ずかしいと思ってしまった。

しかし、うずくまって動かないラトゥールの様子に、もしかして思ったより派手に捻挫しているのかもしれないと思い直し、出て行くことを決心した。

「ねぇシャンベリー。化石でも探しているのかい？」

教室へと通じている方の廊下から、アルンディラーノが歩いてきた。アウロラはとっさに魔法の箒の中へと隠れ直してしまった。

うずくまったまま、顔だけをあげてアルンディラーノを見上げたラトゥールは、慌てて頭を下げて膝の間へと埋めてしまった。

様子がおかしいと気がついたアルンディラーノは、ラトゥールの隣にしゃがみ込むとその背中を撫でだした。

「違ったか？　それとも、具合でも悪いのか？」

やはり王太子殿下は格が違う。先生に魔力技術論バトルを仕掛けて授業を妨害し、皆が見て見ぬ振りをしていた先生のカツラを指摘し、壁に向かって語りかけたりする危ない生徒にもちゃんと優しく声を掛けるなんて！　とアウロラが感動していると、ラトゥールがぼそぼそと何かしゃべっていた。

「かせき？　火の魔石？」

「いや、違うけど」

声の平坦さに、ラトゥールは体調不良というわけではなさそうだと判断したのか、アルンディラーノはその場にぺたんと座り込んだ。しゃがんでいるより楽なんだろう。

ラトゥールは、アルンディラーノが座り込んだ事で早々には立ち去らないらしいと察したのか、また爪でカリカリと壁の塗装をひっかき始めた。

「大昔の噴火や土砂崩れなどで土の中に閉じ込められた生物が、長い年月をかけて石になってしまったものを化石というんだ。建材として切り出された石の断面に時々見つかることがある」

「ふぅん」

ラトゥールは興味がなさそうな返事を一つしただけだった。自分から聞き返したのに不敬じゃない？　とアウロラの方がハラハラしてしまう。

そのまましばらく会話が無く、アウロラの胃がキリキリしそうになったところで、ようやくラトゥールが口を開いた。

「じゃあ、この魔法学園の……校舎内、では化石は……見つからない、かも」

アルンディラーノが、ため息を飲み込んでラトゥールとの会話を諦めようかと思い出した頃になって、ラトゥールがぼそりとつぶやいた。

「なぜ、魔法学園の校舎では化石が見つからないと言えるんだい？」

アルンディラーノがなるべく優しそうな声を作っているのがわかる。

先日のディアーナと会話していたときとは大分違う。口調も王子様らしく見えるようにゆっくりめに、柔らかい言葉遣いを選んで話しているようだとアウロラは思った。

「学園校舎の壁は、魔法が込められた塗料を塗られているから」

また、もう返事はないのかと諦めそうになった頃に答えが返ってくる。

「化石の閉じ込められた石材を使っていたとしても、塗料で隠されていて見えないって事だね」

「そう」

今度は、すぐに返事が返ってきた。ラトゥールの返事の速度基準がわからない。

「じゃあ、床にしゃがみ込んで何をしているんだ？」

「床を見ていた」

いや、ちがうやろがーい！　影の中の鳥を追いかけてて着地に失敗して足をひねったんでしょー！　アウロラが心の中で叫ぶ。よりによって「床を見ていた」ってそんな言い訳の仕方があるか！

ツッコミたい気持ちを抑え、アウロラは制服の胸部分をぎゅうっと握りしめて声を出すのを耐えた。

「校舎の壁や天井の中に、鳥がいる」

「ん？　ああ、そうだな」

また、会話が一旦終わってしまったのだと思っていたらしいアルンディラーノが、ラトゥールが話しかけてきたので驚いていた。アウロラも驚いた。

ラトゥールの言う通り、校舎の壁や天井を自由に飛んでいる鳥がいる。どの鳥も黒いのだが、大きさや形は様々だった。先ほどまで、小さな小鳥サイズの壁の鳥にラトゥールはからかわれていた。立体感はなく、飛んでいる鳥の影が壁に映っているようにしか見えないのだが、校舎内には影を作る為の光源もないし本体となる鳥もいない。実際に黒い平面の鳥が壁や天井の中を飛んでいるのだ。鳴き声も聞こえる。

「あの仕組みが知りたい。だから、壁や床を調べてる」

「ああ、なるほど」

そう答えながら、ちらりとアルンディラーノがこちらを見た気がした。

「でも、もうそろそろ昼休みも終わるよ。手を貸すから先に保健室に行こうか」

「いい。ほって……おいて」

アルンディラーノは立ち上がると、ラトゥールの両脇に手を差し入れて持ち上げるようにして立たせた。

「軽いなぁ。こんなに軽いと爆裂魔法使ったときに自分がふっとんでしまうぞ」

「ほって……おいて」

「ほっておけないよ。ラトゥールだってこの国の国民だ。僕は次代の王となる男だぞ」

そういうと、アルンディラーノはラトゥールの肩を担いで校舎につながる方へと廊下を進み出した。

廊下の角を曲がって二人の後ろ姿が見えなくなるまで、アウロラは魔法の箒の待機所から覗いていた。

「やべぇ。アル様まじ王子様じゃん……」

これは、ゲームにはないイベントだった。一瞬隠しイベントか？　と思ったアウロラだったが、

「いや、イベントじゃないな。ここは私が今生きている現実なんだもんな」

と思い直した。

そこには、一人で校舎に施されている魔法を解き明かそうとする少年と、国民思いの王子様の何気ない日常、生徒同士の交流があっただけなのだ。

「あ、保健室。偶然を装って入っていって、足を治してやらないと！」

魔法の箒たちの間から抜け出し、廊下に飛び出したアウロラは、そのまま保健室へと駆けだした。途中で厳しいおじいちゃん先生に見つかって叱られながら、飛び込んだ保健室で問答無用でラトゥールの捻挫を治癒魔法で治した。

三人とも、午後の授業にはギリギリで遅刻せずに済んだのだった。

黒猫さんをプロデュース

ラトゥールがディアーナとサッシャに拉致されて、カインが『放課後に魔法の勉強会をしよう』と誘ってから何度目かの水曜日。カインとラトゥールは使用人控え室の中で向かい合ってソファーに座っていた。

「というわけで、はいこれ」

「……」

カインが脈絡も無く差し出した眼鏡を、ラトゥールが黙って見ている。

「なんだこ……なんですか、これ」

カインの顔と置かれた眼鏡の間を視線が数回往復した後、ラトゥールはカインに疑問をぶつけた。

「眼鏡だけど？」

「それは見ればわかる……わかります」

すっとぼけたカインの答えに、ラトゥールは困惑の表情を作る。一応カインのことを上級生と認識しているらしく、がんばって丁寧な言葉遣いに直そうとしている。そんなラトゥールにカインはくっくっと笑いながら半ば押しつけるように眼鏡をラトゥールの右手に握らせた。

「今かけてるクソダサ瓶底眼鏡をはずして、その眼鏡をかけてみてくれないかな」

「クソダサっ……。失礼なっ……失礼じゃないですか」

「お兄様、本性がでてしまってましてよ？」

「おっと。その、あまりおしゃれとは言えない眼鏡をはずして、こちらの眼鏡をかけてくれないか？」

言い直しても失礼には変わらない台詞を言うカイン。ニコニコと、しかし圧力を掛けるような笑顔で新たな眼鏡の着用を強要する。

ラトゥールはいわゆる『眼鏡枠』の攻略対象者である。

ゲームのアンリミテッド魔法学園に出てくる攻略対象のうち、眼鏡キャラは二人いる。

マクシミリアンとラトゥールだ。

マクシミリアンは教師ルートの攻略対象者。知性あふれる大人の魅力ということで、眼鏡の奥に理知的な瞳が見えるキャラクターデザインになっている。

ラトゥールは同級生魔導士ルートの攻略対象者。瓶底眼鏡をかけていて眼鏡越しには目が見えないキャラクターデザインになっている。もさもさした髪の毛とだらしない服装、そして瓶底眼鏡というパッとしない姿なのだが、『眼鏡を外すと美少年』というお約束キャラクターなのである。

体育の授業で眼鏡が弾き飛ばされて「めがねめがね……」と床を手で探るスチルで、バチバチのまつげに縁取られたアメジストのような薄紫の瞳と、形の良い柳の葉のような眉毛がお目見えする。また、机に向かって真剣に勉強しているラトゥールを斜め上から見守るスチルでは、眼鏡の隙間から見える伏し目がキラキラと光って描写されていたりもした。

この『私だけが知っている』『普段は隠されている魅力』というのにときめくプレイヤーもいれば、『バッカ、眼鏡外すと魅力的とか眼鏡キャラスキーなめてんのか』『眼鏡キャラは眼鏡かけていてこそパーフェクトなのだ』と憤るプレイヤーもいた。

ちなみにカインは『眼鏡キャラを斜めから見たときに眼鏡越しの顔の輪郭がズレる』のに興奮するタイプの人間だった。

是非ともラトゥールには、眼鏡を掛けたままで魅力的なキャラクターになってほしい。ゲームの世界に転生したからこそ干渉できる、キャラクター改編である。

「……」

カインに握られた眼鏡はそのまま手の中に、ラトゥールはうつむいたまま顔を上げもしない。うつむいているので、カインからは眼鏡と顔の隙間が見えているのだが、ボサボサの前髪がじゃまをして綺麗な紫色の瞳までは見えない。

黙り込んだまま動かないラトゥールをしばらくは眺めていたカインだが、ラトゥールの後ろに立っていたイルヴァレーノに眼鏡を取り上げるように視線で合図を送った。

「あ！」

後ろから被さるようにして手を伸ばしたイルヴァレーノは、ラトゥールの眼鏡のつるに手をかけるとするっと顔から抜き出してそのまま三歩後ろへと下がった。

突然眼鏡を取り上げられたラトゥールはやっと顔をあげ、周りをキョロキョロと見渡している。眼鏡の行方を捜しているのだろうが、イルヴァレーノがすでに眼鏡ごと手を後ろに組んでしまっているのでラトゥールからは見えない。

「あら、シャンベリー様は紫色の瞳なのですね」

瓶底眼鏡をとりあげられて、現れたのは薄紫の瞳。髪と同じ濃い灰色のまつげに囲まれて美しいはずのそれは、力を込めて細められていた。眉間にも深くしわが刻まれており、端的に言って目つきが悪かった。

「ほら、全然見えないんだろ？　諦めて手の中の眼鏡をかけてみなって」

再度カインにうながされ、ラトゥールはしぶしぶ眼鏡をかけた。

「これは……」

「見えやすくなっただろう？」

「こちらの眼鏡だと、ラトゥール様の目がちゃんと見えますわね」

「ガラスが薄くなっているからね」

カインが渡した眼鏡は、元々ラトゥールがかけていた瓶底眼鏡に比べてガラス部分が薄くなっている。その分透明度が高くなっているのできちんと顔が見えるようになっているのだ。

ラトゥールは、薄くなった眼鏡を一度外してまじまじと観察し、またかけては周りをきょろきょろと見渡している。

「さて。魔法道具を馬鹿にしていたラトゥール君。その眼鏡についての解説を聞きたくはないか？」

「別に、馬鹿にしてなんかない……ありません」

「お兄様、あの眼鏡は何か特別なんですの？　私もかけてみたいですわ！」

ラトゥールの素直じゃ無い返答と、ディアーナの素直な賞賛がかぶる。

「メガネっ娘ディアーナもそれはそれは可愛いに違いないけど、視力が良い人が眼鏡をかけても良いこと無いからね。その代わり、解説はしてあげるよ」

ニコニコとご機嫌でディアーナの頭を撫でるカイン。チラリとラトゥールの様子を見れば、反発はしたものの、解説は聞きたいようでむっつりとした顔でカインの方へ耳を傾けている。

「じゃあ、解説しようね」

この世界では、前世のように精密なレンズを作る技術はまだない。というか、おそらく今後も出てこない。では、この世界の眼鏡はどのようにして視力矯正をしているのかといえば、光魔法を使っているのである。

魔法学園の廊下の窓のように、光魔法で目の前の景色をレンズの内側に投影するという仕組みになっている。眼鏡のつるを通じて本人が持つ魔力を吸収しているため、眼鏡を外せば向こうが透けて見えるただのガラスのようになる。眼鏡の内側に画像を投影するので、眼鏡の外面に画像投影の呪文が書き込んであったり、ガラスの側面に呪文が書き込んであったりする。

見た目が良くないため、ガラスの外面に呪文が書いてあるものは安く、側面に書き込んであるものは高い。

ラトゥールが着けていた瓶底眼鏡はおそらく自作の品で、魔法を発動させるための呪文を側面に書く為にガラスが厚くなっていたんだろうとカインは思っている。目から一センチの所にあるガラスに、焦点が合うように画像を投影させるためにはセンス良く呪文を組む必要があり、呪文が長くなるとその分ガラスが分厚くなるのだ。

イルヴァレーノからラトゥールの瓶底眼鏡を受け取ったカインは、眼鏡のつるに手を添えて小さく魔力を流す。すると、顔にかけていないが眼鏡のガラスの内側にカインの膝の画像が映し出された。

「あ、本当ですわね。眼鏡の内側に景色がうつってますわ」

「それで、そっちの薄い眼鏡も光魔法を使っているのは一緒なんだけど、光を屈折させてるだけなんだよ」

カインが作ったガラスの薄い眼鏡は、ガラスを通過する光を屈折させる魔法が掛かっている。つまり、前世の眼鏡の凹凸レンズと同じ効果を魔法で再現しているのだ。光を曲げるだけなので、呪文も短くて済むから薄いガラスでも側面に書き込むことができている。

「ちなみに、呪文の書き込みはセレノスタにやってもらったんだよ」

「さすが、セレノスタ師匠ですわね。手先が器用ですわ」

カインの解説を聞いて、ラトゥールはかけていた眼鏡を外して少し離した距離からのぞき込む。つるに手を添えて魔力を流し、ガラスの向こうがすこし小さくゆがんで透けているのを確認していた。

光の屈折、という言葉だけではディアーナもラトゥールも首をかしげていたのでカインはその後水の入ったガラスのコップとティースプーンや文字の書かれたノート等を使って簡単に説明をした。

一通りの解説を聞いた後、ディアーナとラトゥールはガラスのコップを持ち上げてみたり上からみたり横から見たりして、光や向こうに見える景色がゆがむのを不思議そうに見ていた。

「どう？　魔法以外の事にも興味を持って勉強すれば、魔法に応用できることも沢山あるよ」

カインのその言葉に、ラトゥールはキッとディアーナを目だけでにらみつけた。魔法に関係ない学問系の授業で寝ている事を、ディアーナがカインにバラしたと思ったからだ。

「まぁ！　しっかりと目が見えているとラトゥール様とちゃんとお話ししてるって感じがして良いですわね！」

ラトゥールのにらみつけなど気にも留めず、ディアーナはニコニコと嬉しそうにしていた。

ラトゥールの眼鏡が新しくなった次の週から、ラトゥールとの水曜日の放課後勉強会にアルンディラーノが加わった。さらにその次の週からはクリスとジャンルーカも加わり、大分賑やかになってきた。

「放課後、シャンベリーを連れてどこに行ってるんだよ」

とアルンディラーノに問い詰められ、別に隠すことでもないのでディアーナがカインと一緒に魔法の勉強会をしていると言えば、

「僕も参加する！」

と付いてくることになったのだ。その後は、クリスが「殿下が行くなら俺も」となり、クリスと同じ組のジャンルーカに勉強会の存在が伝われば「じゃあ、私も是非」となった。

ジャンルーカは、カインが留学中に魔法について教えていたのだが実技が中心で理論は追いついていないのが実情だ。

カインがサイリユウム王家から依頼されていたのはリムートブレイク語の家庭教師であり、あくまで魔法についての勉強はついでの隙間時間に教えていただけなのだ。

エルグランダーク家に遊びに来ていた時に母エリゼやコーディリアからも魔法について教わっていたが、そのほとんどが魔法の制御に関する事だった。

リムートブレイクの貴族家子女と比べれば入学前の勉強時間としては全然足りていないのだ。

「右利きの人間は、教わらずとも右手でフォークを握るだろ？　それを実は左利きだったのでは？と疑って左でフォークを握ってみたところでやはり使いづらいだけだろう。魔力の巡り方も同じだ。

無意識に右回りだったやつが、実はやってみたら左回りの方が効率が良かったなんてことありっこない」

「でも、元々左回りで魔力を巡らせていた私は、授業で習った後に試してみたら、右回りの方がしっくりきたんですよ。二組では、私の他にも数人そういう人がいました」

ほぼ独学で魔法の勉強をしてきたラトゥールは、最高の家庭教師がついて勉強していたディアーナやアルンディラーノと会話をするのは学びがあると思ったのか、放課後の勉強会では積極的に意見を交わしていた。

しかし、クリスが加わったときには

「脳筋と話す時間はない」

と言ってクリスを無視してアルンディラーノを怒らせていた。当のクリスは、

「難しい話に参加してもさっぱりですし、後ろで剣を振っていていいですかね？」

とケロッとしていた。

その後に加わったジャンルーカに対しても、魔法の無い国からの留学生ということでラトゥールは積極的に話をしようとはしていなかった。

さすがに、隣国の王族ということでクリスに対するほどあからさまな態度が出来なかったようで、質問されればそれにぶっきらぼうに答えてはいた。

そのうちに、当たり前だと思っていたことが当たり前では無い、質問されることで自分の知識の再確認ができるということに気がついたようで、最近ではジャンルーカとも積極的に魔法について

会話をするようになっていた。

「私に魔力の体内循環を教えてくれたのはカインなんですよ。もしかして、カインが左回りなのではないですか？」

「僕？　そうだね、確かに僕は左回りだったかな」

「私と一緒ですね、お兄様！」

「そうだね！　ディアーナも左回りだもんね。思いが通じ合っているんだね！」

きゃっきゃと手を取り合って喜んでいる兄妹をよそに、ラトゥールとジャンルーカは話し合いを続けていた。

途中からアルンディラーノも加わり、あーだこーだと意見交換をした結果、

「一番最初に魔力循環を教えた人の回転方法に引きずられるんじゃ無いか？」

「血縁関係は魔力の巡り方が似ている事が多いから、家族から魔法を学ぶ人は教わった時の巡り方としっくりくる巡り方が一致していて、最初に家庭教師から学んだ人は不一致となっているんではないか？」

という結論に至った。

「でも、これが本当にそうなのかは、もっと色んな人の意見を聞いて検証しないといけないな。血縁関係は魔力の巡り方が同じ、というのはカインとディアーナの二人が一緒だったってサンプルしかないんだし」

「家族の中で魔力を持って生まれたのは私だけだから、私は検証できませんね」

アルンディラーノとジャンルーカはこの話題を掘り下げたいらしいのだが、

「……他の人に色々聞くのは……ちょっと……」

他人が苦手なラトゥールは消極的だった。水曜日の放課後勉強会をこなすうちに、このメンバーに対しては普通に会話出来るようになってきたが、まだ他のクラスメイトとはなじめていないらしい。教師に質問に行く、という選択肢もあるとカインはわかっているのだが黙っていた。

ゲームでの「相手の心を奪うために精神魔法を使ってしまう」というラトゥールの行動を阻止するためには、まず人と会話して仲良くなるというのになれてもらわないと困るからだ。

まずは、授業の邪魔をしたり傲慢な態度を取らせないために「自分《カイン》が魔法の勉強について話し相手になる」という手段を取ったカインであったが、アルンディラーノやジャンルーカも混ざるようになってより良い結果につながっているのを実感していた。

「ラトゥール様の眼鏡が薄くなって、大分話しやすくはなったと思いますの。でも、ケーちゃん達はまだラトゥール様のこと『ちょっと怖い』って言ってましたわ」

ラトゥールの人間不信を『人見知り』と考えているディアーナは、魔法勉強会の会話相手を増やすために、ケイティアーノ達にも声をかけていたのだが断られていた。

「なんだ、ケイティアーノ達にも声をかけていたのか？」

「お兄様との内緒の時間でしたのに、誰かさんが割り込んできたんですもの。だったら、大勢の方が良いかしらって思って声をかけたんですの」

「はぁ？　割り込みってなんだよ。元々ラトゥールだっていたじゃないか。妹だからってカインを独り占めしていいと思ってるなよ。このブラコンが！」

「ほほほ。かぶっていた猫が脱げていましてよ、アルンディラーノ王太子殿下」

アルンディラーノの質問に、わざとらしくお嬢様言葉で答えるディアーナ。カチンときたのか、そこから二人で口喧嘩が始まってしまった。

「と、止めなくていいのですか？　カイン」

「あの二人は、人の目がなければいつもあんな感じなんですよ」

ジャンルーカが慌ててカインの元へと駆け寄って来たが、カインは微笑ましい顔で二人の口げんかを見守っていた。

「お二人とも、加減がわかっているので大丈夫ですよ」

「にゃんこの喧嘩みたいで、可愛いですよね」

カインの後ろに控えていたイルヴァレーノとサッシャも大丈夫だと口をそろえる。最初の頃はサッシャもオロオロとしていたのだが、口げんか止まりで二人とも手が出たりはしないのがわかってからは見守り態勢に入っている。

カインとしても、適度に仲良く適度に仲悪くいてくれればディアーナが王太子の婚約者という立場にならなくて済むので静観している。

「さて、あの二人が喧嘩しているうちに『アレ』をやってしまうか」

そう言ってくるりとラトゥールの方を向いたカイン。イルヴァレーノに手で合図を送ると二人がかりでラトゥールを抱え上げた。

「な、なんですかカイン先輩」

「一年生は来週オリエンテーリングがあるんだろう？　ディアーナとアル殿下以外のクラスメイトと仲良くなれるように手助けしてやるよ」

そう言って、荷物を持つようにラトゥールを抱え上げたままシャワー室へと移動するカイン。イルヴァレーノが持ち込んでいた荷物の中から洗髪用の石けんと仕上げ用の香油を持って追いかけてくる。

「は、放せっ！　放してくださいっ」

「ラトゥールは軽いなぁ。もっと食べた方が良いよ。魔法使いも最後に物を言うのは体力だぞ」

毎朝の走り込みと、近衛騎士団に混ざっての剣術訓練などをこなしていたカインにとって、机にかじりついて勉強ばかりしているラトゥールなんてわら束を担いでいるようなものだった。身長はディアーナと同じぐらいしかないラトゥールだが、もしかしたら体重はディアーナよりも軽いかもしれない。

小走りで先回りしたイルヴァレーノがシャワー室のドアを開け、カインがその中へとラトゥールを放り込む。

「さぁ、覚悟しろよ。これからあっついお湯をぶっかけて、はさみで切り刻んで今とは全く違う姿にしてやるからな」

腕まくりしつつ悪い顔で笑うカイン。その後ろには同様に腕まくりをしながら両手に洗髪石けんのボトルとはさみをシャキシャキさせて逃げ道を塞いでいるイルヴァレーノ。

「ひぎゃーっ」

ラトゥールは顔を真っ青にしながら叫ぶことしか出来なかった。


一時間後、枝毛や切れ毛を綺麗に切りそろえられ、筆頭公爵家御用達の高級洗髪用石けんで洗われて仕上げ用のやっぱり高級な香油で手入れされたラトゥールの髪はさらさらのツヤツヤ、黒に近い灰色だった髪は心なしか明るい灰色になっていた。前髪も切りそろえられ、瞳がちゃんと見えるガラスの眼鏡を掛けたラトゥールは、美少年っぷりを遺憾なく発揮していた。長いまつげから影が落ちる瞳などは、少し華奢な体も相まってはかなげに見える。

「どうだ！」

シャワー室からもどり、プルプルと震える子犬のように所在なげに立っているラトゥールの隣で、胸を張ってドヤ顔をしているカイン。しかし、魔法の勉強会メンバーの目はドヤ顔のカインではなく、ラトゥールに集中していた。

「これこそが魔法なんじゃないか？」

「ラトゥール君って美少年だったんですね」

アルンディラーノとジャンルーカが、まじまじとラトゥールの顔をのぞき込む。距離を取ろうと一歩下がったラトゥールは、後ろに立っていたクリスにぶつかってしまった。

「お、悪い悪い。髪の毛、綺麗だなって思って見てたんだ。触って良い？」

「ひぃっ」

五センチほど背の高いクリスから見下ろされ、髪をひとすくい持ち上げられたラトゥールはびっくりした子猫のように飛び上がってクリスから距離を取った。

「ははは。面白い動きだな！　反射神経は良いじゃないか」

クリスは笑いながら、特にラトゥールを追っかけたりはしなかった。髪に執着があるわけではないようだ。

「まあ、下校時間まであと少しお時間がございますわよ。みなさんお座りになってもう少しお勉強会をつづけましょう？」

ディアーナがそう言ってその場を仕切った。アルンディラーノやジャンルーカも、そうだなと言いながらソファーへと座り、クリスがラトゥールの手を取ってソファーへと座らせる。

サッシャとイルヴァレーノが簡易キッチンでお茶を入れ直し、皆の前へとカップを置いていく。

「やっぱり、目を見る事が出来ると話しやすいですわね」

ディアーナが、ニコニコと嬉しそうにラトゥールの顔をみて話し掛ける。

「そうだな、騎士団の訓練に混ざっていると目線を読んで剣筋を見極めたりする訓練もするし、やっぱり目が見えると安心感があるな」

クリスが腕組みをしながら、うんうんとうなずいている。

「もう、いいよ。……わたしの、事はいいから、魔法の勉強会を……」

ラトゥールが恥ずかしそうに顔を背けつつ、話題をそらそうとした。

「そうだな、そういえば今日の授業でちょっとわからないところがあったんだが……」

「どこですか？　二組でもうやった所でしょうか」

「魔法の概念とイメージの結合についての話なんだけどさ」

「あ、二組でもちょうど今日その章に入ったところですよ。何がわからなかったんです？」

「あ、私が気になっていたところと同じかもしれませんわ。授業終わりギリギリだったんで先生に質問ができませんでしたの」

一年生達が、今日あった授業のわからなかった所を確認し始めた。ラトゥールも、会話には積極的に参加しないが、人の質問にはちゃんと考えて答えているし、別の考え方を提案されては真面目に受け入れてからさらに別の考え方を提示したりしている。

水曜日の放課後勉強会は、ラトゥールの授業妨害を止めさせつつ、人と会話することへの恐怖を和らげる事で友人を作らせる為にカインが始めた事だった。

しかし、今はディアーナやアルンディラーノが仕切り、皆が勉強会に前向きに取り組んでいる。魔法学園卒業までの勉強がすでに済んでいるカインであれば、皆のどんな質問にだってほとんど答えられる。しかし、お互いにあーでもないこーでもないと相談しながら答えにたどり着いた時の一年生たちの笑顔を見てしまうと、見守り体制に入るしかない。

「お兄様はどう思います？」

「カインは知ってるか？」

そうやってカインを頼りにするような台詞は、どんどんと少なくなってきている。

「ちょっと寂しいな」

一人掛けのソファーに座り、一年生達が魔法の勉強会を楽しんでいる様子を見ていたカインがそうこぼせば、

「カイン様も、四年生にご友人を作ればよろしいのでは？」

と、イルヴァレーノに言われた。

イルヴァレーノの言葉に、自分自身の友人といえる人間はこの国にはいないんじゃ無いかと気がついたカインであった。

オリエンテーリング

アンリミテッド魔法学園の敷地内には魔法の森がある。角うさぎや牙たぬきと言ったあまり脅威とも言えない魔獣が放し飼いにされており、攻撃魔法の応用授業の教室としてこの森が使われたりする。

その他にも、魔法の触媒となる植物が野生に近い形で植えられていて、保護林としての役割を果たしてもいるらしい。

「というわけで、そろそろ同じ組の人達の顔と名前を覚えてきた頃だと思いますのでオリエンテーリングを実施します」

入学から三カ月ほど経った頃、魔法の森の前に集められた一年一組の生徒達。教師がオリエンテ

ーリングについて楽しそうに説明をしている。

曰く、森の中に二十五枚の札がぶら下がっているのでそのうちの五枚を回収して帰ってくるというのが課題。札には、お題が一つと次の札がある場所のヒントが書いてあり、帰ってきた際には札に書かれているお題が達成されているかを教師がチェックするという。

「お題の達成が難しければ、無視して次の札を探しに行っても構いません。あくまでクラスメイトとの親睦が目的です。無理をしないように」

教師はそう締めくくると、適当な人数でグループ分けするようにと指示した。親睦を深めるためとはいえ、全く接点のない生徒同士を組ませれば気まずい時間を過ごさせることになる可能性もあって本末転倒になりかねない。

授業を通してクラス全体の生徒の様子を見ている限り、大体仲良しグループというのがいくつか出来ているのがわかる。唯一の心配はラトゥール・シャンベリーだったが、最近はディアーナとアルンディラーノが声をかけている様子だったので今日もどちらかがグループに入れてくれるだろうと楽観視していた。

さすが次代の国王陛下と筆頭公爵家の令嬢、まだ十二歳と幼いというのに慈悲深い事だと教師は勝手に感動していた。

教師が生暖かい目でグループ分けをする生徒達を見守っている中、アウロラは顎に手を当てて真剣な顔をして生徒達を眺めていた。

「オープニングが終わり、チュートリアル的な授業がいくつか入りつつキャラクター紹介的な邂逅シーンが終わると出てくる、最初の大型イベント『魔法の森の冒険』がついに始まったでござる」

ゲームでは、ここでまず『自分から声をかける・相手から声をかけてくれるのを待つ』という選択肢が出てくる。自分から声をかければ、攻略したい対象者とオリエンテーリングイベントに参加することが出来るし、相手から声をかけられるのを待てば、今の時点で一番好感度の高い攻略対象者から声をかけてもらえる。

もちろん、ゲームはまだ一年生の三カ月目という序盤も序盤なので、各キャラクターの好感度にはさほど差は無い。見た目上はほぼランダムに近いので、特に推しキャラは居ないが全ルートクリアを目指す等のプレイをしている人が、次の攻略対象をシステムに決めさせるのに使っている選択肢だった。

ゲームプレイ動画を配信している人の中には、ここの選択肢を使って序盤の好感度アップ条件を検証している人も居たが、本当にわずかな差でしかないので重要な情報でもなかった。

「そもそも、この世界を現実として生きている今となっては、無意味なことだしね」

入学式から三カ月以上経っている今、誰と一緒にお昼ご飯を何回食べたとか、実技授業で誰と何回組んだとかなんていちいち覚えていないし、そんなこと関係なく友人はできている。この世界が現実である以上、人間関係は攻略対象者だけではないのだ。

「イベントスチルの回収をしたければ、アル様かラトゥールと組むのが良いんだろうけど……」

別チームになれば別行動になるので、発生するであろうアクシデントやそれに対処する格好良い姿を見ることは無い。実際にド魔学のヒロインのようにイケメンにちやほやされたいと思っているわけではないが、せっかくプレイ済みゲームの世界に生きているのだから、聖地巡礼的にゲームの名シーンは見てみたい。

しかし、ゲームでは選択肢を選ぶだけだったのでアルンディラーノにも気軽に声をかけていたアウロラだが、相手は王太子である。現実では平民の自分から気軽に声をかけるのは気が引けるというものである。

では、ラトゥールに声をかけるかというとこれもアウロラは消極的だった。壁の中を飛ぶ鳥を捕まえようとして壁を叩き、壁を調べるために壁に沿ってカニ歩きする変人である。アルンディラーノと会話をしていた様子からも、会話が長続きするとは思えなかった。

「だいたい、なんだあれ。覚醒イベントも終わってないのに身ぎれいになってやがる」

森の手前、皆がグループを形成しつつある中ぽつんと一人で立っているラトゥールは入学直後に比べて身ぎれいになっているのだ。

まず、瓶底眼鏡が薄いガラスの眼鏡に変わって綺麗な瞳が見えるようになった。そして先週からは髪も手入れされてツヤツヤになり、綺麗なレースのリボンで結ぶようになったので顔周りがすっきりとしている。若干猫背でシャツのボタンの掛け違いを放置しているところなんかは変わっていないのだが、顔がちゃんと見えることによって美少年ぶりを遺憾なく披露しているのだ。

「くそう。惚れちまうやろがい」

アウロラは親指の爪を噛みながら悔しそうにつぶやいた。

ラトゥールはゲームのド魔学の攻略対象のうち、二人居る眼鏡キャラの一人で、『眼鏡を外すと美形』というテンプレキャラなのだ。これが、アウロラは気に食わなかった。

アウロラは眼鏡キャラは好きだったが、『普段は眼鏡越しにちゃんと瞳がみえるのだが、悪巧みをするとき等に意味も無く眼鏡が光って目が見えなくなる』というシチュエーションに興奮するタイプの眼鏡好きなのだ。眼鏡キャラが眼鏡を外すことで本領を発揮するタイプのキャラはノットフォーミーだったのである。

それが今や、ラトゥールは眼鏡越しに綺麗な瞳が見える眼鏡美少年となっている。

その上、授業の妨害もしなくなり、だけど時々質問したそうに口を開いては我慢して押し黙るという事をやっているのを見て『成長してるんやなぁ。偉いなぁ』とオカン視点でキュンとすることも増えた。

「それもこれも、ディアーナが放課後にラトゥール君を誘うようになってからなんだよね」

やっぱり、ディアーナは転生者なんじゃないのか。前世の記憶としてゲームプレイ記憶があるからこそ、自分の破滅に関わる攻略対象者達を更生して回っているんじゃないのだろうか。

「アベンジ！　リベンジ！　ストレンジ！」の事を知らなかったのも、ディアーナの前世が純粋なゲーマーで、アニメや漫画に興味が無かった人という可能性もある。アリスの事は知っていたがライバルキャラの口癖までは知らないだけかもしれない。

そこまで考えて、そういえばディアーナは誰と組むんだろうとアウロラが視線を上げると、目の前にディアーナがいた。

「わぁ！」

「ふふふっ。考え事は終わりまして？」

驚いて大きな声を出したアウロラにも不快感を示すこと無く、笑って小首をかしげるディアーナの可愛いことよ。アウロラは頬が熱くなるのを感じつつ、一歩下がって軽く会釈した。

「すみません。考え事をしていました」

「真剣な顔をしてましたものね。考え事をするときのお兄様そっくり」

気にした様子もなくコロコロと笑うディアーナの後ろに、アルンディラーノとラトゥールが立っているのが見えた。

「アウロラさん、よろしければオリエンテーリングご一緒しませんこと？」

ディアーナがそう言って手を差し出してきた。想定外の出来事に、アウロラの頭は一瞬真っ白になってしまう。

考え込んでいるうちに『声が掛かるのを待つ』を選択した状態になってしまっていたのだろうか。それにしても、アルンディラーノでもラトゥールでも無く、ディアーナから声が掛かるとは。コレでは、クラスで一番好感度が高いのはディアーナということになるではないか。

確かに、入学前も含めれば一番会話したことがあるのはディアーナである。同じクラスにはなったものの、いざとなればやはり王太子というのは近寄りがたく、ラトゥールはもうただの変人だったので声をかけるのはためらわれた。

ぐるりと周りを見渡せば、比較的仲良くなっていた他のクラスメイト達はすでにグループを作って教師からの合図を待っている状態だった。

「えーっと。ディアーナ様、よろしくお願いします」

なし崩し的に、ディアーナ、アルンディラーノ、ラトゥールというゲームキャラクター組でオリエンテーリングへと出発することになってしまったアウロラであった。


グループ決めの早かったチームから順に魔法の森へと出発していく。つまり、アウロラ達のチームは一番最後の出発ということだ。

「アウロラ嬢。一緒に行動する上で魔法の属性を確認しておきたいのだけど良いかな?」

王子スマイルでアルンディラーノがアウロラに話しかけてきた。優しい語り口で、少年らしいみずみずしさもありつつ落ち着いた声である。前世の記憶では、少年声に定評のある女性声優が担当していたはずだ。

「はい、もちろんです」

「ディアーナ嬢、ラトゥールも教えておいてくれ」

「ええ、相談いたしましょう」

「……うん」

ディアーナはニコニコと、ラトゥールはうつむいたまま小さな声で答えている。

「私は、治癒魔法が使えます。小さな切り傷や擦り傷なら治せます。今回は関係無いかもしれませんが、風邪は治せました。他の病気が治せるのかどうかはやったことがないのでわかりません。あと、風魔法が使えますが、攻撃として使ったことがないので魔獣が出てきても戦えるかどうかはわかりません」

アウロラは、自分の現状についてアルンディラーノに伝えた。

ド魔学は乙女ゲームなので実際にゲーム中に魔法を使うシーンはほとんど無い。同級生魔導士ルートに入るためにミニゲームで魔力と魔法スキルを上げていかないといけなかったのと、聖騎士ルートの魔王戦で攻撃魔法を使ったりクリスに治癒魔法をかけてHPを回復したりするぐらいしか出番が無い。その為、ヒロインの魔法に関する設定はあまりゲームで出てこなかった。

魔法に関しては前世のゲーム知識にヒントがあまり無く、偶然治癒魔法の発現に気がついてからは近所の人や孤児院の子供らをひたすら治しまくるという練習方法しか無かった。

鳥男爵の依頼で鳥の治療をしたのをきっかけに、風魔法を教えてもらえるようになったのは幸運だったと思っている。ヒロインなので、おそらく頑張れば全属性習得可能なんでは無いかと思っているが、平民として生きていたアウロラにはその努力をする時間というのがあまりなかったのだ。

「アウロラ嬢は平民だというのに、凄いな」

単純に、驚いた顔をしてそういったアルンディラーノの腰を、ディアーナがひじで突いた。

「失礼な言い方ですわ」

「あ、いや。学ぶ環境が貴族より厳しいだろうに治癒と風の二属性も身につけている事を褒めたつもりなんだ。決して見下すつもりで言ったんでは無いんだが、不快な思いをさせたのであればすまなかった」

「いえ、大丈夫です。大丈夫ですから」

申し訳なさそうに眉尻をさげて謝罪するアルンディラーノに、アウロラは慌てて手を振って謝罪を受けた。

アルンディラーノは風魔法が一番得意で、水魔法と火魔法も使えると申告、ラトゥールは治癒魔法以外の全属性が使えるが、得意なのは水魔法と火魔法だと言った。

「私は水魔法が一番得意ですわ。その他には、闇魔法と風魔法が使えますの」

ディアーナが自分の魔法を申告したところで、教師からスタートの指示がでた。他のグループと比べれば四人というのは人数が少ない。その上一番最後のスタートなので色々と他のグループに比べれば不利といえる。

「よし、じゃあ行くか」

キリッとした顔でアルンディラーノが握りこぶしを作りながら号令をかけた。「おお、かっこいいな」と心の中で思いながら「はいっ」と返事をしようとしたアウロラの視界に、アルンディラーノの後ろでベロをだして手のひらをピロピロ振っているディアーナの姿が入ってきた。

「ひゃいっ」

笑いをこらえて返事をしたせいで、変な声が出た。アウロラの様子に素早く後ろを振り向いたアルンディラーノだったが、一瞬早くディアーナはすました顔で姿勢を正していた。

「ほほほ。参りましょう。まずは最初の札をさがしませんとね」

「……」

アルンディラーノに半眼でにらまれつつ、何事も無かったようにディアーナは森へ向けて歩き出した。ラトゥールはジト目で二人を見つつ、無言でその後に続いていく。

「……。まぁ、普通にオリエンテーリングを楽しむのがよさそうかな」

アウロラは、ゲームとの差異についてはいったん置いておいて、魔法の森の冒険を楽しむことにした。


ゲームのド魔学における『魔法の森の冒険』イベントは、ゲーム開始後最初の大型イベントである。攻略対象者とヒロイン、あと数人の名も無きクラスメイト達とでグループを組んで魔法の森をチェックポイントを巡りながら散策するという内容になっている。

チェックポイントの札には課題が設定されていて、それをクリアすると成績にプラスポイントがもらえる事になっている。札に書かれているお題が『木の実を取れ』だったり『花畑の花で花冠を作れ』だったり『ウサギの魔物を生け捕りにしろ』といった簡単な内容が数種類の中からプレイする毎にランダムで出てくる。

もちろん魔法学校なので手の届かない高い位置にある木の実を取るのに風魔法や水魔法を使ったり、花冠を作るのに切り花が長持ちする魔法を使ったりするのが正解なのだが、そこは乙女ゲームである。

木の実を見つけたときの選択肢に「肩車をすれば届くかも！」というものがあって、それを選ぶと攻略対象者に肩車をしてもらって木の実を取るスチルが回収出来たりする。この選択肢を選ぶと、学校の成績は増えないがゲーム内の好感度は上がる。

ゲームでのイベント内容を思い出しつつ、アウロラは先を歩いて行くアルンディラーノとラトゥールの背中を眺める。

ゲームであれば、当然イベントに一緒に行ける攻略対象者は一人だけだ。こうして攻略対象者二人と一緒にチームを組んでいるという時点でもうゲームからズレている。

二人の背中から視線を外し、隣を歩くディアーナの横顔を盗み見る。ディアーナも、本来ならこんなゲームの序盤では出番は無い。

悪役令嬢であるディアーナは、どのルートでもお邪魔虫として出てくるキャラクターなので攻略ルートが確定していないうちは影が薄いのだ。このイベントでも画面端に見切れているが同じグループになることはないのだ。

少し冷たい風が吹き、ディアーナの耳の下あたりで結ばれているリボンが小さく揺れるのが見えた。今の時点では、アウロラはディアーナよりも少しだけ背が低い。ゲームでは耳より上で結んでいたリボンが、今は耳の下で編み込みをまとめるために結ばれている。

春になったばかりの森は、まだ花の残っている木も点在していた。足下にも色とりどりの花びらが落ちていて、カラフルな地面のおかげで森の中だというのに暗さを感じさせなかった。

少しだけ冷たい風、新芽が出始めている木の匂い、花びらが積もって柔らかくなっている地面の踏み心地。みんな、ゲームからは得られなかった感覚である。

「お兄様から聞いたお話なんですけどね、この魔法の森には妖精がいるかもしれないんですって」

「妖精ですか？」

ディアーナが、最初の札を探すように木の上を眺めながら話し始めた。アウロラは、唐突な話題だなと思いつつ、耳を傾ける。

「アウロラさんは、妖精って見たことありますか？」

「たぶん、見たことないと思います」

この魔法の森イベントで、ランダムに出てくるお題に妖精を捕まえろというものがあった事をアウロラは思い出す。ただ、お題達成の難易度が高いのでプレイヤーの間ではハズレクジ扱いされていた事も併せて思い出した。

「花言葉ってありますでしょう？　あれは、花を司る妖精の性質を表す言葉なのですって」

アウロラは初めて聞く話だった。

「町の花屋のおばさんから、花には花言葉があるという事は聞いていましたが、それが妖精の性質を表す言葉というのは初めて知りました」

ディアーナはアウロラの言葉に一つ頷くと、木の上に散らずに残っている小さな花を指差した。

「あれはサルーシュの木の花ですけど、花言葉は『月の無い夜は背中に気をつけろ』っていうんですって」

「えっ。物騒過ぎませんか？」

「ふふふふふっ」

アウロラの知っている花言葉は前世の知識だが、ロマンチックな言葉が多かった記憶がある。

『真実の愛』とか『永遠の友情』とか、マイナス方向の言葉だったとしても『報われぬ思い』とか

『悲しい思い出』といった感じの美しい言葉だったはずだ。『月の無い夜は背中に気をつけろ』という言葉は、復讐する気満々すぎておっかなすぎる。美しさの対極にあるとアウロラは思った。

「一体、サルーシュの花に何があったっていうんですか」

「面白いですわよね。復讐が大好きな妖精さんとか、ちょっと面白いから会ってみたいと思いませんこと？」

「いや、私はちょっとご遠慮したいです……」

クスクスと笑うディアーナに、やっぱり悪役令嬢なだけはあるなと笑いが引きつるのを感じるアウロラである。

しばらく歩いて、ようやく一つ目の札を見つけることが出来た。

「入り口から近い札は、先に森に入っていったグループに取られてしまっていたんだろうね」

「途中に、リボンだけぶら下がっている木もいくつかありましたものね」

ブルーのリボンで白いカードが木にくくりつけられていた。グループ内で一番背の高いアルンディラーノが手を伸ばして取り、くるりと裏返してお題と次のカードの場所を確認した。

「妖精を捕まえろ、と書いてあるね」

「パスだな」

お題を読み上げたアルンディラーノに対して、ラトゥールが素っ気なく課題放棄を宣言した。

いきなりハズレクジ引いたな、とアウロラも口に出さずに苦笑いだけを表に出した。

「諦めるのが早すぎるんじゃ無いか？」

「妖精なんか見たことない。いるかどうかもわからないものを探して時間を浪費するのは無駄だ」

「ラトゥールはこういう時ばっかりしっかりしゃべるなぁ」

アルンディラーノが肩をすくめて呆れた声をだす。ディアーナは一歩踏み込んでアルンディラーノのカードをのぞき込み、次のチェックポイントの場所を確認した。

「お兄様は、この森には妖精が居るかもしれないよっておっしゃっていたんですの」

「カイン先輩が?」

「お兄様の言うことですもの、きっと妖精はいるんですわ。探してみても良いと思います」

「カインが言うなら、居るのかもしれないな。なんせ『魔法の森』っていうぐらいだし」

ラトゥールはうさんくさい顔で、ディアーナとアルンディラーノは真面目な顔でそんなことを言っている。なんだろう、二人のカインに対する信頼度が嫌に高い。

「あの、ひとまず妖精を探しつつ次の場所へ移動するというのはどうでしょう?」

小さく手を挙げて、アウロラも会話に参加する。せっかくゲームの世界に生きているのだから、この世界を楽しみたい。攻略対象達と積極的に恋愛したいわけでは無いが、せっかくの魔法の世界なのだから、不思議な世界を体験したい。

「あっ。あぁ……えっと。うん」

アウロラの存在を思い出したのか、ラトゥールが突然挙動不審になった。瞳が見える眼鏡に、綺麗に結われた髪の毛のおかげですっかり美少年の見た目になっているラトゥールだが、やはり人見知りはそう簡単には直らないようだ。

「そのカードのお題を諦めるか、こなすかしないと次の場所に行けないという訳ではないんですよね？　ゴールするまでに捕まえられたら良いなぁ〜ぐらいの気持ちで次にいきましょう」

アウロラは、ＲＰＧで複数のお使いクエストを一気に受注しておいてメインシナリオのついでにクリアしていくタイプのゲーマーだった。

ド魔学は乙女ゲームだったので、お題が出る度にイチャイチャコラコラしながらクリアしていたが、ここは選択肢が出てくるわけでも無い自分の生きる世界である。ある程度は好きにやったっていいだろう。なんせハズレクジだし。

「そうだね、アウロラ嬢の言う通りだ。ここで妖精の存在を議論してもそれこそ時間の無駄というものだね」

春のそよ風のように爽やかな笑顔で頷いたアルンディラーノは、カードを指先に挟んでピッと顔の横で振りかざした。

「先へ進もう。僕らならきっと皆に追いつけるさ！」

キラリと光りそうな白い歯を見せて笑うアルンディラーノ。

その姿を見て、アウロラが叫んだ。

「スチル回収アザアアアアアアアアアアアアアアッッス！」

アウロラの突然の叫び声に近くの木々から一斉に鳥が羽ばたいて逃げ出し、その反動で木の枝や木の実がザバザバと雨のように降り注いできた。

決めポーズのまま目を丸くして固まっているアルンディラーノの上にも小枝や枯れかけの花びら

が容赦なく降り注ぎ、アウロラの声に驚いて尻もちをついたラトゥールはその膝の上に木の上で昼寝をしていた牙たぬきが落っこちてきて丸くなって震えていた。

ディアーナも驚いてあとずさり、背中を木にぶつけたせいで鳥の巣から巣立ち寸前のひな鳥が頭の上に落っこちてきた。

「……あ」

我に返ったアウロラが、振り上げていた拳を下ろして汚れてもいないスカートのほこりをささっと払う仕草をした。ごまかすように髪の毛先を指先でくるくると巻くようにいじると、上目遣いに三人を視界にいれて照れ笑いした。

「えへっ」

ヒロインだし、笑ったらごまかせるかな。というダメ元の行動だったが、アルンディラーノはポカンとしたままだし、ラトゥールはなぜか膝の上で丸まっているたぬきの背中を撫でて心を落ち着けようとしていた。

「あの、えっと。アルンディラーノ王太子殿下の決めポーズが格好良かったので、ついテンションが上がってしまったと言いますか……」

両手の指先をツンツンと合わせながら、恥ずかしそうに言い訳を連ねるアウロラ。顔を真っ赤にしてうつむきつつ、チラチラと三人の顔を順にうかがっている。

「あの、その。急に大きな声を出して、驚かせてごめんなさい！」

あまりにも皆から反応が返ってこないので、ついにガバリと上体を倒して謝るアウロラに、ようやく三人が我に返った。

「あ、気にしないでアウロラ嬢。僕の決めポーズが格好良すぎるのが悪いんだ」

「ぷっ」

慰めようとして、アウロラの言い訳を反芻《はんすう》したアルンディラーノの言葉にディアーナが噴き出した。

「あはははは。あっはっはっはっは」

淑女らしくない、明るく元気な笑い声が森に響く。今度はディアーナが、大きく口を開けて声をあげて笑い出したのだ。

「お、面白いね。面白すぎるよ、アウロラちゃん!」

ひーひーと呼吸困難になりつつ、ディアーナはお腹を抱えて笑い、ついにはしゃがみ込みながらも笑い続けている。

「お、おい。ディアーナ、世を忍ぶ姿が剥がれてるぞ」

ディアーナが普段は世を忍ぶ仮の姿であることをアウロラは知らないと思っているアルンディラーノが、ディアーナに小さな声で話しかける。心配している風を装って、隣にしゃがみ背中をさすってやりながらアウロラの視線を遮ってやろうと位置取りを気にしている。

「あははは。はー。大丈夫、大丈夫だよ、アル殿下」

ようやく頭を上げたディアーナは、涙を指で拭いながらふらふらと立ち上がった。

「ディアーナ?」

しゃがんだまま見上げてくるアルンディラーノの肩をポンポンと叩くと、ディアーナは快活にニカッと笑った。そこに淑女らしさはみじんも無い。

「アウロラちゃんとはね、お忍びで町のアクセサリー工房に行ったときに出会ったの。その後は孤児院でも度々会ってお話も良くしたし孤児院の子達と一緒に遊んだりもしてるの」

「それじゃあ……」

「そう。アウロラちゃんは私の真の姿を知ってるの。つまり、ここに居る人はみんな私が普段は世を忍ぶ仮の姿で居るってことを知ってるってこと。森の入り口からしばらくは、他のグループがまだ居るかもしれないからおとなしくしていたけどね。ぷふっ。アウロラちゃんの叫び声と、アル殿下の間抜け顔みてたらおかしくって我慢できなくなっちゃった」

一度は落ち着いたのに、しゃべっているうちに思い出し笑いがこみ上げてきてしまい、また笑い出すディアーナ。

「えっと。ディアーナ様は、アルンディラーノ王太子殿下と幼なじみなんですよね？」

「そうだよ。四歳の頃に王妃様主催の刺繍の会でおんなじ年頃の子を集めてからずっとね。腐れ縁っていうヤツですわね」

ディアーナの返事を受けて、アウロラは一つ頷く。ディアーナが淑女ぶる前からの友人であれば、ディアーナの素の姿を知っているのは理解できる。では……。

「ラトゥール様は？　ラトゥール様とも入学前からのお知り合いなのですか？」

「ううん。違うよ。ラトゥール様とは、入学してから知り合いましたのよ」

「それなのに、素の姿を知ってらっしゃるのですか」

アウロラの質問に、ディアーナが困ったようなおかしいような複雑な笑顔を浮かべて肩をすくめた。小粋な感じのその動作は、格好良いがやっぱり淑女がする動きでは無い。

「毎週水曜日の放課後に、お兄様を交えて魔法の勉強会をしているんですのよ。でも、そこでのラトゥール様の態度がもう悪くて悪くて。ちょっとブチ切れてしまったんですの。ついでに、勉強会に押しかけてきたアル殿下も隙あらばお兄様を横取りしようとするもんですから、やっぱり素が出てしまいましたの。そんな感じで、ラトゥール様にはバレてしまったんですのよ」

「……怖かった」

ディアーナのブチ切れた様子を思い出したのか、ラトゥールがブルリと震えながらぼそりとつぶやいている。

「全然、忍べて無いじゃん」

「あはは」

アウロラは、毒気が抜けてしまった。入学式に壁ドンされてお願いされた「素の姿を黙っておいてね」という約束は、アウロラが破るまでも無くほころびだらけだったようだ。

ただ、今のディアーナは明るくて前向きで屈託の無い女の子に見える。男子生徒の取り合いで意地悪をしてきたり、身分を笠に着て嫌味を言ってくるような子には見えない。

同じクラスで勉強をして、そして友だちになるんだったら断然今のディアーナの方が良い。

「世を忍ぶ仮の姿の時でも、品位に問題なければアウロラと呼び捨てにしてください。もしくは、ちゃん付けで」

「ありがとう、アウロラちゃん。アーちゃんも、と言いたいところだけど、ごめんね。多分他の人からアーちゃんが怒られちゃうね。その代わり、素で居られるときにはディーって呼んでいいよ」

「ん。ありがとう、ディーちゃん」

なんだか、女の子二人がほんわか仲良しになっているのを見ていた男子二人がなんとなく顔を見合わせて、そしてまた女子二人に視線を戻す。

しゃがんだままだったアルンディラーノは頭を抱えてさらに丸くなった。

「はぁぁー」

聞こえよがしな大きなため息をつき、腕を振った勢いで素早く立ち上がった。

「じゃあ、僕も魔法の森を出るまでは猫をかぶるのやめる」

「わたしは、もともと……裏表ない」

「はいはい。その代わり魔法について語り出すと早口になって言葉遣いも荒くなるよね」

髪や肩に落ちていた小枝や木の実を払い落として、髪をぐしゃぐしゃっとかき回したアルンディラーノはもう王子スマイルでは無くなっていて、ラトゥールはすでにゲームのキャラクターデザインとは似て非なる眼鏡美少年の姿になっている。

「では、再出発!」

そう言ってビシッと指を次のチェックポイントの方角へと指し示すアルンディラーノは、遊びに行くのが楽しくて仕方が無いという少年の顔をしていた。

こうなってしまうと『魔法の森の冒険』イベントの残りのスチル画像の回収は絶望的だろうけれ

ど、アウロラはそれ以上に楽しい時間を過ごすことが出来そうな予感に胸がドキドキとしてきたのだった。

次のチェックポイントの課題は『木の実を取れ』という内容だった。ゲームでは、自分で魔法を使って木の実を落とすか、攻略対象に魔法を使ってもらって木の実を落とすか、肩車して手で取るかの三択になる。ちなみに、肩車して手で取る場合、ヒロインの太ももが頰に当たっていることに気がついた攻略対象者が、顔を真っ赤にして照れるというスチルが回収できる。

「また、アウロラ嬢が叫び声を上げればいいんじゃないか？」

「突然は、やめてほしい。……おどろく」

「私がアーちゃんを肩車したら届かないかな？」

「魔法学園の行事なんだから、魔法を使いましょうよ」

カードがくくりつけられていた木を、四人で見上げている。この中で一番背の高いアルンディラーノが手を伸ばしても届かないぐらいの高さに、赤い実がなっているのが見えている。ディアーナの台詞に、それをやった場合ディアーナが赤面して照れるのか？　と少し悩んだ。

「一番魔法が上手そうだから、ラトゥール様が落としてくれませんか」

「火魔法じゃ木を燃やしてしまうし、水をぶつけたら木の実が砕ける」

「それ以外でも、全属性できるって言ってませんでしたっけ？」

「出来るけど、精度が高いとは、……言ってない」

言い合っている側で、一人で距離を取っていたディアーナが助走を付けてジャンプして手を伸ばしていたが、木の実には届かなかった。

「じゃあ、僕がディアーナを肩車するか？」

アルンディラーノがそう言ったところで、後方の茂みがガサリと音を立てた気がした。キラリと金色の何かが光ったように見えたが、この魔法の森の冒険で宝を見つけるというイベントは無かったはずだとアウロラは首をかしげた。

「お兄様に言いつけますわよ」

ディアーナが少し冷たい声をだすと、茂みから見えていた金色の何かはスッと消えた。

「僕がラトゥールを肩車すればいいんだな？」

カインが怖いのか、アルンディラーノはすぐに肩車する相手を変えた。

埒があかないな、と思ったアウロラは人差し指と親指を伸ばし、残り三本の指を握り込む形にして木の実に向ける。鳥男爵に習った風魔法で、圧縮した空気を勢いよく打ち出す魔法だ。

「風の弾よ、指先より出でて目標を貫け。風指弾！」

アウロラの指先から勢いよく飛び出した小さな風の弾丸は、木の実の軸を見事に打ち抜いた。魔法を教えてくれた鳥男爵は、これを飛んでいる鳥の尾羽にあてて打ち落とし、鳥を捕獲するのだと言っていた。明らかに『鉄砲』がモデルだと思うのだが、アウロラはこの世界で鉄砲があるというのを聞いた事が無い。鳥男爵もまた別の人から習った魔法だと言っていたので、どこで発生した魔法なのかは追及できなかった。

「おっとっと」

落ちてきた木の実を、ディアーナが無事にキャッチする。リンゴに似たその木の実は、ツヤツヤと赤く光っていてとても美味しそうだったのだが、課題として提出するためにそのままディアーナの鞄へとしまわれたのだった。

その次のチェックポイントへと向かう途中、根っこを足のように動かして移動して行く大木を見かけた。

「アレを退治したらポイント沢山もらえたりしないか？」

「アレは確か……保護対象になっている貴重な魔法木だったと思う。あの木で作った杖が魔法発動の補助道具として優れてるってことで乱獲されて絶滅寸前だって本に書いてあった」

「じゃあ、倒したら逆に叱られてしまいますわね」

「魔法を使うのに杖なんて使う事あるんですか？」

生け垣のように茂っている低木の陰にかくれながら、四人は歩いて行く大木を眺めている。大木の向こうの普通の木に、次のチェックポイントである白いカードがぶら下がっているのが見えているのだ。歩く大木をやり過ごしてから向こう側へと行くつもりで隠れている。

「昔は、魔法の制御が難しい子どもが指揮者のタクトのようにして使っていたらしいぞ」

「大人でも、自分の手には負えなそうな難しい魔法を使うときに使った事もあると本に書いてあった」

アルンディラーノとラトゥールの解説を聞いて、アウロラの頭に浮かんだのは丸眼鏡の少年魔法使いが主役の映画であった。

「なんかかっこいいですね」

そう言ってアウロラが指揮棒で四拍子を刻むようなジェスチャーをしてみせた。

「今は、純度の高い魔石を塡《は》めた指輪やブレスレットで魔法の制御を補助するのが主流だからな。杖なんて使ってると古くさいって笑われるぞ」

「えー。でもタクトみたいなのじゃなくて、身長よりでっかい杖を振り回して魔法を使うのって格好良いと思いますわ」

「老人が歩くときに使うような杖か？」

「違いますわ。魔法使いファッカフォッカみたいな杖の事ですわ」

「え。ディアーナ嬢は魔法使いファッカフォッカ知ってるの」

やることがないせいか、巨大であっても動きがのろい木が相手だからか話がどんどんズレていく。子どもだねぇ～と微笑ましい気持ちで耳を向けつつ、歩く木を眺め続けていたアウロラは、その足跡（？）に花が咲いていくのを発見した。

まるで録画映像を早回しで再生しているかのように、歩く大木が根っこを置いた跡から芽が出て双葉になり、にょきにょきと茎が伸びてふわりと小さな花が咲く。花は、白や黄色、桃色など色々で、それまでの急成長が嘘のように花は枯れずにそのまま風に揺れていた。

「ディーちゃん。みて、大木が歩いた後に花の道ができてる」

ラトゥールとファッカフォッカ談義を繰り広げていたディアーナは、アウロラに肩をトントンと叩かれて歩く大木の方へと視線を移した。

「本当だ。可愛いお花が一直線に咲いてる」

当の歩く大木は、小さな小川にたどり着いたところで根をおろし、半分水につけた根っこから水を吸い上げているようだった。

「ああやって、歩く木の後に花が咲いて位置の特定が容易だったから、乱獲されたんだろうな」

アルンディラーノが目を細めて小川で休憩中の木を見つめていた。

歩く大木の後ろをそっと通り抜け、三つ目のチェックポイントのカードをめくれば、課題は「急成長する花で作った花束」だった。

四人はまた歩く大木の後ろへそっと近寄ると、咲いたばかりの花を摘んで花束を作った。

四つ目のチェックポイントは、湖の真ん中の小島にあった。

「あれ、どうすればいいんだ？」

小島の真ん中に一本だけ立っている木の幹に、課題と次のチェックポイントの場所が書かれたカードがぶら下がっているのが見えている。

「見た範囲では、小舟などはなさそうですわね」

「湖も意外と深そうですよ」

「こういうときは土魔法で道をつくれば良いんだろうが」

ラトゥールが言ってアルンディラーノ、ディアーナ、アウロラの順で視線を投げていくが、

「土魔法は属性が無い」

「使えるけど、得意ではありませんの」

「土魔法はチャレンジしたことがありませんね」

全滅だった。

魔法の森に設置されているチェックポイントの数は、各チーム五枚集めても余るように多めに配置されている。ここの課題カードを諦めて別のチェックポイントを探す、という方法もある。

「けど、場所のヒント無しで探さなくちゃいけないから時間が掛かってしまいますわね」

「スタート地点あたりまで戻れば、最初の一枚用のカードが残っているかもしれないぞ」

「うーん」

湖の真ん中にある小島への渡り方に、アウロラは一つ思いつくものがあった。前世の宗教の一つに伝わる逸話にあり、アニメや漫画でも度々出てくるド派手な演出の方法。

「水を割って、湖の底を歩いて行くのはどうでしょうか？」

モーゼの海割りである。

「？？？　何を言っているんだ、アウロラ嬢」

頭の上にハテナマークが浮かんでいる幻が見えそうなほど、アルンディラーノが困惑した顔でアウロラのことをうかがっている。水を割るというのが想像つかないのかもしれない。

「アルンディラーノ王太子殿下は風魔法が得意で水魔法も使える。ディーちゃんは水魔法が得意で、ラトゥール様も水魔法が得意。そして私は風魔法が使える。それで、ディーちゃんとラトゥール様は魔力量も多いのですよね？」

「自信がありますわ」

「魔力なら負けない」

アウロラの言葉に、二人ともしっかりと頷く。アウロラは身振り手振りで湖の水を水魔法で割り、風魔法で水の壁を押さえつつ湖底を歩いて渡る、という作戦を説明した。面白そうだということで、まずはやってみようということになった。

まず、ディアーナとラトゥールで湖の水に働きかけて動かし水を割る。アルンディラーノが風魔法で水の壁が崩れないように押さえ、アウロラがダッシュしてカードを取ってくる事になった。

「えーっと、水に自分の魔力を帯びさせて……」

「水を作り出さず、すでにある水を動かす……」

ディアーナとラトゥールが、それぞれ湖に手を浸して水を割るイメージをしている。アルンディラーノはその間で風魔法を発動させる準備をして待機。アウロラはクラウチングスタートの体勢で構えた。

「じゃあ、『せーの』で行くぞ！」

「「せーのっ」」

結果として、湖を割ることには成功した。

ディアーナが向かって右側の水を動かし、ラトゥールが左側の水を動かした。かなりの集中力と魔力を注ぎ、なんとか湖底が見えてきたところでアルンディラーノが風魔法を使おうとしたその時。

「こらーっ！」

巨大なサンショウウオが現れて四人に説教を始めたので、湖底を渡る事はできなかった。

「ガッコの先生もな、出来ない事をやれとはいわんデショ。ナニかヒントがあるとおもわんカナ？

まさかミズウミわるとかおもわんデショ。コワッ。最近のお子さんコワッ」

全長三メートルはあろうかという巨大なサンショウウオが、前足のひれをペッタンペッタンと地面にたたきつけながら、アウロラ達に語りかけてくる。

「ミズウミの水あんな移動させチャ、魚たちがおどろくデショ。ちいさきモノの中にはショックで死んじゃうのもいるカモよ。命ダイジニ。ね。ミズウミぐるっとまわればムコウにサンショーさんにお願いしなサイって看板あったノヨ。魔法のイキモノと仲良くナル。これも先生のオシエよ。ネ」

「はい」

ヌメヌメテカテカとした焦げ茶色の背中をぷるぷると揺らしながら、サンショーさんはコンコンと小言をこぼし続け、三十分ほどで満足したのか小島の木から課題のカードを取ってきてくれた。

「湖の主のうろこを持ち帰れ、と書いてあるな」

カードの課題を読んだアルンディラーノは、カードを取ってきてそのまま湖畔にひっくり返っているサンショウウオのサンショーさんをチラリと見た。

「サンショーさんが、湖の主？」

「いやでも、サンショーさんにはうろこ無くないですか？」

ディアーナとアウロラも、ひっくり返ったサンショーさんの白いお腹を眺める。あいかわらずヌメヌメテカテカしているが、うろこらしきモノは見当たらない。

「サンショーさんは、ここの主なのか……ですか？」

「そうね。サンショーさんはここの主。ネ」

ラトゥールが一歩踏み出して聞けば、強大なサンショウウオはひっくり返ったままあっさりと答えてくれた。

「サンショーさんのうろこがほしいんですけど」

「おなかナデてくれたらイイヨ」

アウロラがダメ元でお願いしてみれば、やっぱりあっさりと答えてくれたサンショーさん。みんなで、ヌルヌルすべすべするお腹を触りまくったところで、サンショーさんは再度ひっくり返って体勢をもどすと、ペシペシペシと地面を三回叩いた。その後に前足をどけると、そこに薄緑色に光る平たい石のようなモノが現れていた。

「サンショーさんの魔石ね。ソレを主のうろこって呼んでるノ。ネ」

魔法のイキモノで湖の主のサンショーさんは「ジャアネ」と言って湖の中に戻っていった。

「これ、ちゃんとサンショーさんにお願いしてカードを手に入れないと達成できない課題だったのでは？」

緑色の石をひろいながら、アルンディラーノがつぶやく。ラトゥールとディアーナは湖の湖面近くをゆらゆらと泳いで行くサンショーさんの背中を眺めていた。

「すみませんでした、アルンディラーノ王太子殿下。湖を割ろうなんて手抜きの提案をしてしまって……」

「なに、結果的にサンショーさんが出てきたのだから問題無いさ。僕らだって湖の向こう岸まで歩いてみようなんて考えてなかったんだから、却って幸運だったんだ」

前世知識から、モーゼの海割りやれば良いじゃん、と安易に思ってしまったことに落ち込むアウロラだが、アルンディラーノは優しかった。

「それと、今更かもしれないがアルンディラーノ王太子殿下じゃ長いだろ。アル様でいいぞ」

「ありがとうございます。アル様」

チェックポイントの四つ目もクリアし、四人の仲は砕けたものとなってきていた。

最後のチェックポイントは、もうゴールも間近という場所にあった。カードがぶら下がっている木から教師が待機している場所が見えている。

「色々ありましたけど、先生方の姿が見えるとほっといたしますわね」

ディアーナが、澄ました薄い笑顔で木々の隙間から見えている教師を見つめている。ゴールが近いということは、他のグループのクラスメイト達も近くに居る可能性があるということだ。

アルンディラーノもすっかり猫をかぶり直し、王子様スマイルを浮かべている。

ラトゥールは見た目は今までと変わらないが、口数がすっかり減ってしまっていた。せっかく仲良くなって来て、素の表情でおしゃべりできていたのに残念だな、とアウロラも薄く笑った。

「最後の課題は……なんだこれは」

せっかくの王子様スマイルが、眉間にしわがよって台無しになっている。どんな難題が書かれているのかとディアーナとアウロラがアルンディラーノの手元をのぞき込めば、そこには「みんなで手をつないでゴールしましょう」と書いてあった。

「こんな簡単なことで良いんですの？」

「何か隠された意図があるのかもしれないね。簡単すぎる」

ディアーナとアルンディラーノがカードを不審な目で見つめているが、アウロラはこれはグループによっては難しい課題だと考えていた。

クラスメイトとはいえ、入学式からひと月ちょっとしか経っていない。自分たちでグループを組むことが出来たとはいえ、全部が全部仲良しグループだったとは限らないし、課題をこなすうちに意見が割れたり対立したりしていれば、手をつなぐというのはだいぶ難しい行為だとアウロラは思う。

アウロラ達のグループだって、ディアーナが「素を出せるメンバー」として集めた四人だが、最初のうちはラトゥールもぶっきらぼうで協力的とは言えなかったし、アルンディラーノもアウロラに対して遠慮があった。あのままだったら、四人全員で手をつないでゴールまで歩くというのは大分難しかったんじゃないだろうか。

「手をつなぐのなんか簡単って、お二人は言うんですね」

「だって簡単だろう？　お互いの手を握るだけだ」

「ふふふ。もしかして、アウロラさん恥ずかしいんですの？」

アウロラの言葉にも、二人はちっとも動じない。それが当たり前だと答えてくれる。

「必要なら……べつに、君たちなら、かまわ、ない」

ラトゥールも、照れながらも手をすっと差し出してくる。なんて良い子達なんだろう。

「じゃあ、ゴールしましょうか！」

アウロラは差し出されたラトゥールの手を握り、反対の手でディアーナの手を握った。

「手をつないでさしあげますわよ？」

「ラトゥールの方でつなぐからいいよ！」

アルンディラーノは、差し出されたディアーナの手を軽くはじき、ラトゥールの隣へと移動して無理矢理手をつないだ。ディアーナは、そんなアルンディラーノの行動に怒るでもなく、ほほほとお上品に笑っていた。

乙女ゲームの攻略対象キャラクターは、心に闇を抱えていることが多い。ヒロインとの距離を縮めたり、ヒロインだけに心を開く描写を入れる為にはその方が都合が良いからだ。

ゲームのド魔学でも、アルンディラーノは親からの愛情不足から愛されることに飢えていて、自分から愛する事ができないキャラクターになっていた。ラトゥールは魔法使いになりたいという夢を家族に理解されず、人間不信となってコミュニケーション不全なキャラクターになっていた。ディアーナも、甘やかすばかりの愛情を受けて育ったせいで傲慢で我が儘なキャラクターになっていた。

だから、アウロラは距離を取って、引きのカメラ目線でゲーム画面に似たシーンを聖地巡礼のノリで見学出来れば良いと思っていた。ゲームだから面白いのであって、現実にそんな面倒くさい人達と付き合うのは遠慮したいと思っていた。

しかし、実際に付き合ってみればみんな良い子達だった。明るくて、優しくて、人のことを思いやれる子ども達。

これが、中身が転生者であるディアーナの功績だというのなら、それはそれで良いんじゃ無いだろうか。「私も転生者なのよ」と打ち明けて、却って今の関係が崩れるのももったいない気がしてきた。

「あ！　みてアウロラさん」

手をつないだ状態のまま、ディアーナが腕を上げて前方を指差した。そちらの方を見上げれば、ひらひらと明滅しながら空中を移動するこびとのようなモノがいた。

「もしかして、妖精？」

「最初の課題！」

アルンディラーノとラトゥールも気がついて、とっさに手を伸ばそうとする。しかし、お互い手をつないでいるので、妖精に手が届かない。包むように捕まえるにも、両端のアルンディラーノとディアーナは片手しか使えない。

そうこうするうちに、妖精はくるりと一回転して消えてしまった。とても気まぐれなようである。

「最初の課題を取るか、最後の課題を取るか。二択になってしまいましたね」

「まぁいいさ。このままゴールすれば課題は四つクリアできるのだからね」

妖精の消えたあたりを、名残惜しく見つめつつも足はゴールを目指して動いている。

「妖精。本当に、いたんだ。……研究したい」

「私も、もう一度ちゃんと見てみたいですわ。お兄様にもお見せしたいですもの」

「また来れば良いだろう。学校の敷地内なんだ。また一緒に来よう」

その「一緒に」の中に、自分も含まれていれば嬉しいなとアウロラは思った。

四人はそのまま手をつないだ状態でゴールした。どうやらどのグループも最後にたどり着くチェックポイントの課題は「手をつないでゴールすること」になっていたらしく、手をつないで歩いている姿を見ても教師は何もいわなかった。

アルンディラーノ、ディアーナ、ラトゥールとアウロラのグループは課題を一つ落として四つクリアとなっていたが、ポイントは最高で順位は一位になっていた。

こうして、ド魔学最初のイベント『魔法の森の冒険』は、乙女ゲーム的な急接近やドキドキハプニングなどは起こらないまま、友情だけが深まって幕を閉じたのだった。

剣術訓練

アンリミテッド魔法学園は、魔法を学ぶための学園なので基本的に剣術訓練の授業は無い。しかし、卒業後に魔法の使える剣士として騎士団に入る子息も居るため、選択制の補習という形で剣術訓練の時間が設けられている。カインやアウロラの前世でいうところの部活動に近い形だ。

本当は兄ゲラントと同じ騎士学校に行きたかったクリスは、当然のようにこの剣術訓練の補習を受けていた。騎士学校ほど本格的ではないが、王宮騎士団から魔法剣士として活躍している現役の騎士が来て指導してくれるので、クリスはこの時間が毎週楽しみだった。

「アル様〜。今日もディアーナ嬢は誘えなかったんですか〜」

「今日はカインと用事があるって言ってたんだよ。カインの邪魔するわけにはいかないだろ」

「まーたカイン様だ。カイン様、カイン様。アル様はカイン様が好きすぎじゃないですかね」

「うるさいな。ほら、素振りするぞクリス！」

「はいはい」

アルンディラーノとクリスは持参した木刀を手に取ると、講堂の空いている所に立って素振りを始めた。

入学式の時はすり鉢状になっていた講堂も、今は平らな床になっている。壁から天井に掛けての個室観覧席や緞帳《どんちょう》が降りたままのステージはそのままなのだが、床は魔法ですり鉢状になったり真っ平らになったりと、変形するように出来ている。

アルンディラーノとクリスが初めて剣術訓練の補習に参加したときには、係員の手違いで講堂がすり鉢状のままになっていたのだが、慌ててやってきた係員が魔法をかけると傾斜のついていた床が沈んでいき、あっという間にフラットな床へと変わったのだ。

その日は、稽古をしつつも床をわざと強く踏んでみたり、その場でジャンプしてみたりと床が気になって剣術訓練に集中できなかったのも良い思い出である。

アンリミテッド魔法学園の授業は、授業内容によって一単元の時間が異なる。学年やクラスが違えば授業終了の時間もまちまちなので、剣術訓練へ参加する生徒もやってくる時間がばらばらなのだ。

その為、王宮騎士団の騎士も全員がそろう時間あたりにやってくるので、早めに授業が終わって来た生徒はおのおの走り込みをしたり素振りをしたりして時間を過ごしている。

クリスとアルンディラーノも、クラスが違って授業の終了時間が違うので教室の前で待ち合わせをしても意味が無く、剣術訓練は現地集合となっている。

「そもそも、ディアーナ嬢に剣術で負けたのって何年前でしたっけ」

「負けてない！　副団長に止められたからノーカンだ！」

「そんなこと言って、それだけ引きずっているんだから自分では負けたって思ってるってことでしょー」

「……」

かたくななアルンディラーノの態度に、クリスは肩をすくめると自分も真面目に素振りを始めた。

アルンディラーノは、四歳の頃から近衛騎士団の訓練に混ざって剣術訓練を受けていた。

最初は訓練場を一周走ることも出来なかったのだが、カインに励まされて頑張った結果、ひと月もすればそこそこには剣が使えるようになったと自負をできるようになっていた。

一緒に訓練を受けていたクリスとゲラントの兄弟と、アルンディラーノがどうしても一緒にやりたいと我が儘を言って引き込んだカイン。自分を含めたその四人で切磋琢磨していたし、彼ら相手には負けても悔しいとは思うが次につなげようと前向きに捉えることが出来ていた。

しかし、訓練にも慣れてきて自分もそこそこ強くなったと自負し始めたある日、ディアーナが近衛騎士団の訓練を見学しに来たことがあった。その時に、ディアーナが訓練に混ざりたいと我が儘を言い出したのだ。

その時アルンディラーノは、カインに良いところを見せるチャンスだと思った。我が儘なディアーナを諌めつつ、自分がちゃんと出来ているというところを見せたかった。褒めてほしかったのだ。

しかし、刺繍をしてお花を愛でて、カインに愛されるばかりだと思っていたディアーナは強かった。というより、速かった。

アルンディラーノは一撃も入れること無くディアーナに負けた。寸前で副団長のファビアンに止められたのでディアーナの剣はアルンディラーノを傷つけることも無かったのだが、あれは確実に一本取られていた。

悔しかったアルンディラーノはそれからさらに訓練に励んだが、その後ディアーナと再戦する事は無かった。

アルンディラーノとの一騎打ち以降、ディアーナはすっかり淑女を目指すようになり、おとなしい普通の女の子になってしまったのだ。

アルンディラーノはディアーナに勝ち逃げされたのである。

「この間、カイン様と一緒に帰宅されるディアーナ様をお見かけしましたけどねぇ」

素振り百本の一セット目が終わったクリスが、汗を拭きながらアルンディラーノに話しかけてくる。

「どこからどう見ても深窓のご令嬢って感じでしたよ。アレはもう剣なんかやってないですよ」

「……」

「剣術訓練の補習授業に引っ張り込んで、八年ぶりのにわか仕込みで練習させた令嬢に勝ってもしようがないじゃないですか。もう諦めたらどうですか」

「ディアーナは、まだ剣をやってる」

クリスの説得に、アルンディラーノは言葉少なに言い返して素振りを続けた。

っている。

剣術訓練の補習は、毎回必ず出なければならないわけではない。出られるときに出れば良いとなっている。

クリスは、代々騎士の家系ということもあって家にも広くは無いが剣武場がちゃんとあるし、父や兄が稽古を付けてくれたりもする。何なら現役を退いたもののまだまだ元気いっぱいな祖父もクリスの剣を見てくれる。そんな環境なのでド魔学で普通の剣術訓練を受ける必要はあまりないのだが、魔法と剣の組み合わせについて学べるので顔を出しているのだ。

「やあクリス、アルンディラーノ。今日は来てたんですね」

「ジャンルーカ殿下。一緒になるのはひさびさですね」

クリスがド魔学の剣術訓練に参加するもう一つの目的が、この留学生のジャンルーカである。サイリユウムは騎士の国なので、そこで訓練を受けてきたジャンルーカの太刀筋は見ているだけでためになる。

同じ二組のクラスメイトというのも気安くて、クリスはジャンルーカと一緒に剣術訓練をするのが楽しかった。

今日は、剣に魔力を帯びさせて強度を増す方法を習うことになっていた。

この訓練では、成果がわかりやすいように木屑を固めて作った木刀を使う。魔力で木刀の強度を増すことが出来ていれば、一合二合と打ち合うぐらいでは壊れないが、上手く強化出来ていなければ打ち合わせた瞬間に粉のように崩れてしまうのだ。

「うあぁ。折れちまった」

「でも、粉々にならずに二つに割れてますから、強化は出来てるということでしょう」

「ジャンルーカ殿下のは壊れてませんね」

「でも、ほら。ヒビが入ってしまっています。私もまだまだですね」

脆い木屑の木刀で生徒同士が打ち合っても危ないので、慣れないうちは立てた丸太に打ち込んでいる。クリスとジャンルーカはお互いの成果を見せ合いつつ、新しい木屑の剣をもらいに行こうとして、呆然と立っているアルンディラーノに気がついた。その手には、握り部分だけが残っていて、足下には粉々になった木屑が散らばっていた。

「アルンディラーノ？　どうしたの。木刀の強化は得意だったじゃない？」

「あ、ジャンルーカ。来てたのか」

「ほっといていいですよ、ジャンルーカ殿下。アル様はディアーナ嬢に振られて放心してるだけですから」

ほっとけと言いつつ、クリスは丸太の裏にぶら下がっている箒をとってアルンディラーノの足下の木屑を片付け、手に残っていた木刀を取り上げると新しい木屑の剣を握らせた。

なんだかんだ付き合いは長く、アルンディラーノの世話をするのに慣れているのだ。

「えっ。アルンディラーノは、その……そうなのですか？」

ポッとほっぺたを赤くしつつ、ジャンルーカがワクワクとした顔でアルンディラーノの顔をのぞき込んだ。

「は？　何が『そう』なんだ？」

「え、今クリスが、アルンディラーノがディアーナ嬢に振られたっていうから。アルンディラーノはディアーナ嬢のことが好きなのですか？」

ぼんやりしていてクリスの言ったことを聞き流していたアルンディラーノに、ジャンルーカが改めて問いただす。

「ば、バッカ！　バッカなことというなジャンルーカ！　べべべ別にディアーナの事なんか好きじゃ無い！」

改めて言われたジャンルーカの言葉に、パニックになりながら大否定したアルンディラーノだったが、顔が真っ赤になって頭から湯気がでそうになっている。

「ジャンルーカ殿下。アル様はディアーナ嬢と剣で決着を付けたくて剣術補習に誘ってるんですけど、それを毎度断られてるってだけです」

自分の思わせぶりな言い方のせいでジャンルーカが勘違いしたのがわかっているので、クリスはアルンディラーノの慌てっぷりに笑いながらもフォローを入れておいた。

「まぁ、ディアーナ嬢が剣を振っていたのは八年も前の事ですけどね」

「ああ、ディアーナ嬢は剣術もお強いですからね」

クリスとジャンルーカの言葉がかぶる。自分の発言と同時に発せられた相手の言葉に、ジャンルーカとクリスがお互いに首をかしげた。

「……ディアーナ嬢は、八年前に近衛騎士団の訓練に見学にきて飛び入り参加したんですが、ご両親にめっちゃ怒られたらしくてその後剣を握っていないはずですよ」

「……。忘れてください」

ジャンルーカは、片手で口を押さえて目を泳がせている。

ジャンルーカとディアーナはカインがサイリユウムに留学していたときに、一度だけ剣で決闘をしている。その時はほぼ互角の戦いだったので、ディアーナは強いと発してしまった。

しかし、対外的にはあの時ジャンルーカと決闘をしたのは『カイン』ということになっており、実際に決闘をしたのは男装してカインのフリをしたディアーナだった。あの後母親からめちゃくちゃ怒られたとカインもこぼしていたし、口止めもされていたのを思い出したのだ。

「ほら！　ほらな！　やっぱり、ディアーナは今でも剣の練習をしてるんだ！　ジャンルーカが知ってるって事は、そういうことだろ！」

「いえ！　ディアーナ嬢が何も言っていないのなら、知りません。私は何も言ってません！」

慌てて首を横に振るジャンルーカ。口止めされたのを忘れていたというよりも、ディアーナと剣術試合をしたいと言ってるということは、ディアーナが剣を握る事を知っていると思ったからの発言だった。水曜日の放課後の勉強会ではディアーナとアルンディラーノも仲よさそうにしていたし、クリスもアルンディラーノの幼なじみだと聞いていたので、当然秘密を共有しているものだと思っていたのだ。

「知りません！　知りません！」

「知ってるんだろ！　ディアーナはどれくらい強いんだ？　今の僕と比べるとどうなんだ？　なぁ、ジャンルーカ！」

「知りませんってばー！」

ジャンルーカの肩を掴んでガタガタと揺さぶってくるアルンディラーノに、胸を両手で押し返しながらしらをきろうとするジャンルーカ。

「まぁまぁ。今は剣術訓練補習の最中ですから。ほら、王宮騎士の先生がこっちをにらんでますよ」

クリスが仕方が無い奴らめ、という顔で取りなそうとしてきたが、

「元はと言えばおまえの不用意な発言のせいだろう！」

と、アルンディラーノに怒られた。

その日の剣術補習が終わった後、三人は改めてディアーナの剣術について話し合うことになった。ジャンルーカは日を改めて場を設けるつもりだったのだが、

「詳しいことを聞かせてもらうからな」

と怖い顔で迫るアルンディラーノを躱すことが出来ず、アルンディラーノと一緒に王宮へと行くことになった。寮には外泊届をだして、アルンディラーノの馬車で王宮へ向かう。クリスも一緒に行くことになったのだが「馬車は酔うから」と言って一人で馬にのって馬車の後をついてきた。

客室の用意をすると王子宮の侍女長が手配しようとしたのだが、ジャンルーカの提案で簡易ベッドをアルンディラーノの寝室に入れることになった。放課後の剣術補習が終わってからの帰城なのでもう時間も遅い。話し合いの時間を取るためにも寝室は離れていない方が良いという思いからだった。

夕飯もアルンディラーノの私室で三人で取ることにした。

「まず、アルンディラーノ様はなぜディアーナ嬢が今でも剣を握っていると思ってるんですか」

出された肉をナイフで切り分けつつ、クリスがアルンディラーノに目を向けた。

アルンディラーノが、ディアーナと剣での再試合を望んでいるのはジャンルーカが口を滑らせる前からだ。カインを巡ってディアーナと対立している事が多いアルンディラーノではあるが、剣の心得の無い令嬢を一方的に叩きつけるような人間では無い。なにがしか、ディアーナが剣の心得があると確信を持っているからこその執着なのだろうと思ったのだ。

「ダンスの授業があっただろう」

「先日の、一組二組合同授業だったやつですか？」

ジャンルーカがパンを小さくちぎって肉のソースにつけて口に運んでいる。もぐもぐと口をうごかしつつも、授業内容を思い出しているのか視線がすこし斜め上を向いていた。

「ありましたね。騎士の家出身だからって俺は令嬢達から不人気でしたけど、アル様とジャンルーカ様は大人気でしたね」

魔法学校は能力で組み分けをしているため、クラス毎に男女比が均等になっていない。その為、男女でペアになって練習する必要があるダンスレッスンは合同授業となっていた。

「ジャンルーカもディアーナ嬢とダンスを踊っていただろう？　何か気がつかなかったか？」

「何かって？」

入学後最初のダンスレッスンでは、まず皆のお手本としてアルンディラーノとディアーナがダンスを踊った。この国で一番高貴な少年と少女であるアルンディラーノとディアーナであれば、優秀な家庭教師に学んでいるはずであるという教師の思い込みからの発案だったが、アルンディラーノとディアーナは見事その役目を果たしていた。

その次に、留学生で王子であるジャンルーカも二番目に身分の高い令嬢であるケイティアーノとダンスを踊る事になったのだが、ケイティアーノが靴擦れを理由に辞退したため、ディアーナが二回踊ることになったといういきさつがある。

「ディアーナ嬢はダンスが上手でしたね。授業の最後の方は人数が余ってしまっている令嬢とも踊っていましたね。あ、ディアーナ嬢は男性パートも踊れるという事ですか？」

「ちがうよ」

「確かカインも、女性パートが踊れるって以前言ってましたね」

「そうじゃないよ」

ジャンルーカがディアーナとのダンスで気がついたことを並べていくが、どれもアルンディラーノの聞きたい気づきではないらしい。

「ディアーナ嬢が男性パート踊れるとか、カイン様が女性パートを踊れるとかってのもずいぶん興味深い話ですけどね」

クリスが豆だけを皿の端に寄せながら、肉の添え物野菜を口に運んでいる。

「ディアーナの手だ」

「ディアーナ嬢の手？」

アルンディラーノの言葉に、ジャンルーカが小さく首をかしげた。ダンス時に手を取った記憶はあるが、何か変わったことがあったか思いつかないようだ。

「ああ。ディアーナの手は、ちゃんと手入れをされていてすべすべしているが……」

「うわぁ。アル様、女の子の手を触ってすべすべしてるとか、スケベぇ」

「茶化すな」

アルンディラーノがクリスの口にトマトを突っ込んで黙らせた。

「すべすべしていて一見ちゃんとした令嬢の手なんだが、ここと、ここ」

そう言って、自分の手の指の根っこ近くと手のひらの上をちょんちょんと指差した。

「ここが、硬くなっていた」

「それって」

ジャンルーカが食器を置いて、自分の手のひらをまじまじと見つめた。

「剣ダコですね」

クリスも、自分の手のひらを眺めながら続けた。

「なるほど、ダンスで手を取ったときに剣ダコがあるのに気がついて、まだ剣を握ってるって思ったんですね」

「そうだよ」

クリスの言葉に、アルンディラーノが大きく頷いた。食事は進み、皿の上が空っぽになっていた。

「次は、ジャンルーカ殿下ですね。殿下はどうしてディアーナ嬢が強いって知ってるんですか」

豆の残っている皿が無事に下げられていくのを見送って、クリスがジャンルーカへと話の舵を切る。

クリスとアルンディラーノから視線を向けられて、フイッとジャンルーカは視線をそらした。

「……」

「剣術ができる、じゃなくてディアーナ嬢は強い、って言いましたよね。もしかして、殿下はディアーナ嬢と手合わせしたことがあるんじゃないですか」

黙ったままのジャンルーカに、クリスが質問を重ねると、ジャンルーカの顔色がみるみる悪くなっていった。

「……。カインがサイリユウムに留学しているときに、ディアーナ嬢が遊びに来たことがあったんです」

アルンディラーノとクリスから視線をそらしたまま、ジャンルーカが静かに話し始めた。

「その時に、私がディアーナ嬢と仲良くなりたいと言ったら、カインが自分を倒さなければディアーナ嬢の友人と認めない、と言い出して……」

「言いそう」

「言うだろうな」

「私も、元騎士団の指南役から剣を習っていたし弱いつもりは無かったんだけど、カインに勝てるとは到底思えなかったんです。兄と出向いた森で巨大オオカミ相手に切りつけたという話も聞いていましたし」

もごもごと、ジャンルーカは言いにくそうに経緯を話していく。

ディアーナと友人になるためにカインを倒さねばいけなかったこと、魔法でも勉強でも剣術でもカインには勝てそうに無かったこと、カインがディアーナの願いを聞いて入れ替わったこと、入れ替わってカインのフリをしているディアーナに挑んで勝ったこと。

「そんな事やっていたのか」

ジャンルーカの話を聞いて、眉間にしわを寄せながらうなるアルンディラーノ。その様子をニヤニヤと眺めながら、クリスがからかう。

「同じ手は使えませんね。どうします？　アル様」

カインとディアーナはそっくりな兄妹だ。一目で血がつながっているとわかる程に顔の作りが似ているのだが、身長や骨格は大分違う。入れ替わって同じ人ですという手はもう使えないだろう。

そもそも、入れ替わって剣の試合をしてほしいなんてカインに頼めるはずがない。

「ディアーナ嬢は剣の心得があることを隠しているんですよね？」

「そうだ。先ほどの口ぶりだと、ジャンルーカも本当は口止めされていたんだろう？」

「はい」

四歳の時の、騎士団訓練ディアーナ乱入事件の時も、母親が見ている前でやらかしたせいで帰宅してからめちゃくちゃ怒られたのだと聞いている。そして、それをきっかけにディアーナは真の姿を隠して淑女として振る舞うようになったのだ。

「これまでは、ディアーナ嬢にどのようにお願いしていたんですか？」

「何を？」

「剣の試合ですよ」

「剣の試合は頼んでないが？」

「え？」

ジャンルーカが目を丸くする。

「ディアーナが剣の心得があるというのは秘密にしなくちゃいけない事なんだから、堂々と剣の試合をしてくれなんて頼めないだろう？」

「いや、手紙に託すとか、人気の無いところでお願いするとかあるじゃ無いですか。じゃあ、振られたっていうのはどういうことですか」

アルンディラーノの言葉に、ジャンルーカは目を丸くする。

「剣術補習を見学に来ないか。とか、近衛騎士団の剣術訓練を見に来ないか。と誘っていたんだけど」

「断るに決まってるじゃ無いですか！」

どれもこれも、人目のある場所である。言葉通りに訓練の見学に誘っているのだと受け取られれば興味ないと断られるだろうし、そこで試合をしようという意味で誘っているのだと理解されたとしても人目のある場所で試合するわけにはいかないのだからやはり断るだろう。

「誰にもバレない場所や時間を用意して、試合終了まで秘密に出来る状態を作った上で、ちゃんとお願いしてみたらどうですか。多分、真摯にお願いすればディアーナ嬢も受けてくれると思いますよ」

「秘密にしておいて、後々カインにバレたら怒られるんじゃないか？」

「では、カインも交えてディアーナ嬢にお願いすればいいじゃないですか」

「ディアーナが怪我するかもしれないんだぞ。カインが許すわけないだろ」

ジャンルーカは、食後のデザートにフォークをブスリと差し込んだ。

「カインは、多分了承してくれると思いますよ」

カインは確かにディアーナに対して過保護だったが、ディアーナを宝箱にしまい込んで安心するタイプの過保護では無い。ジャンルーカに対して家庭教師という範囲を超えて色々な事を教えてくれた。

サイリユウムのエルグランダーク邸の中庭でかかしもどきだれだで遊んだときも、いしはじきで遊んだときも、身内ばかりの時にはやんちゃにはしゃぐディアーナを微笑ましく見守っていたし、時にはディアーナの腕を抱えてグルグルと回し、柔らかい草の上に放り投げて遊ぶなんてこともやっていた。最初はうっとうしいと思っていただろうジャンルーカの姉と妹に対しても、仲良くなってくればカインは優しく接してくれていた。

「カインとディアーナ嬢の二人一組と一緒に過ごす時間が長いと、見えにくいこともあるのかもしれませんね」

「何がだ？」

デザートをすでに平らげて、お茶をゆっくりと飲んでいるアルンディラーノに対して、ジャンルーカは得意げな顔をして告げた。

「カインは懐に入れた人に対してはとても甘い。アルンディラーノの真剣な願いであれば、きっと無下《むげ》にはしないと思いますよ」

「そうでしょうか？」

「そうだろうか……」

ジャンルーカの自信満々の言葉を、ことある毎にディアーナと距離を離そうとしてくるカインしか思い浮かばないアルンディラーノは半信半疑で受け止めた。

しかし、次の水曜日の放課後魔法談義の日。使用人用控え室でアルンディラーノがディアーナとの対戦を申し込んだところ、その願いはあっさりと受け入れられたのだった。


翌週の水曜日、アルンディラーノは自分の侍従としてゲラントを魔法学園へと連れてきた。

「学校を休ませてすまないな」

「いいえ、殿下のお役に立てるのであればこれほど光栄なことはございません」

ゲラントの腕には、『一年一組アルンディラーノ・エルグランディス』と大きく書かれた腕章がピンで留められていた。名札であれば何でも良かったのだが、アルンディラーノがカインのマネをしたかったのでこうなった。

「私の名前で広めの使用人控え室を借り受けました。殿下の授業中に中の家具類を壁に寄せて片付けておきましたので、心置きなく……とはいかないかもしれませんが打ち合うことは可能かと思います」

「うん。ありがとうゲラント」

放課後になり、両側に偽物の窓が並ぶ廊下を進んでいく。ゲラントが申請した控え室も、イルヴァレーノとサッシャが連名になっているのでその二人はゲラントがいなくても部屋のドアが見えるはずである。

「ここですね」

ゲラントが立ち止まり、壁に向かってドアノブを掴むような仕草をすると、壁に隙間が出来てドアが現れた。開いているドアはアルンディラーノにも見えるのでするりと室内へと入り込むと、そこにはすでにディアーナが立っていた。

動きやすいように髪を一つに結び、制服の上着は脱いでシャツだけになり、下はズボンをはいていた。

「お待ちしておりましたわ、アル殿下。故事にある『わざと遅れて対戦者を苛つかせる』作戦でしたかしら？」

「バカを言うな。そんな卑怯な戦法取らなくったって今度は負けないからな」

アルンディラーノも上着を脱いでゲラントに渡し、シャツの袖をめくりながら部屋の中央へと進んでいく。

「今回は止めてくださる副団長様はおりませんのよ？　どうぞお怪我なさらないようにお気を付けくださいまし」

「いい加減その世間を欺く言葉遣いをやめたらどうだ。ここには親しい者しか居ない」

クリスから木刀を受け取り、軽く振って調子を見る。アルンディラーノが木刀をにぎったのをみたディアーナも、木刀を杖のように立てて体重をかけていた姿勢を正して木刀を握り直した。

「この口調も大分身について参りまして、最近では真の姿でもこんな感じでしてよ」

ソファーやテーブルが壁に寄せられ、広く床が広がっている使用人控え室。その中央に、三メートルほどの距離を置いてディアーナとアルンディラーノが対峙した。

壁際には、カインとジャンルーカとクリスとアウロラ、イルヴァレーノとサッシャが並んで見守っていた。

「今回は、使用人控え室としては広いものの、剣術の試合をするには狭い場所です。最初にひとたち入れた時点で勝負ありにします。防具を着けていないので、寸止めを心がけてください」

ゲラントが二人の間に立ち、二人に今日の試合のルールを説明していく。

「カイン様の侍従であるイルヴァレーノ様と、アル様とディアーナ嬢のご友人のアウロラ嬢が控えています。お二人は治癒魔法が出来るので来ていただいたのですが、それで大けがして良いということではありませんからね」

「わかったわかった。ゲラント、早くはじめてくれ」

アルンディラーノの言葉に苦笑いをひとつこぼし、ゲラントが片手をまっすぐ上に上げた。

「正々堂々と、騎士道に恥じぬ試合を望む」

ゲラントの宣誓の声に、ディアーナとアルンディラーノが木刀を構えた。

「はじめ！」

号令とともに、ディアーナは体を倒すように前傾姿勢になり、同時に床を強く蹴った。腕力では男子に勝てないディアーナは、常にスピード勝負を仕掛けていく。

八年前にはそれで負けているアルンディラーノは、今回は木刀を頭上に振り上げるようなことはせず、ディアーナの手元を凝視して、予備動作を見逃さないように集中している。

ディアーナの低い位置から胴を狙う一撃を、かろうじてアルンディラーノが木刀で受けた。ディアーナはそのまま通り過ぎると壁際まで突進し、くるりと反転して壁を蹴る。アルンディラーノも足を開いてしっかりと地を踏みしめて、振り返る勢いを利用して木刀を振り抜いた。

軽い体と運動神経を使ってスピードで仕掛けてくるディアーナの攻撃を、アルンディラーノは動体視力とディアーナよりは長い手足を大きく動かすことで受け止め、流している。

木刀同士で打ち合うこと三合。ディアーナが下からすくい上げるように振り上げた木刀を、アルンディラーノが上からたたきつけるようにして打ち返す。お互いに握りの近くを叩かれたことで木刀が手から離れて飛んで行ってしまった。同時に近くに落ちた方の木刀を拾い、そのまま相手に突き出した。

「そこまで！」

ゲラントが試合を止めたとき、ディアーナの木刀はアルンディラーノの喉元を突くように、アルンディラーノの木刀はディアーナの首を横から薙ぐように添えられて、止まっていた。しかし、ディアーナの腕はすでに伸びきっていて、さらに踏み出さないとアルンディラーノの喉には届かない位置にあった。アルンディラーノは寸止めだが、ディアーナは踏み込みが足りなかったのだ。

「限りなく引き分けに近いですが、アル様の勝ちですね」

ゲラントの言葉で、二人は木刀を手放してその場にしゃがみ込んだ。

試合時間は三分も無かっただろうが、集中していたせいで二人の顔には玉のような汗がうかんで

いた。息も荒い。

壁に控えていたカインが、手をパチパチと打ちながら二人の元に歩いてきた。

「見事な試合だったよ。二人ともちゃんと寸止め出来て偉かったね」

カインが動いたことで、クリスはタオルを持ってアルンディラーノの元に駆けつけ、サッシャはディアーナの元に駆けつけた。

カインはしゃがみ込む二人の間に跪くと、まずはデレデレの顔でディアーナの頭を撫でた。

「ディアーナ強くなったねぇ。ジャンルーカ殿下とやったときよりも強くなってるんじゃや無い？」

「お兄様もイル君もいない間、サッシャが付き合ってくれたんですのよ」

にこにこと笑いながら、素直にカインに頭を撫でられていたが、サッシャがタオルで汗を拭き、髪を整え直すというのでカインは手を離して振り向いた。

「アル殿下。お強くなられましたね」

「カインが留学中も、ずっと近衛騎士団で訓練していたからな」

「ディアーナのお転婆が周囲にばれないようにご配慮いただき、ありがとうございます」

そう言って、カインは跪いたままゆっくりと頭を下げた。

「僕は、どうしてもディアーナと戦いたかったんだ。本領発揮もできないまま勝ち逃げされてたんじゃ気が収まらなくてさ」

「そうですか」

「僕がモヤモヤするだけだから、我慢してればだれにも迷惑かけないし、時間がすぎれば気にならなくなったかもしれないけどさ」

「はい」

頭を下げているカインの肩に、アルンディラーノがそっと手を置いた。

「昔カインが、我慢をしちゃダメだって言ってくれただろ。我慢をしなくて良い努力をするべきだって。だから僕、だれにも見られない場所で、だれにも知られないように試合が出来るように場を用意したんだ。クリスやジャンルーカにも手伝ってもらったけど」

アルンディラーノのその言葉を聞いて、カインは本当に嬉しそうに、柔らかい笑顔を顔に浮かべた。

「過去と決着を付けるために、ディアーナと試合がしたいとちゃんと僕に言ってくれてありがとう、アルンディラーノ殿下。君が我慢をせずに済んだことが、僕はとても嬉しいです」

「僕がディアーナに勝ったことは、ここにいる人にしかわからないし、今後も広まることは無いけれど。それでも、僕はこれでもっと前に進めるよ。カイン」

そう言って、アルンディラーノはクリスから渡されたタオルに顔を埋めてしまった。体が小さく震えているけれど、アルンディラーノは顔の汗を拭いているだけ。みんなでそういうことにしてそっぽを向いて見てないフリをした。

ラトゥールの葛藤

カインにプロデュースされて身ぎれいになり、『魔法の森の冒険』でアルンディラーノやディアーナやアウロラと普通に話せるようになったラトゥールは、彼らを介して他のクラスメイトとも徐々に会話が出来るようになってきていた。

魔法に関する深い話は毎週一回の放課後に上級生であるカインと話すことで知識欲を満たし、クラスメイトとは魔法とも関係ない話をすることで魔法研究の新たな視点を得たりと、好奇心を満たしていた。

カインは、一年生の『魔法の森の冒険』イベントの時にこっそり後をつけてディアーナ達を見守っていた。ディアーナがアウロラをグループへと誘ったときには『ハミッ子を誘える優しい子！』というディアーナを賞賛したい心と『なんで自らヒロインに関わりに行っちゃうの？』という不安な心に苛まれていたが、森の入り口が遠くなってから皆が素の姿をさらしあったり、協力して物事の解決に当たっていく姿をみれば最後はじんわりと心が温まっていた。

毎週水曜日の魔法談義の会も、回を重ねる毎にラトゥールの口調が柔らかくなり、ちゃんと人と会話で意思疎通をしようと頑張っている姿が見られるようになっていった。

「カイン様、最近ご機嫌ですね」

「まぁね。懸念事項が一つ無くなりそうなんだよね」

ヒロインを好きになったものの、振り向かせ方がわからないが為に得意な魔法をつかって心を奪おうとしたゲーム版のラトゥール。精神支配魔法がヒロインではなくディアーナに誤爆してしまった上に魔法も失敗した為にディアーナが廃人になってしまうという悪役令嬢の破滅ルート。

このままラトゥールが心を開き、人と会話をすることで関係を築いていくことが出来るようになっていけば、少なくとも精神支配魔法を使うことは無くなるだろう。

それは、ディアーナの破滅フラグを一つへし折ることができるということだ。

授業が早めに終わったので秘密の部屋に一番乗りだったカインは、イルヴァレーノの入れたお茶を飲んでゆったりと一年生組がやってくるのを待っていた。

「空中でお湯を沸かす方法、見つけられたかねぇ。ラトゥールは」

「あの方法でお茶を入れようとするとテーブルの上が水浸しになるのであまりマネしてほしくないんですけど」

「ラトゥールは理屈が知りたいだけだから、実際には自分でお茶なんか入れないと思うよ」

先週は、カインが空中に水の球を出してその場で沸騰させるというのをラトゥールに見せた。水の球の周りに空気の層を作って圧縮し、圧縮熱で沸かしているのだが、ラトゥールには理屈を教えずに一週間自分で考えてみるように、と宿題をだしていたのだ。

この湯沸かし方法はカインの魔法の師匠であるティルノーアもやるのだが、どうも理屈はカインのやり方と違うらしい。

ラトゥールがどっちの方法を発見してくるかカインは楽しみにしていたのだ。

やがて一年一組の授業も終わったらしく、秘密の部屋のドアがノックされてゆっくりと開いた。

「やあいらっしゃい」

まずドアからサッシャが入ってきて、ドアが閉まらないように押さえている。その隙間をくぐるようにディアーナとアルンディラーノが入ってくる。いつもの通りの風景だった。

「ごきげんよう、お兄様」

「またせたか、カイン」

いつものカインの挨拶に、いつも返ってくる同じ言葉。しかしその声色はいつもよりも暗かった。

「……どうも」

最後に入ってきたラトゥールは、両手をディアーナとアルンディラーノにしっかりと掴まれて、連行されるように入室してきたのだ。

そして、その姿はカインにプロデュースされる前のように、いやもっとひどい姿になっていた。

「ラトゥール!? その格好はどうしたの」

驚いてソファーから立ち上がったカインは、雑にカップをテーブルに置いてラトゥールへと駆け寄った。

ラトゥールは、せっかく綺麗に整えた長い髪が肩の辺りまで短くなっており、しかも毛先はバラバラのボサボサになっている。眼鏡も元の瓶底眼鏡に戻っており、服もアイロンが掛かって無くてしわしわである。

「……わたしは、ここにくる、資格ないですから」

そして、せっかく普通にしゃべれるようになっていたのに、また片言のしゃべり方に戻ってしまっている。性格も卑屈になっているようだった。

「資格なんて。ラトゥールはディアーナの友人だろう？　それで十分じゃ無いか」

「……」

（なんだ？　どこで間違えた？）

同級生魔導士ルートのディアーナ破滅フラグは順調に回避の方向に向かっていたはずじゃないのか？

ディアーナとアルンディラーノに腕を掴まれたまま立っているラトゥールは、心なしか前よりも猫背がひどくなっている気もする。

血の気が引いて、カインの顔色が青くなる。その様子に、ドアの前に立っているディアーナとアルンディラーノもどうしたら良いかわからずお互いの顔を見合わせてオロオロとしていた。

「ひとまず部屋の中へ入ってしまいましょう。ディアーナ様、アルンディラーノ王太子殿下、おかけください」

カインの肩にぽんと手を置き、背中から顔を覗かせたイルヴァレーノがディアーナとアルンディラーノに声をかける。のろのろと動き出した三人を横目に、サッシャに視線を移すと
「サッシャはあったかいお茶を入れてあげて。たぶん、甘めにした方が良いと思う」

と指示を出す。

「あ、はい！」

声をかけられたことで自分のすべきことを思い出したサッシャは、素早くドアを閉めると簡易キッチンの方へと早歩きで向かった。

「カイン様も座りましょう。今、サッシャがお茶を入れ直しますから」

「あ、ああ」

イルヴァレーノに支えられ、カインは元々座っていたソファーへと戻っていった。

ディアーナとアルンディラーノの話によれば、ラトゥールはこの姿で登校してきたのだそうだ。

やっと交流をするようになってきた同じ組の友人達は、この異様な姿を心配して朝のうちは声をかけていたのだそうだ。

「大丈夫？」

「何があったの？」

「何か出来ることはある？」

みなからそういった声をかけられる度に、ラトゥールは、

「大丈夫」

「ほっておいて」

「なんでもない」

としか答えなかったのだそうだ。

だからといって、入学当初のラトゥールに戻ったというわけでもないらしく、授業中に教師を質

問攻めにして授業を止めてしまうということもないらしい。

「せっかく仲良くなってきたのに、かなしいから」

と、ディアーナとアルンディラーノは二人がかりでラトゥールをここまで引っ張ってきたらしい。

「まずは、そのザンバラ髪をどうにかしようか。サッシャ、イルヴァレーノ。お願いできる？」

「お任せください」

自分で切ったのか誰かに切られたのかはわからないが、明らかに素人が適当に切ったような髪の毛は毛先がそろっておらず、その後のケアもしていないのかパサパサになってひろがっていた。

イルヴァレーノがはさみで毛先を整えて見栄えを良くすると、サッシャが香油や精製水を使って髪の手入れをし、櫛で丁寧にとかしていく。

ディアーナの髪や肌をいつでも手入れできるようにと、サッシャはいつも小分けにして持ち歩いているらしい。

サッシャが髪の手入れをしている間に、イルヴァレーノはラトゥールのとれたボタンや外れかけの校章などを針と糸で付け直していく。

使用人コンビがラトゥールの面倒を見ているうちに、カインはディアーナとアルンディラーノから今日あった事などを聞いていくが、朝この状態で登校してきて、ようやく慣れてきていたのに人見知りが再発してしまっていた、ということしかわからなかった。

「登校中の襲撃でこうなったというのであれば、学校と王都警備の管轄に掛け合って犯人捜しをしなければいけないんだけど、そうでは無いというしさ」

『魔法の森の冒険』以降、ラトゥールにも友情を感じていたアルンディラーノは、王子という立場でできる事があるのならやりたいと思っていたようだ。

その日は、それ以上わかることもできることもなく、ラトゥールを身ぎれいにしただけで解散となった。


「エルグランダーク家って諜報部員っていたりするの？」

邸に戻ったカインは、寝支度を整えているイルヴァレーノに世間話をするように質問をした。

「諜報部員ですか？　それは、色んな所に潜入したりして情報を集めてくる人って認識であってますか？」

「うん」

カインが布団に入りやすいようにベッドの掛け布団を綺麗な三角形にめくり、よく眠れるハーブの入った袋を枕元にぶら下げてから、イルヴァレーノは振り返った。

「それならいますよ」

「いるんだ？」

「今日の夜は冷え込む予想らしいので、温かいお茶を飲んでから寝てください」

ソファーに座っているカインの前に、薄紫色をした良い匂いのするお茶が置かれる。そのカップに伸ばしたカインの手に、イルヴァレーノが上から押さえるように手を乗せた。

「諜報部員はいますが、主は旦那様で、頭はウェインズさんです。カイン様の都合では動かせません」

「シャンベリー家の事情を探るのには使えないって事ね」

カインの言葉に頷いて、イルヴァレーノは手をどけるとソファーの後ろ側に回る。

「俺が動いても良いけど」

「やだよ。イルヴァレーノにヤバいことなんかさせるわけないでしょ」

イルヴァレーノが、今でも暗器の扱いを練習していたり気配を消して移動する練習をしていたりするのは知っている。いざというときにそれがディアーナやイルヴァレーノ本人の窮地を救うのに役立つ可能性もあるから、それ自体をとがめるつもりはカインにはない。

しかし、それを自分の為に活用しようという気もカインには無いのだ。

「では、潜入捜査の諜報活動では無く、通いのメイドや職人達から何か情報がないか探ってみます」

「うん、それで十分だよ。ありがとうイルヴァレーノ」

洗濯メイドや厨房係の下っ端などは、住み込みでは無く通いで働いている者も多い。そういった人達は買い物先の店主や休日のプライベートで会った友人、または別の貴族家へ働きに出ている家族などと情報交換をしている事が多いので、その情報を聞き出すのだ。

同じ使用人という立場であり、まだ子どもでもあるイルヴァレーノは厨房の下ごしらえ担当のおばちゃん達に人気があり、遊びに行けばおやつの時間に誘われることが多い。

そこで交される他愛の無いおしゃべりから使えそうな情報を拾い集めていくということをイルヴァレーノはやっている。

「とりあえず、しばらくは毎日ラトゥールの身支度を整えてやらなきゃダメかもしれないな」

「毎日となると、カイン様とディアーナお嬢様の時間割が合いませんね。サッシャにお願いしておきますか？」

「サッシャもいるとはいえ、密室にディアーナとラトゥール二人きりになるのは世間体的にダメだろう。かといってディアーナ抜きでやってくれって言ったってサッシャがディアーナから離れたがらないだろうし」

「アルンディラーノ王太子殿下を巻き込んでは？　同じ組なので時間割も一緒ですし……そんな顔しないでください」

カインの髪を、就寝用にゆるく編んだイルヴァレーノはポンポンと軽く肩を叩いてソファーの前へ移動する。

「ディアーナ様の時間割に合わせて俺も動きますよ。髪の手入れはサッシャの方が上かもしれませんが、髪を編むのは俺の方が上手いですからね」

アルンディラーノの名前を聞いて、ブーたれた顔をしていたカインの頬を片手でつかみ、力を入れることでさらにカインの口がアヒルのように突き出された。

「ぶっ。不細工」

パシンとイルヴァレーノの手をたたき落とし、ソファーから立ち上がってベッドへ向かうカインの歩き方は乱暴だ。

「もう寝る！　イルヴァレーノは明日学園まで随行したらサッシャと行動をともにすること」

「承知しました」

イルヴァレーノがわざとらしい程に恭しく一礼をする向こうで、カインは自分で天蓋を閉じた。部屋中の灯りを落とし、最後にベッド脇のランタンの光を絞ってイルヴァレーノは部屋を出ようとした。ドアの前で振り向き、薄い天蓋の向こうにこんもりと盛り上がっている布団の影をみて、アヒル顔になっていたカインを思い出してまた噴き出した。

「早く寝ろよ！」

「おやすみなさい、カイン様」

笑い声が聞こえてしまったのか、キレ気味のカインの声に、イルヴァレーノは笑いで震える声で就寝の挨拶を残して、すぐ隣の自分の部屋へと戻っていった。

エルグランダーク家の諜報部員を使うだとか、イルヴァレーノを潜入させるだとか。そんな話をしていたのがバカみたいに、ラトゥールの家庭の情報はあっさりと手に入れることが出来た。

クリスが、シャンベリー家の事について詳しかったのだ。

「シャンベリー家って、伯爵家から男爵家まであって、五個？　六個だったかな、ぐらいあるんですよ。それ全部が騎士家系なんですよね。一番身分が高いのが伯爵家ではあるんですけど、三代前ぐらいに騎士として功績を挙げて子爵家から陞爵《しょうしゃく》したって話で、今となってはどこが本家でどこが分家なのか本人達もわからなくなってるそうですよ」

「うわぁ」

クリスによると、ラトゥールに関しては水曜日の放課後魔法勉強会が始まって以降、身元調査などを進めていたそうだ。一般的なクラスメイトとしての交流の範囲だったら必要無いが、ディアーナやカインを交えてクラスの外で交流し始めたのでちょっと調べてみた、ということらしい。

「一応、これでもアル様の護衛騎士めざしてますんで」

とのことである。

ちなみに、『魔法の森の冒険』以降仲良くなってきているアウロラについてもクリスが独自で調べたらしいのだが、「評判も良く不審な点は何もなかったが、とにかく変な子って言われてた」との事だった。

「ラトゥールの家はシャンベリー子爵家です。現当主が王宮騎士団に所属していて、ラトゥールの上に兄が三人と姉が二人。上の兄二人はすでにそれぞれ騎士団に所属していて、上が王宮騎士団、下が近衛騎士団です。一番下の兄が王立騎士学校に在籍中です」

「あ、ゲラントか」

カインの声にクリスが頷く。

クリスの兄のゲラントは、現在王立騎士学校に通っている。カインの一歳年下で、クリスより二歳年上になる。幼少期の近衛騎士団に混ざっての剣術訓練では年が近くて体格も近いカインとゲラントで良く打ち合いをしていた。

「兄《ゲラント》に、色々不出来な弟について語っていたらしいですよ。『最近身ぎれいにするようになったんで、やる気が出てきたんだと思って稽古付けてやった』『シャンベリー家に生まれたのに魔法にうつつを抜かす腰抜けだ』『男のくせにチャラチャラと髪の毛のばして生意気だから、騎士らしくなるように切ってやった』って」

「あれは、兄にやられたのか……」

カインが渋い顔をつくって腕を組む。その目の前に、クリスがすっと折りたたんだ紙を差し出した。

「昼休みじゃあ伝えきれないんで、それにまとめてきました。つっても、兄上に聞いたり父上に聞いたり、家に出入りする騎士にそれとなく探りを入れた程度です。家庭内に潜入捜査したとかじゃないんで間違えてる情報もあるかもしれません。そのつもりでみてください」

「ありがとう、クリス。このことはアル殿下は？」

テーブルの上に差し出された紙の上に手を置き、するりと自分に寄せるとそのままつまんで制服の胸ポケットへとしまった。

「ああ見えてアル様は正義感がお強いですからね。これを見てシャンベリー家に乗り込まれてもこまります」

アルンディラーノにはまだ伝えていないということだ。

「騎士団で一緒に訓練し始めた頃、アル様追いかけっことか、城内化石探しとかやったの覚えてますか？」

クリスが席から立ち上がって、カインを見下ろす形で問いかけた。

「もちろん。どっちもすぐに禁止されちゃったけどね」

「あれ以降、アル様がご両親と朝食をご一緒されるようになったり、ご両親が簡単なご公務に連れ歩くようになったりした事、ちゃんと俺は知ってるんですよ」

アル様の幼なじみですからね、とクリスは笑う。

「期待してます、カイン様。俺と兄上ではアル様の剣にはなれるけど杖にはなれない。アイツ《ラトゥール》はきっと、アル様の良い杖になれる気がするんです」

言いたいことだけを言って、じゃあと手を上げてクリスは食堂から出て行ってしまった。

「期待されてますねぇ、カイン様？」

「うるせぇ」

背後に控えていて見えないはずのイルヴァレーノの表情が、声の調子でニヤついているとわかってしまうカインであった。


クリスから渡されたメモによれば、やはりラトゥールはド魔学に通うことを家族から歓迎されていないということだった。

小さい頃から剣術を仕込まれていたが伸びず、七歳頃には両親や兄たちから見放されていた。家庭教師により勉強は出来る方だということがわかり、騎士団事務員にするべく経理や経営などに関する勉強をさせられていた。

それも、剣が弱いくせに騎士団に関われるように手配してあげているのだから感謝しろという態度だった。

ラトゥールの希望で魔法の家庭教師も一時的にはいたそうだが、魔法使い関係に伝手もないシャンベリー家が雇った家庭教師はやる気も無く適当な事を教えていた上に、それで魔法が身につかな

いのをラトゥールに才能が無いからだと家族に報告していた。やはり魔法など習っても無駄だと判断した両親は魔法の家庭教師を解雇し、それでも独学で魔法を勉強し続けるラトゥールに興味を持たないようになっていった。

昼間はぎっちり騎士団事務向けの勉強をさせられていたので、魔法の勉強は隙間時間や寝る時間を削って独学で続けていたが、寝不足で倒れたことも一度や二度ではなかった。倒れる度に家族から文句を言われていたそうだ。

ド魔学には、ラトゥールが自分で入学届を出し、制服はド魔学卒業生のお古をどこかから貰ってきたのを着用している。それについても、家族からは恥をかかせたと責められたそうだが、天下のアンリミテッド魔法学園に入学しておいて取り消しする、という方が外聞が悪いためにしぶしぶ通わせて今にいたる。

家から学園まで、王宮騎士団詰め所への通り道だというのに馬車に乗せてもらえず、毎日歩いて通ってきている。

アルンディラーノと親しくなったのを知って「やはり騎士団の事務方に就職させて王族とのコネを騎士団に還元させたい」という欲目が出てしまったようで、魔法使いの象徴とも言える長い髪を切り落として魔法使いになることを諦めさせようとしている。

「端的に言ってクソだな」

昼食後、使用人控え室でメモを読んでいたカインは不快な気分を吐き出した。

今日は水曜日ではないので、一年生組が来る予定は無い。

「しかし、仮にも子爵家のご子息ですから、俺みたいに拾ってきたと言って囲い込む訳にもいきませんよ」

『ラトゥールの兄達に決闘を申し込んで魔法でコテンパンにやっつけてやるってのはどうだろうな？』

「ただでさえ悪い騎士団と魔導士団の仲がさらにこじれるだけだと思います」

カインがテーブルの上に放り出したメモを拾って、イルヴァレーノも目を通している。視線はメモの上の字を追っかけているが、耳はカインの方を向いている。

「ティルノーア先生は騎士のことを『棒振り』って言ってたもんな……」

元々、騎士団と魔導士団は仲が悪い。このメモにあるとおりの騎士至上主義の脳筋一家には、どれだけ魔法使いが有用であるかを説明したって考えを変えることは無いだろう。

「いっそ、魔法学園を辞めて経営学校か騎士学校に転校してしまえば、ディアーナ様の前からは居なくなるんですし都合がよろしいのではないですか？」

ディアーナ至上主義で、ディアーナの幸せを常に願っているカインが、異様にディアーナに接触させたがらない人間が時々いることにイルヴァレーノは気がついていた。

子どもの頃はアルンディラーノとディアーナの婚約が調うことを異常に恐れていたし、ジュリアンとジャンルーカにはその存在すら隠していた。不法侵入で誘拐未遂犯のマクシミリアンについても、手間暇かけて魔導士団への入団に道筋を付けてやっていた。後から聞けば、ティアニアの存在を隠したかった王妃の都合で罪に問わずに解放した場合、平民に落とされた上で監視のしやすいド魔学の教師として飼い殺しになっていた可能性が高かったのだとか。そうであれば、ディアーナが入学予定の学校に教師として存在させないために骨をおったのではないかとすら考えられる。

今回も、カインが積極的にラトゥールの面倒を見ているということは、ラトゥールは『それ』にあたる人間なのでは無いかとイルヴァレーノは推測したのだ。

「魔法の勉強がなさりたいラトゥール様には申し訳ないですが、それでディアーナ様の平穏は守られますよ」

イルヴァレーノの冷たいとも言える意見に、カインは頭を抱えた形で机に突っ伏した。

「そうなんだよなぁ……」

絞り出すような声で苦悶するカインの後頭部を眺めて、この人は出来ないんだろうな、とイルヴァレーノは困った笑顔を浮かべていた。

この目で確かめたい

カインはラトゥールの事をほうっておけないんだろうな、とは思った。

しかし、何も今すぐにイルヴァレーノを残して学園を出て行かなくてもいいじゃないか、とも思った。

「あら、カイン様。どうなさいましたの？」

「何がでしょうか？　レディー」

「眼鏡を掛けていらっしゃるから、珍しいなと思ったんですの」

「ご心配ありがとうございます。少し、光魔法の実験をしている所なのです。病気や視力の低下ではありませんから、ご安心ください」

「あら、カイン様ったら研究熱心でいらっしゃるのね」

四年一組には本日もう一単位授業が残っていた。授業時間は毎回短いものの、出席に厳しく生徒によく質問をする教師の授業なのだ。つまり、サボれない授業なのである。

「光魔法を掛けた眼鏡越しに見るサラ嬢は、僕の瞳にまばゆい姿で届きます。魔法が失敗して、女性が魅力的過ぎに見える眼鏡になってしまったのかもしれません」

そう言って眼鏡を少しだけずらす仕草をする。

「いや、眼鏡のせいでは無く、もともとサラ嬢が魅力的な女性だっただけですね」

「まぁ、まぁ」

「失敗では無いようで安心しました。さ、席について授業の準備をいたしましょう、レディー」

「そうですわね。私もカイン様のようになれるよう、しっかり学ばなければいけませんわね」

そう言葉を残して、女生徒はそそくさと自分の席へと戻っていった。

「ふぅ……」

頭をかきむしろうとして、カツラを被っていたことを思い出す。

金色の長髪のカツラに、瞳の色が変わって見える眼鏡。着替えた制服の裾はすこし短い。

「くっそ。覚えてろよ」

にこやかな王子様スマイルを浮かべて教壇に立つ教師に視線を向ける。口の中でつぶやいた悪態は隣の席の女生徒にも聞こえない。

カインに扮装したイルヴァレーノは、普段斜め後ろから『うへぇ。良くやるよキザ臭い』と呆れて見ていたカインのモノマネをやる羽目になった苦痛な時間を、カインにどう仕返ししてやろうかと考えることで乗り切ることにした。


その頃、学園のいくつかある庭園の一角にディアーナはラトゥールを引っ張り出していた。一見赤い花の咲いている垣根にしか見えない草の塊に向かって手をかざすと、

「座りたいのでベンチになってくださる?」

と声をかけた。すると、垣根はわさわさと草が分かれていき、木の幹と枝がぐにぐにと複雑に絡み合ってベンチの形に固定した。

「さ、ラトゥール様こちらにお座りになって。サッシャが髪の毛を整えて綺麗にしますからね」

「長さは昨日と変わらずでようございました」

ぼんやりと立ちっぱなしのラトゥールをサッシャが肩をおして無理矢理座らせると、うしろに回って櫛で髪をとかし始めた。

「人の通りもあるお庭なら、二人でいてもやましいことはないってわかるでしょう?」

「……」

「使用人控え室に、私と二人っきりになったらお兄様にひどいめに遭わされてしまうのよ？」

「……」

「お兄様ってね、とっても過保護なの。私にはとても優しいのだけれど、私に対する悪意にはとっても厳しいのよ」

「……知ってる」

ようやく答えてくれたラトゥールに、ディアーナはパッと顔を輝かせた。

「ようやくしゃべってくれたね。もしかしてお口がなくなっちゃったのかと思ったわよ」

「……」

「髪の毛なんて、また伸びるわ。こうしてきちんと手入れをすれば抜け毛や切れ毛も出来にくいでしょう？　せっかくだからここから綺麗に伸ばしていくといいわよ」

またしゃべらなくなったラトゥールに、ディアーナは根気よく話しかけた。せっかく出来た友だちが落ち込んでいるのが、堪らなく残念で仕方が無かったのだ。

「眼鏡だって、また作れば良いよ。こないだお兄様が用意した眼鏡はね、私の石はじきの師匠が呪文を刻んでくれたものなの。とっても手先が器用でね、またお願いすれば作ってくれるわよ」

ラトゥールが何も反応を示さないのを良いことに、サッシャが編み込みを始めている。ディアーナはどうやって慰めれば良いのかわからず、腕を組んでうーんとうなった。

「あ、あの！」

ディアーナとラトゥールの座るベンチに、息を切らしたアウロラが走り込んできた。

「えっと、ディアーナ様、無事、ですか？」

「？　ええ、無事ですわね」

ラトゥールの髪を侍女に手入れさせつつ、一方通行の会話をしていただけ。そのつもりのディアーナはなぜアウロラにそんなことを聞かれるのか不思議に思ったが、話し相手がもう一人増えたのは喜ばしいことだった。

「アーちゃん、時間があるようならそっちに座ってお話ししましょう」

そういって、ラトゥールの反対隣を指差した。

走ってきて息がきれていたアウロラは、とりあえず深呼吸をして息を整えると、ドスンとラトゥールの隣に座った。

「ところで、私をアーちゃんって呼んで良いんですか？　ここは結構人が通りますよ」

淑女らしくない行動は、人目の無いところでだけ、と魔法の森の時に言っていたはずだ。

「人は通りますけど、みんな遠巻きにしてるもの。淑女っぽい微笑みだけしておけば言葉遣いなんてわからないわ」

「そういうもんですか」

「そういうものよ」

中庭に一筋の風が吹き抜けていき、花の香りが通り過ぎていく。

「良かったら、アーちゃんもボタン付け手伝ってくださらない？」

そう言ってソーイングセットを手渡そうとするディアーナ。みれば、ラトゥールの右袖口のシャツのボタンが取れかけていた。乱暴に手を引かれるか掴まれるかしたのかもしれない。

アウロラはディアーナから針と糸を受け取ると、ラトゥールの右腕を取って持ち上げた。ボタンを縫いやすいように袖をめくると、青紫色に変色した腕が目に入った。

「何これ！　誰がこんなことやったの！」

突如として大きな声を出したアウロラに、ディアーナをはじめ中庭の遠くのベンチに座っていた人までが目を開いてアウロラに注目した。

「痛いの痛いの、遠いおやまにぃ～とんでいけ！」

青紫色になっている腕にそっと手を添え、アウロラお得意の治癒の呪文を唱える。やさしい光がふわりと広がり、やがて腕のあざが消えていく。

「ねえ、もしかして見えないところに他にもあざがあるんじゃないの？」

いつもにこにこ、ちょっとおとぼけ気味だけどほんわかしているイメージのアウロラが、真面目な顔をしてラトゥールの顔をのぞき込む。

「髪を切られただけじゃ無かったのね⁉」

ラトゥールは何も答えなかったが、それが答えだと言わんばかりにアウロラは激高すると、いきなりラトゥールのブレザーのボタンを外し、中のシャツを力任せに引きちぎった。

「あ、アーちゃん……？」

ディアーナが目の前の蛮行に固まっているうちにも、アウロラはシャツをひらいてラトゥールの胴を確認する。

「脇腹と、みぞおち、脇……。これ、肋骨イッてねぇだろうな？　クソが。『痛いの痛いの、遠いおやまにとんでいけ！』『痛いの痛いの、遠いおやまにとんでいけ！』『痛いの痛いの、以下略!?』」

アウロラが、どんどんと治癒魔法をかけてラトゥールの青あざを治していく。腹側の治療がおわると、無抵抗のラトゥールをベンチへうつ伏せに押し倒し、背中もシャツをめくり上げては見つけたあざに治癒魔法をかけていった。

「さすがにこんなところでズボンは脱がせないから、ひとまずここまで」

そういって大きく息を吐いたアウロラは、ラトゥールを起こしてちゃんと椅子に座らせた。

「ディーちゃんがやったんじゃないよね？」

「え、まさか。違うよ？」

「お嬢様がそんなことするわけありませんわ」

アウロラが半眼でディアーナをにらむが、ディアーナもサッシャも首を横に振って否定する。アウロラも、本気で疑っていたわけではなく、念のための確認だったのかあっさりと引いた。

「ねぇ。見える場所は治したけど、他に痛いところはない？　まだ魔力に余裕あるからどんどん治すよ？　ラトゥール様、大丈夫？」

ディアーナからラトゥールへと視線を移したアウロラが、背中をさすりながら優しく声をかける。うつむいたままのラトゥールは、小さく口を開けたものの、声は出てこなかった。

「誰にやられたの？　いつから？　いつから我慢していたの？」

アウロラの声に、ラトゥールはうつむいたまま小さく首を横に振った。

「言いたくないんですの？　それとも、言えないんですの？」

ディアーナも、ラトゥールの様子が心配で声をかけるが、やはりラトゥールはうつむいたままだまっている。

ディアーナとアウロラはラトゥール越しに顔を見合わせると、小さく首をかしげた。アウロラは、今の状態のラトゥールに覚えがあった。前世での記憶だが、こうして服に隠れている場所ばかりを狙って痛めつけるのはいじめか虐待だ。見えるところに傷を付けて、教師にバレて叱られないためにに、また世間にバレて世間体が悪くならないために、そうするのだ。

「ここまでするのか……」

アウロラもゲームのド魔学をクリアしているプレイヤーだ。ラトゥールの背景設定は知っている。騎士一家に生まれた魔法使いになりたい少年。家族から否定されて独学で頑張って魔法学園に入学したが、それまでの家族関係から人間不信のコミュ障になってしまっている。ゲームのテキストから読み取れるのはその程度。

アウロラも所属している一年一組は貴族子息子女が多く、みなお上品なので今のところいじめなどは無い。なにせ、ゲームで一番いじめっ子だったディアーナが良い子になっているので、クラスの雰囲気はとても良いのだ。

ゲームでのキャラクター設定と現実での良い雰囲気のクラス。そこから導き出せる答えは一つだ。

「ご家族からやられてるのね？」

アウロラの言葉に、ラトゥールがびくりと肩をふるわせる。相変わらず何も答えないラトゥールだが、その肩の震えが答えているようなものだ。

「家であざが残るほどにぶたれて、それでも学校に通って来たんですのね」

ディアーナが泣きそうな顔でそう言い、そっとラトゥールの頭に手を置いた。後ろに立っているサッシャの拳が強く握られて小さく震えていた。

「ラトゥール様、頑張りましたね。頑張って学園に登校してきて、えらいですわ」

「ふぅっ。うっ。うぅううう」

ディアーナのねぎらいの言葉に、そして優しく頭を撫でる手に、ラトゥールは泣き出してしまった。

泣きながら、ラトゥールは自分にあったことをぽつりぽつりと話し始めた。ディアーナとアウロラにラトゥールが語った内容は、カインがクリスから渡されたメモの内容とほぼ一緒だった。

ただ、本人から語られるそれはより具体的で、感情がこもっているだけに聞いているアウロラとディアーナの心もとても痛くなってしまっていた。

「おちつきまして？」

そう言ってディアーナが差し出したハンカチを素直にうけとり、目元の涙を拭くラトゥール。もう新しい涙は出てきていないようで、嗚咽も引いていた。

「ごめん。……アウロラ嬢、ディアーナ嬢。いやな、はなしをきかせた」

「ううん。言ってくれて良かったよ」

午後の授業が始まっている時間だったが、泣いているラトゥールをほうっておく訳にもいかないので三人そろってサボってしまった。

「先日の魔法の勉強会のお部屋で、私がアル殿下と剣術で良い試合をしたのはご存じですわよね」

唐突に、ディアーナが語り出した。

「私ね、少女騎士ニーナという絵本が大好きで、騎士になるのが夢だったんですの」

「絵本。わたしも、ファッカフォッカという絵本を読んで、魔法使いに憧れたんだ」

「まぁ、一緒ですわね」

ラトゥールの素直な言葉に、ディアーナも笑顔で返す。

「お兄様とこっそり剣術の練習をしていたんですけど、ある日お母様にバレてしまいましたの。めちゃくちゃ怒られましたのよ。あの時のお母様はとても怖かったですわ。それからは、もっと慎重に隠れて練習をするようにしたんですのよ」

「いや、やめないんかーい」

アウロラが、誰もいない空間に向かってひじから先を横に振ってツッコミをいれていた。

「私は、頑張っても騎士にはなれませんの。貴族の令嬢が騎士になるなんて前例も無いですし、受け入れてくれる騎士団もありません。ニーナは一人でも少女騎士を名乗れましたけれど、この国では騎士団に所属していなければ『ただの剣が上手な人』でしかないんですのよ」

ディアーナが、自分の手のひらを見つめる。サッシャが丁寧に手入れをしてくれているので傷一つ無いすべすべの手のひら。それでも、よく見れば指の付け根や手のひらの一部の皮膚が硬くなっている所があるのがわかる。

「剣術は、やろうと思えば工夫次第で練習できます。実際、近衛騎士団と一緒に訓練をしているアル様と良い勝負ができていたでしょう？　私は結構強いんですのよ」

そこまで言って、ディアーナはベンチの上で座る位置をずらしてラトゥールに向き合った。

「魔法も同じで、どこでも学ぶことは出来ますわ。実際、入学式の日の組み分けテストで見せたラトゥール様の魔法の龍は素晴らしかったです。あれも、ほとんど独学だったのでしょう？」

ラトゥールが静かに頷き、顔を上げてディアーナを見た。

「ご家族との仲を戻したいのであれば、言われた通りに経営学校に入学し直すのも手だと思いますの。そうして、魔法の勉強はこっそり続けて卒業後に魔導士団の採用試験を受けるんです。魔法学校を卒業していなければ入団試験が受けられないという決まりは無いはずですから」

騎士団と並んで王国の柱となっている魔導士団だ。入団してしまえば親も無理矢理退職させることは難しい。

「私は騎士になれない、と先ほど言いましたけどまだ諦めていませんのよ。お兄様が法務省にお勤めになって、女性騎士を採用出来るよう法律を変えてくださるかもしれません。サイリユウムには女性騎士もおりますし、第二側妃様は王宮で剣を振るっておられます。いざとなれば隣の国で騎士になるという選択肢もあるんです。周りに隠して、いざというときのために剣術の訓練をつづけているんですの」

「魔法学園を辞めて、親の言うことを聞いたフリをして、魔導士団を目指す……そういう方法もある、のか」

せっかく出来た魔法について語れる友人達。ディアーナ、アウロラ、アルンディラーノやジャンルーカ。彼らと別れなければならないのは寂しいが、それも一つの手かもしれない。ラトゥールは小さく頷いた。

「はいはーい！　私からも一つ提案します！」

しんみりとした空気の中、アウロラが元気よく手を挙げた。ディアーナと向き合う形で斜めに座っていたラトゥールは、今度はアウロラに向かってベンチに座り直した。

「家出しちゃえば？」

「家出？」

アウロラの提案に、ラトゥールでは無くディアーナが首をかしげた。白くて細い指を添えて、コテンと小さく倒された顔はとても愛らしい。

「くっ。さすがライバルの位置に君臨するだけあって造形が可愛いっ」

グッと拳を握りしめて、アウロラはぎゅっと目をつぶって深呼吸をした。

「そんな、人から見えない場所を狙って傷つけてくるような家族と今後も一緒に暮らすとか辛くない？　他人様《ひとさま》のご家族をとやかく言うのも下品かなって思うけど、距離を置いた方が良い関係になれる場合もあるしさ」

「でも、私たちはまだ未成年ですのよ？　家を出てどこで暮らしたら良いの？」

「寮に住めば良いですよ。アンリミテッド魔法学園は王都に邸の無い貴族の子や、優秀で入学金が払える商人の子なんかを受け入れるために立派な寮があるんですから。寮に住んでいると、魔導士団からの『魔石に魔力を込める』とか『魔石に呪文を彫り込む』とかのお手伝い《アルバイト》を受けられるので、それで寮費や食費を工面することもできますよ」

「魔導士団のお手伝い？」

「魔石に魔力を込めるお仕事……」

ラトゥールは興味津々に、ディアーナは思い当たることがあるような苦笑い。

「魔法学園の寮に入れば、もう両親からさげすまれたりお兄さんからいじめられたりすることもなくなるし、魔導士団の人と知り合いになれる可能性もあるし、一石二鳥じゃない」

「……」

その可能性に、ラトゥールは考え込んだ。

「子どもは親の道具じゃ無いですよ。やりたいことを貫きたいのなら、今は家族と距離を取って、将来魔導士団に入って見返してやればいいんですよ。もし、授業料を払わないって言われたら奨学生を目指せば良いんです。私は平民で、入学までの魔法知識も独学でやってきました。平民街からは通えないから寮暮らしだし、奨学生を狙って頑張って勉強している最中ですよ。私に出来てラトゥール様に出来ないなんて事ありませんよ」

そして、将来ラトゥールから親に向かってザマァするのだ。『騎士になれないもやしっ子だからと家から追い出されましたが、魔法の才能があったので稀代の魔法使いになりました。今更家を継いでくれと言ってももう遅い⁉』って感じかしら、とWeb小説風タイトルを考えてニマニマするアウロラ。

「魔法学園を辞めて別の学校に通いつつ、こっそり魔法の勉強を続けて魔法使いになるか、家を出て寮に入り、親を無視して魔法学園に通い続けるか……」

ラトゥールがつぶやくのを、ディアーナとアウロラが静かに見つめていた。

「こんな所にいたんだね。教室に迎えに行っても居ないからさがしちゃったよ」

中庭に、カインが入ってきた。

「授業サボったんだってね。初サボりには良い天気だったね」

中庭には通路用の石畳の道があるというのに、カインはサクサクと落ち葉をふみながら植木の間を抜けて向かってくる。

目の前まで来ると、上着を脱いでディアーナの肩へとかけた。

「寒くない？　良い天気だったけど、今はもう大分日がくれてきているからね」

そうしてディアーナのほっぺたを自分の両手で包むと「冷たくなってるじゃん！」と目を見開いて一生懸命ほっぺたをさすった。

「アウロラ嬢は寮だったたね。もうそろそろ部屋にお帰り。ラトゥールは、今日はウチの馬車で送っていくよ。そのシャツをなんとかしないといけないからね」

カインは、どうしてともなにがあったとも聞かずに、淡々と話を進めていく。ラトゥールの顔をのぞき見て、後ろに控えていたイルヴァレーノに何事かを耳打ちした。イルヴァレーノは音も無く近づいてくると、ラトゥールの目元に手をあてて、泣いて赤くなった目の周辺を治療した。

「あ、そういう使い方もあるのか……」

「じゃあ、アウロラ嬢。寮までお気を付けて」

「あ、はい」

ラトゥールの手を取って立たせたカインが、その体を支えて中庭の出口へと向かって歩き出す。

「アーちゃん、また明日！」

ディアーナは、声は元気に、態度は淑女の礼でアウロラにあいさつをすると、カインの後に続いていった。

ディアーナに対して上着を掛けてあげた行動以外、ラトゥールやアウロラに対するカインの言動はクールで淡々としており、まさに『クールビューティーな氷のイケメン先輩攻略対象者』のイメージそのものだった。

馬車の中、カインとディアーナが隣同士に座り、向かいにラトゥールが座っている。イルヴァレーノとサッシャは、御者席で御者と一緒に座っていた。

「君の人生だから、君の決定を支持するけれど」

ゴトゴトと石畳の段差を行く振動を聞きながら、カインがそう切り出した。

「我慢はしない方が良い。自分が我慢をすれば、自分以外はうまく行く。そう考えてする我慢なんて、未来できっとゆがみが出てくる」

馬車が大きな辻に入って窓の外に見える建物が途切れる。大分傾いた日差しが馬車のなかへと入り込み、お互いの顔が西側だけオレンジ色に染まる。

「ラトゥール。君の本当の望みが何であるのかを見誤るな。魔法学園に通いたい？　魔法使いになりたい？　魔導士団に入りたい？　家族と仲良くなりたい？　それとも全部叶えたい？」

まだ十二歳の少年に、酷なことを言っているという自覚はカインにもある。

本来なら、とりあえず学校に入って、将来については勉強しながら考えたって良い年頃なのだ。

「お兄様……」

いつになく真剣な顔のカインに、ディアーナが不安そうな顔でその袖を小さくつまむ。袖が引かれた感覚に視線を動かして、ディアーナの白い手が自分の袖を掴んでいるのを見て薄く微笑んだ。

「君は、ディアーナの友人だ。君の決定を僕は応援すると約束しよう」

「お兄様は凄いのよ！　お兄様が応援してくれるのであれば、きっとうまく行くのよ！」

馬車がまがり、西日が馬車の後ろへと移動する。カインをみて横を向いているディアーナの明るい表情はよく見えるが、カインの顔は逆光の為に見えなくなっていた。

馬車が止まり、戸が開けられる。

「送ってきた事情を説明するから、まずは馬車で待ってて」

そう言ってラトゥールを馬車に残し、カインだけがシャンベリー子爵邸の玄関へと向かって行った。


カインが玄関のノッカーを叩くと、最初は執事が出てきて対応した。

「ラトゥール君と魔法学園で仲良くさせていただいています。カイン・エルグランダークと申します」

にこやかに、人好きするような笑顔でカインは名乗った。

「え、エルグランダーク様というのは、あのエルグランダーク家の……」

信じられないという顔をして、執事が聞き返してくる。子爵家の執事というとこの程度なのか？

とパレパントルとの違いに内心で驚くカイン。

「この国では、エルグランダーク家というのは公爵家と公爵の弟である子爵家の二家しかありませんね。子爵家のキールズもコーディリアも魔法学園には通っていませんから、魔法学園で仲良くしているのは、公爵家の方の息子でしょうね」

わざと嫌味な言い方をした。にこやかな顔のままで。

「は！　失礼いたしました！　ただいま当主は不在でして、サニール様をお呼びして参ります！」

シャキッと体を伸ばしてそう叫ぶと、執事は猛スピードで邸の中へと戻っていった。

「いや、サニール様って誰よ」

ゲームにもクリスのメモにもラトゥールの家族の名前なんて出てこない。執事の台詞から当主でない事だけはわかった。しばらく待っていると、ラトゥールと同じ灰色の髪を短く刈り上げた、身長が二メートルほどもありそうながっしりとした男が出てきた。

「お待たせいたしました。シャンベリー子爵家長男のサニールと申します。父が居らず私なんかで申し訳ない。私もたまたま王宮騎士団寮から戻ってきた所でして、普段はこの家に居らんのです。ご用件にお答えできるかわかりませんが、お話お伺いします」

そう言って腰を折るサニールの姿は堂々としていて、言葉遣いも丁寧だった。先ほどの執事よりもよほど落ち着きがある。

「急なご訪問でしたので、たいしたおもてなしも出来ませんが」

そう言って室内へと案内しようとするサニールを手で制し、カインはきっぱりと告げる。

「今日はラトゥール君を送り届けにきただけなので、ここで結構です」

「ラトゥールを送り届けに？」

片眉をくいっと上げて小さく首をかしげるサニール。背が高いのでカインは見上げる形になるが、あまり不快感は感じなかった。

「ラトゥール君は今日、学園で治癒魔法を受けました。保健室では無く、治癒能力のある同級生の厚意によって施されましたので学園はまだ知りません」

カインの言葉に、サニールの顔の真剣さが増した。

「ラトゥールが学校で何かやらかしましたか？」

「いいえ」

ラトゥールの怪我に、心当たりがあれば言わない台詞をサニールは言った。

「代々騎士を生業とする誇り高いシャンベリー家におかれましては、日夜お屋敷でも剣術の訓練をなさっていることでしょう。しかし、技術や実力の伴っていない相手に実力者が手加減なしでぶっかり稽古をするのは、愛情でしょうか？　虐待でしょうか？」

「言っている意味がわかりかねます」

「本日、ラトゥール君に治癒魔法を施してくれたのは女子生徒です。シャツは脱がせてもズボンを脱がすことはさすがに恥ずかしかったようですよ」

カインがそう言うと、またサニールは片眉を引き上げた。

「わかった。今日は俺とラトゥールで一緒に風呂に入ることにしましょう」

「そうしてください。……カードゲームも勝っているうちは気も大きくなりますが、疑わしいと思われたテーブルではイカサマをするのは難しい。ラトゥール君は今、貴方たちにとって余分なカードの入ったポケットですよ」

「肝に銘じよう」

カインの言葉に大きくうなずいたサニールは、振り向くと大きな声でメイドに風呂の用意を命じていた。

「あれが、お父様ですの？」

「あれは、一番上の兄」

「お兄様ですのね」

カインがシャンベリー家の玄関先で何事かを話しているのを、馬車の中からディアーナとラトゥールが眺めていた。身長差が三十センチ以上もあるというのに、カインはとても堂々と向き合って会話をしていた。しばらくすると話が終わったようで、こちらに向かって歩いてきた。

カインが馬車まで戻ってきて、イルヴァレーノが馬車の戸を開けるとカインはさっと手を差し出した。

「さぁラトゥール。ひとまず今夜はぐっすり眠れるはずだ。安心して家に帰ると良い」

女の子のようにカインに手を支えられて馬車を降り、エスコートされて玄関前まで連れて行かれた。

「それでは、僕はこれで。ラトゥール、また明日学校でね」

玄関に立っている兄には厳しい顔で、となりに立つラトゥールには優しい笑顔を残してカインは馬車へと戻っていった。

サッシャとイルヴァレーノが馬車の中へと移動して、今度はエルグランダーク邸へと向かって馬車が再出発する。

「お兄様、なんて言ったんですの？」

「イカサマと虐待は、バレないうちは気持ちが良いだろうがバレたら破滅しかないぞっていう、当たり前のことを教えてあげただけだよ」

ニヤリと悪そうな顔で笑ってディアーナを脅かすが、ディアーナはコロコロと楽しそうに笑うばかりだ。

「ラトゥール様のお決めになることですけど、私はラトゥール様と一緒に魔法学園を卒業できたらいいなって思いますわ」

「アル殿下や、クリスやジャンルーカ殿下もね」

「もちろん！　アーちゃんやケーちゃん、ノアちゃんとアーニャちゃんとも、皆一緒に学校を卒業できたらいいなって思います」

「そうだね」

ゴトゴトと、石畳の上を夕日に照らされた白い馬車が走っていく。エルグランダーク家まではあともう少し。

変わるラトゥール

ラトゥールを家まで送ってあげた日以降、ラトゥールの髪がバサバサになることもシャツのボタンがちぎれている事も無かった。それでも、相変わらず徒歩で通っているし眼鏡は瓶底のままだったという。

登校してくるたびに、アウロラがラトゥールの身体チェックをしているらしく、事情を知らないクラスメイト達からは『アウロラさんって痴女なのでは』とちょっとよそよそしくされてしまっているらしい。それでも、アウロラの見た目のかわいらしさと朗らかな性格、ディアーナのフォローなどのおかげで仲間はずれにされたりいじめ（育ちの良い貴族ばかりなので、貴族言葉による嫌味の応酬程度）の対象などにはなっていないらしい。

『今日のラトゥール様』と称してディアーナが逐次カインに報告してくれるので、現状把握できてありがたいと思いつつ「ラトゥールばっかりじゃなくて僕の事も見て！」とラトゥールに嫉妬してしまうカインである。その度にディアーナからよしよしと頭を撫でられてなだめられていた。

そうして、水曜日がやってきた。

エルグランダーク家で借りている使用人控え室に、魔法勉強会のメンバーが集まっていた。ラトゥールとディアーナの要望で、メンバーにアウロラが加わっている。

それによって、一組からはアルンディラーノ、ラトゥール、アウロラ、ディアーナが参加している。二組からは、クリスとジャンルーカ。そして、カインとイルヴァレーノもいるので、現在魔法学園に存在しているゲームのド魔学メンバーがそろい踏み状態である。

「じゃあ、魔法について意見交換しようか」

カインが、いつものように軽い調子で会の開始を宣言すると、ラトゥールがすっと手を小さくあげながら立ち上がった。

「その、前に。わたしから皆に話したいことが、ある、けど。いいですか」

入学から三カ月程、人見知りも緩んできた仲間達の前ではあるが、それでも全員の注目を浴びるというのに緊張しているのか、ラトゥールの言葉は少したどたどしい。

「もちろん。この場は授業じゃないからね。問題無いよね？」

カインはにこやかに頷きつつ、台詞の後半を他のメンバーを見渡しながら誰とも無く聞いた。カインと目が合うたびに、他のメンバーも力強く頷いている。

ここ最近、ラトゥールの様子がおかしかったのはもう皆知っているので、そのことについてだろうと予想はしているようだ。

「お茶をお入れします」

そう言ってサッシャが簡易キッチンへと向かうのを合図に、いつものように部屋の隅で木刀を構えていたクリスもテーブルの側まで来てどかりと床に座り込んだ。人数が増えて、椅子の数がたりていないせいなのだが、クリスは気にしていないようだった。

いつもの会では、三々五々しゃべりたい人としゃべっているのであちこちバラバラに座ったりしているのだが、今日はみなソファーとテーブルのある部屋の真ん中に集まっている。

「わたしは、家族から、あまり愛されて……いなかった」

その言葉から始まったラトゥールの告白は、クリスが集めた情報メモよりも、アウロラとディアーナが中庭のベンチで聞き出したラトゥールの告白よりも辛い内容だった。

剣術訓練を切り上げるタイミングで家族が食事を取っているため、部屋で勉強をしているラトゥールは度々食事を忘れられていた事。小遣いをコツコツ貯めて買った魔法の指導書を兄達に何度もバラバラにされてしまったこと。家族がラトゥールを適当に扱うせいで、使用人達もラトゥールを適当に扱うようになっていたこと。

その他色々、語られた内容はラトゥールが魔法にのめり込み、人と上手く付き合うことを諦めるのに十分な内容だった。

「そして今、魔法学園を辞めて経営学校へ転入しろって言われてる」

「言われたとおり、学園を辞めるのか？」

そこまで黙って聞いていたアルンディラーノが、少し怒った調子で口を挟んだ。王妃様主催の刺繍の会や、世話係が連れてきた孫たち。親に用意された場で出来た友人しかいなかったアルンディラーノが、自分で作った初めての友人なのだ。ラトゥールは。

「辞めたくない。わたしは、もっと魔法の勉強がしたい」

きっぱりと、言い切った。瓶底眼鏡越しで瞳は見えないものの、しっかりとアルンディラーノを見つめているのがわかる。

「カイン先輩に言われて、考えた。いっぱい、考えたんだ」

ぎゅっと拳を握って、大きく息をすった。

「見た目を整えてもらったら、クラスのみんなに遠巻きにされなくなった。レベルの低い人とは会話したくないって考えてたけど、魔法の知識とは関係ない会話からも新しい発見やアイディアのきっかけがあるって気がついた。ううん。魔法と関係ない話をするのが、楽しくなってきたんだ。皆ともっと一緒にいたい。魔法学園は辞めたくない」

使用人控え室にいる皆の顔を順番に見ながら、ラトゥールはきっぱりと言い切った。

「魔法が好きだから、将来は魔法を仕事に出来る魔導士団に入りたい。騎士団の事務係なんてイヤだ」

クリスを見ながら言う。クリスは苦笑いして頷いて返した。

「剣術が得意じゃ無いって理由でわたしを見下して、雑に扱ってきた家族を見返したい。独学で魔法を習得して、披露したのに褒めてくれなかった両親に、魔法を認めさせたい！」

普段から声を張ってしゃべることの無いラトゥールが、大きな声を出した。

「全部、諦めたくない！」

「よく言った！　その言葉が聞きたかった！」

ラトゥールの叫びに、カインがそれ以上の大きな声で答えながら立ち上がった。カインの台詞に、アウロラが目を見開いている。

「さぁ、みんな。第四百五十一回、ラトゥール君の夢を叶える会議を始めよう！」

「また、適当な会議名を……」

爽やかに宣言するカイン、その後ろでやれやれと目頭をもんでいるイルヴァレーノ。そして、ぽかんとした顔でカインを見つめる一年生達。

それらの背景で、下校を催促する鐘が鳴り始めた。


ラトゥールはまず、家に帰るのをやめた。入寮するには親の承諾がいるので正式な寮生ではないのだが、ジャンルーカの部屋が必要以上に広いということでそこに転がり込んでいる。

「兄上とカインみたいな、寮の同室って憧れていたんですよね。王族ということで気を遣っていただいて個室にしてくださったんでしょうけど、それだけが残念だったんです」

ジャンルーカはそう言って、ラトゥールが居候することを歓迎していた。

下校時間となってうやむやになってしまったラトゥール君の夢を叶える会議だったが、翌日から昼食の時間に少しずつ開催されていた。

「カインは昼食時間が一年生とは違うんじゃないの？」

とアルンディラーノに聞かれたが、カインが答える前に
「お兄様は前から私がお友達とお昼ご飯を食べているのを見守ってくれていたもの。時間が一緒なのですよね？」

ディアーナの無邪気な笑顔に、カインはにっこりと微笑みで返事をした。

「……バレてるじゃ無いですか」

小声で文句を言うイルヴァレーノに、カインはディアーナから見えない位置で足を踏んづけてやった。

「僕の持論、そしてティルノーア先生も賛成してくれてるんだけど、魔法使いにも体力は必要なんだよ。魔力をギリギリまで使い切ったとき、最後に踏ん張れるかどうかはやっぱり体力。そして、でかい魔法を使ったときなんかは自分の魔法で自分が吹っ飛ぶ事もあるからね。騎士になる必要はないけど、体力は付けた方が良い」

「クリスみたいに、魔法剣士を目指してみたらどうだ?」

カインの提案に、アルンディラーノが便乗してくる。

「クリスは、本当はゲラントと同じ騎士学校に行きたかったらしいんだけどな、剣を振り抜く事で風魔法の衝撃波を打ち出すって技が出来るせいで魔法学園に入学させられたって経緯があるんだ」

最初は荒れていたが今は楽しそうだぞ、とアルンディラーノが付け加えている。剣と魔法が使えるから、というのもあるだろうが、おそらくアルンディラーノの護衛をかねてこちらの学園に入学することになったのもあるんだろう。クリスが楽しければ、アルンディラーノの罪悪感も減るというものだ。

「体が小さくて、軽くて、腕力が弱くても勝てる剣術でしたら、私もコツをお伝えすることができますわよ」

ディアーナもノリノリで乗っかってくる。

「そういえば、ジャンルーカ殿下は早起きして寮の周りを走っているみたいだ……」

居候をはじめて初日は、歩いて通っていたときの習慣で朝早く目が覚めたラトゥール。同室のジャンルーカを起こさないようにと静かに起き上がったら、走り終わって汗まで流したジャンルーカに『おはよう、早いですね』と声をかけられて驚いたので記憶に残っている。

「サイリユウムは騎士の国だし、ジャンルーカ殿下はそこの王子様だからね。魔法使いの体力のためではなさそうだけど」

「でも、せっかくの同室ですもの。ジョギングをご一緒にしていただくようにお願いしてみたらいかがかしら。一緒に走る人が居ると、長続きするものですわ」

ディアーナは「ねっ」と振り向いて、後ろに控えていたサッシャに同意を求めた。サッシャはすました顔で「そのとおりでございますね」と答えている。

「ジャンルーカ殿下のお部屋のソファーは、私の実家のベッドより寝心地良いです」

ジャンルーカの寮室に居候するようになってから、ラトゥールの顔色は良くなってきていた。朝と夕飯は寮の食堂で紛れて食べているらしいのだが、読書に夢中になっているラトゥールを無理矢理引っ張って食べさせているらしい。

「最初はね、こっそり二人分頼んでラトゥールの分だけ部屋に持って帰るとかしていたんです」

おかしそうに、ジャンルーカが話す。

「でもね、よくよく聞いてみると、正式に寮生じゃない生徒が結構紛れてるみたいなんですよ。親と喧嘩して帰りたくないとか、没落寸前で家に帰ってもあんまり食べられないとか、理由はそれぞれですけど。寮側は異性を引っ張り込むとかでなければその辺寛容みたいなんで、今ではラトゥールも食堂で堂々と食べてますよ」

「実家だと本を読んでるといつの間にか夜中で、もう飯も残ってないとかあったんだけど、ジャンルーカ殿下が時間になると本を閉じてしまうから」

そう言ってはにかむように笑うラトゥールの血色は良い。

放課後に行われている、剣術補習にもラトゥールは参加するようになった。最初は木刀を握るのも躊躇していたみたいなのだが、魔力で強化する練習をする際に
「この丸太を意地悪な兄ちゃんだと思って思いっきり叩けよ」

とクリスに言われてから、めちゃくちゃ張り切って剣を振っているらしい。最初は木屑を魔力で強化するのがうまく行かず、丸太を叩くと木剣が粉々に砕けていたのだが、やはり魔力操作が上手く魔法に関する勉強や考察が苦にならないラトゥールである。すぐに丸太の方が欠けるような強化が出来るようになっていた。

魔法学園に教師として派遣されている王宮騎士はラトゥールの兄や父よりも教えるのがうまいようで、段々と木刀を振るのも苦痛ではなくなってきたようだ。

また、王宮騎士は何人かの持ち回りで教えに来てくれているのだが、あるときやってきた騎士はラトゥールの二番目の兄と知り合いだったようで、

「シャンベリーの弟なのか。弟は全然ダメだ、センスがないとか言っていたけどそんなことないじゃないか」

と褒めてくれた。

「アイツは何でもかんでも根性論と精神論で片付けようとするからなぁ。グッと握ってバッと振りかぶって、ズバーッと切りつけろ。みたいな指導してたんじゃないか？」

「はい、父も二番目の兄もそんな感じでした。騎士の訓練というのはそういうものではないんですか？」

騎士の言葉に、同意の返事をしたところ。

「そんなわけねぇじゃん！」

と、否定の声を上げたのはクリスだった。クリスも、アルンディラーノ達と一緒に近衛騎士団の訓練に混ざる前は副団長である父や家に遊びに来る部下の騎士達に剣を教わっていたが、そんな雑な教え方をしてくる騎士はいなかった。

「基本中の基本、立ち方から教えてやる！　そんな騎士として雑なヤツ、やっつけてやろうぜ！」

なぜか、尊敬する父を含めて騎士全体を馬鹿にされたように感じたクリスが、ラトゥールの復讐に人一倍燃えるようになった。

先生役として学園に来ている王宮騎士は、剣術補習に来ている生徒全体をみなければならないため、ラトゥールに付きっきりという訳にはいかない。ましてやラトゥールは剣術は素人どころか、自分はまったく向いていないと思い込まされてきた事もあって何も知らない本当の初心者よりもたちが悪かった。

「たしかに、ラトゥール様は筋肉とかつきにくいのかもしれないな」

クリスが、ラトゥールの二の腕をぷにぷにと掴みながらそんなことを言う。

「背も低いし、ひょろひょろだし」

「入学した頃よりは、体力ついた」

「わかってるよ」

今日の剣術補習は木刀に炎をまとわせる練習をしている。相変わらずの木屑を固めた剣を手に、周りの生徒達が次々に剣を灰にしていっている。講堂の床には灰と焦げた木屑が散らばっている。

木刀にそのまま炎をまとわせれば燃えてしまう。それは、真剣になったところで同じで、持ち手は熱くなってしまうし刀身も熱で柔らかくなってしまう。

ではどうするかというと、この前ならった魔力で木刀を強化する方法を使うのである。まず、魔力で木刀を強化して、その魔力の層の上に炎をまとわせる。それができれば、木屑を固めて作った脆い木刀でも崩れないし燃えないのだ。

「こんな感じ」

ラトゥールは、いともかんたんに木刀に炎をまとわせて見せた。独学で、コツコツと魔力制御を勉強してきたのは伊達では無いのだ。

「うーん。ラトゥール様はやっぱり魔法が強いな。この時間に俺が剣の基礎を教えるのは逆にむだかもしれないいな」

ラトゥールは、ジャンルーカと一緒に毎朝走り込みをしているため体力はちょびっとだけ増えた。週に何度かある剣術補習でクリスから基本のキを学んだが、まだ立ち方や剣の握り方ぐらいしか身につけていない。

「ちっちゃいし軽いし細いしなぁ。剣術の方はカイン様にお願いして、ここでは魔法剣の習得に集中した方がいいかもな」

クリスの言葉に、ラトゥールが首をかしげる。

「なぜ、カイン先輩？」

「そりゃあ……」

燃え尽きて持ち手だけが残った木屑の剣を、クリスはゴミ箱へと放り投げた。

「ディアーナ嬢に剣を教えたのは、多分カイン様だからな」


水曜日の放課後、使用人控え室にカインが行くとラトゥールに向かって高笑いをするディアーナがいた。

「おーほほほほ。さあ、ラトゥール様！　私を師匠と呼んでくださってかまいませんのよ！」

「……いや、私は、カイン先輩に……」

「私の技は、カインお兄様とイル君の二人から授かり、私の努力で融合、昇華された私だけの技ですのよ！　その私のように戦いたいというのであれば、私に師事を仰ぐべきでは無くて？」

「……そう、なのかな？　そんな気も、してきた」

「だまされるなよ、ラトゥール。おそらくディアーナはグッと構えてバッと振るって言い出すタイプだ」

「失礼ですわよ！　アル殿下！」

一年生組がわぁわぁと騒がしいのを横目に、カインはソファーまで進むとそっと腰を下ろした。

「賑やかだね」

「ラトゥール様が、お嬢様のような身軽な剣を教わりたいとおっしゃったんです」

サッシャがすすすとソファーの側まで静かに移動してきてそう教えてくれる。イルヴァレーノは簡易キッチンへと向かってカインのお茶を用意している。

「ラトゥールには、クリスが剣術を教えるんじゃ無かったっけ」

「ラトゥール様は背も低いし細いし軽いんですよ。俺やアル様みたいながっしり系の技を身につけるより軽さと速さと武器に速攻をかました方が勝ち目があると思うんですよね」

「成長期だし、ラトゥールがずっと小さくて軽いわけじゃないだろう」

カインがディアーナに教えたのは、体の軽さを活かしたスピード戦法だ。相手が剣や槍なら懐に入り込めれば打たれ難くもなる。女の子の腕力では男の子には勝てないので、体重や加速、遠心力などを剣にのせて相手にぶち込めと教えてある。

クリスやアルンディラーノの話によれば、ラトゥールも壊滅的にセンスが無いわけでは無いらしく、体力が無くて基礎が無く、剣に対する恐怖で体がすくんでしまうのが問題らしい。

いずれ体力がついて男の子らしい体つきになってくれれば、普通の剣術を身につけた方が良いにきまっている。

「夏休みになれば、さすがに寮生じゃない生徒は寮から追い出されるらしいんですよ」

クリスが、ディアーナとアルンディラーノの口げんかの間でおろおろしているラトゥールをみながら口を開く。

「とりあえず一撃。夏休み前までにカマしてやるには時間が無いんですよね」

「なるほどね」

クリスが、思った以上にラトゥールに親身になっている事に驚きつつもやろうとしていることはわかった。

カインとしても、落とし所としては魔法剣士を目指して『魔法学園からでも騎士団入団を狙える』と家族に認めさせるのが良いだろうと思っていた。元々魔法のセンスが良かったラトゥールは、剣に魔法をまとわせるのは得意らしい。

「よっし。じゃあ、ラトゥール君を強くする会を始めようか！」

カインはソファーから立ち上がると、ディアーナとアルンディラーノの間に入ってそう宣言した。

ひとまず、ラトゥールの視線を相手に読ませない為に決戦の日までは瓶底眼鏡のままで行くことにした。

ディアーナが剣術ができる事は秘密であるため、ディアーナ式剣術の練習は使用人控え室で行われた。それと同時に、剣術補習の時間にはクリスから剣を振ると同時に魔法を発動する方法を教わり、飛距離を伸ばす練習を繰り返し行った。

時々、アルンディラーノ対ディアーナの模擬試合を室内で行っては、ラトゥールがそれを見学して自分の動きに反映していった。

そうして、間に合唱祭と運動会という学校行事が挟まりつつ、まもなく夏休みというある日。ラトゥールに学校経由で手紙が届いた。

「いい加減家に帰ってこいと」

「そう書いてあるの？」

ラトゥールは小さく頷いて肯定をしめす。ついに来たか、とも思うが家出した息子に帰ってこいというには遅すぎる気もする。

「まあ、そろそろ良いいんじゃないか？」

「そうですね」

カインがクリスに向かって言えば、クリスも腕組みをしながら頷いた。

「先日さ、父上に頼んで近衛騎士団と王宮騎士団の合同訓練を見学させてもらったんだよね」

カインもクリスも、学校が始まってからは近衛騎士団の剣術訓練には参加していない。それを寂しがっていたのか、近衛騎士団の練習を見学したい、できれば参加したい、と言えばファビアンは喜んで受け入れてくれた。

そこで、クリスとカインはラトゥールの一番目の兄と二番目の兄の訓練の様子を見学し、軽く稽古を付けてもらっていた。

「上の兄ちゃんは厳しいけど、下の兄ちゃんなら不意を突けば一撃はいけると思う」

「クリスに賛成。下の兄があの程度なら、まだ騎士学校で習ってる最中の三男ならギリギリ勝てるんじゃ無いかな」

「兄上に全然敵わないらしいですし」

「いや、ゲラントは強いだろ……」

カインとクリスの会話に、手紙を読んでいたラトゥールが顔を上げる。

「兄に、わたしが、か、勝てる？」

「色々やって、ギリギリな」

さて、とカインが立ち上がった。

「ラトゥール、一度家に帰りますって返事をしてくれる？」

カインの言葉に、顔をこわばらせるラトゥールだが、

「ちゃんと『友だちを連れて行きます』って書くのを忘れないようにね」

とカインにウィンクで返されてしまった。

「アル殿下、いつが暇です？」

「学生のうちは公務も免除されてるから、夏休み入る前なら大丈夫だよ」

自分も仲間に入れると知って、アルンディラーノは尻尾を振る子犬のようにカインの側に寄ってくる。

「もちろん！　お兄様が行くなら私も行きますわよ！」

ディアーナが対抗してカインの反対側にピタッとくっついた。

「子犬系アル様尊みが深いぃいい。……っと、万が一のために、ご一緒させてください。治癒魔法

を大盤振る舞いしますから！」

よだれを拭う仕草をしながら、アウロラも手を挙げた。

「高貴な目があった方が良いんなら、私でも良いですよね？　まさか仲間はずれにしませんよね？」

隣の国ですけど、一応王子ですけど。とジャンルーカも乗り気である。

授業の邪魔をしないために、魔法の話はここでしよう。そう誘われてきた使用人控え室。そこで出会った人達。自分が迷惑をかけたことがきっかけで集まった人達が、自分の為に何かをしようとしてくれている。

人間が信じられず、友人なんていらないと心を閉ざしたままではこうはならなかった。

「あり、がとう」

小さくつぶやいたラトゥールの声は、少し震えていた。


夏休み前最後の休息日。シャンベリー子爵家の前では、ラトゥールとすぐ上の兄が剣を握って対峙していた。

「自分の行いを反省して戻ってきたのかと思えば、決闘しろだって？　偉い人と仲良くなって自分まで偉くなったと勘違いでもしたのか、ラトゥール！」

「してない」

嫌味に顔をゆがませて、握った剣でラトゥールのほっぺをペタペタと叩いて挑発してくる兄。それに対して、ラトゥールは落ち着いていた。

いつからか、兄をみると勝手にビクビクと肩が跳ね、手足はブルブルと震えるようになっていた。剣を握っている人を見れば冷や汗が止まらなくなり、まだ打たれてもいないのに脇腹や背中が痛むような気がしていた。

「わたしが勝ったら、一緒に父様と母様を説得してもらいます」

後ろに、友人達がいる。そう思うだけで、もう兄と対峙していても肩は跳ねないし手足も震えない。剣を向けられていても冷や汗も出ない。ラトゥールは自分が思う以上に落ち着いていることに驚いているぐらいだった。

「へっ。後ろに王太子様がいるからって気が大きくなってるのか？　魔法学園に通って剣が上手くなるわけねぇだろ。俺は騎士学校にもう二年も通ってるんだぞ。おまえが家出してからもさらに強くなってるんだからな」

ラトゥールと三男の周りには、カインやディアーナをはじめとする水曜日の放課後の魔法勉強会のメンバーが立っている。

シャンベリー家側は、兄一人が様子を見守っていた。両親はラトゥールが帰ってさえ来れば良くて出迎える気が無く、二番目の兄は仕事で不在だと説明されていた。

「では、私が審判をやろう」

そう言って、シャンベリー家長男が進み出てきた。それを合図にラトゥールと三男は距離を取り、三メートルほど離れて向き合った。

「剣による試合のため、ラトゥールは通常魔法の使用は禁止。魔法剣の範囲であれば許可だ。リンダール、おまえも同じでいいな？」

「俺も魔法剣使って良いって事だよな、兄貴。剣術のケの字も出来ないやつには使うまでもないけどな」

生意気三男の名前はリンダールっていうのか——とどうでも良いことに感心しているカイン。そんなカイン以外のメンバーもラトゥールが負けることは想定していない。

「王宮騎士でもシャンベリー家の名前はよく聞いているよ。良い試合を期待しているからね」

アルンディラーノが王族スマイルを湛えて、よく通る声で二人を鼓舞する。ラトゥールに意識がいっているリンダールに『王族が見ているぞ』というプレッシャーをかけたのだ。

「騎士の国から来たジャンルーカも、楽しみだろう？」

「ええ。魔力持ちだからということで魔法学園に入学しましたが、この国の騎士の試合を見られるなんて、とても楽しみです」

爽やか系王族スマイルでジャンルーカも圧力をかけていく。

「ふっ。ラトゥール。おまえのおかげで俺の評価が上がるかもしれねぇな」

プレッシャーと、下心が湧いてきたことがリンダールの顔からうかがえた。カインとディアーナは顔を見合わせてニヤリと笑う。

「では、両者構えて。はじめ！」

長兄が号令をかけて手を振り下ろす。

直後、ラトゥールは剣を逆手に持ち替え、グッと体をひねって剣を下げる。リンダールはそんなラトゥールにまっすぐに突っ込んでいった。

「ストラッシュ！」

かけ声とともに、ラトゥールがひねった体を戻しつつ剣を振り上げた。

ラトゥールとは思えないはっきりとした大きな声と共に、振り抜かれた剣から衝撃波が打ち出される。

とっさに腕と剣を交差させて衝撃波を受けたリンダールに向かって、姿勢を低くしてダッシュするラトゥール。身の前で腕と剣を交差させていた姿勢から無理矢理剣を振ってラトゥールを牽制しようとしたリンダールだったが、頭を下げて倒れ込むように低姿勢になったラトゥールの頭上を空振ってしまう。そのままリンダールの横を通り過ぎて後ろを取ったラトゥールは、ダンスのように体を回転させるとその勢いで剣をリンダールの胴にたたきつけた。

「それまで！」

長兄が号令とともに手を上げた。試合終了。

「ラトゥールの勝ちだ。すごいな、魔法学園に入学したのに剣が上手くなって帰ってくるなんて」

朗らかに笑う長兄は、その大きな手をラトゥールの頭に乗せてわしゃわしゃと髪の毛をかき回した。

「か、かて、た」

「くそう！　今のは無しだ！　ずるいだろ！　通常魔法は無しのはずなのに、最初に風魔法つかっただろう！」

胴を抱えて転がっていたリンダールが、起き上がるとともに猛然と抗議をしだした。

アルンディラーノとクリスが顔を見合わせる。ディアーナも「お兄様の言った通りの事を言ってますわね」とこっそりカインに耳打ちしている。

ゲラントから聞いていた人物像から、勝てばこうやって難癖を付けてくるだろうことは予想していた。奇襲作戦であることは確かなので、もう一戦となればまたラトゥールが勝てるとは考えられなかった。入学時から比べれば強くはなっているが、所詮付け焼き刃。幼い頃からずっと剣の修行をしている人に常に勝てるほどには強くなってはいないのだ。

さて、審判として立っている長兄がどうでるか。審判がやり直しを命じたときにはまた別の対応をしようと、カインと一年生組で相談はしてあった。

「往生際が悪いぞリンダール。最初の一撃は確かに剣から打ち出されていた。あれは魔法剣の範囲だ。後ろに見学者がいる中で、衝撃波を避けずに受けたのは偉かったが、その後の剣の振りが適当だからラトゥールに避けられたんだ。動きが大きいからその後に体勢を立て直すのにも時間がかかっていたし、自分の未熟を反省しろ」

どうやら、長兄は剣の試合に関しては誠実らしかった。カインはほっと息を吐いた。

「で、両親の許可って何が必要なんだ？」

そう言って見下ろしてくる長兄に、ラトゥールはオロオロしながら見学者達の方を振り向いた。

ジャンルーカが鞄の中から一枚の用紙を取り出してラトゥールのもとへと移動する。

「こちらです。入寮届けにサインをいただきたいんです」

その紙をうけとり、ざっと目を通す長兄。顎に手を添えて「ふむ」と小さく頷いた。

「どなたかペンはお持ちか？」

「あ、私持ってます」

アウロラが、ポケットからペンを出して長兄に渡した。

「おお。予約で一杯で入手困難な万年筆じゃないですか。失礼ですがこれは？」

「父がアクセサリー工房の職人なのです。ペン先の加工を請け負っているので、見本用として何本か工房に置いてあるのを借りてるんです」

「なるほどね。いやぁ、貴重な体験だなぁ。ラトゥール背中貸せ」

万年筆に感動していたかと思えば、ラトゥールに後ろを向かせた。長兄はその背中を机代わりに、その場で入寮届けにサインを入れた。

「私から、学校へ提出した方が良いか？」

「いえ。私たちが寮生なので直接寮監に提出します。でも、このサインは……」

アウロラが答え、ジャンルーカが書類を受け取った。

ジャンルーカの手元の紙をのぞき込み、アウロラが顔を曇らせている。おそらく、サインが両親の名前では無いのだろう。

「私はまだこの家の当主ではありませんが、すでに成人しています。先日私個人に騎士爵もいただいておりますので、そのサインで大丈夫ですよ」

背中に手をやってペンの走ったあたりをさすりつつ振り向いたラトゥールに、長兄が話しかける。

「良い友だちができたな。元気でやれよ」

「兄上……」

ラトゥール虐待に参加していたんだろうに、あっさりと入寮を許可する長兄にカインは眉間にしわを寄せるが、ここで口を挟んで入寮取り消しになっては元も子もない。

だまって事の成り行きを見守っている。

「ジャンルーカ王子殿下。どうか弟をよろしくおねがいします」

そういって、長兄は頭を下げた。後ろでリンダールがぎゃあぎゃあと騒ぎ立てていたが、長兄にゲンコツを落とされた後は静かになっていた。

こうして、ラトゥールは無事に入寮資格をえて、夏休みも家に戻らずに済むようになった。


シャンベリー子爵家から学園へと戻る馬車の中、ラトゥールは感極まって泣いていた。

「あの、あの兄の顔！　散々馬鹿にしていたわたしに負けて、しかも大兄からゲンコツされて！　悔しそうだった！」

「でも、大丈夫でしょうか？　なんか、あの人プライド高そうだし、復讐とかしてきませんか？」

ジャンルーカがうれし泣きをしているラトゥールにハンカチを差し出しながら、不安を口にする。

「大丈夫でしょう。その為に派手な飛び道具的魔法剣つかったんですし」

「どういうことでしょうか？」

ラトゥールの背中をさすってやりつつ、ジャンルーカは首を小さくかしげる。

「ああいう小悪党みたいな方って、負けても『良かった探し』をするのが得意な方が多いんですのよ。言い訳の余地を残すような勝ち方をしているので、あの方の中では『負けてない』事になると思いますわ」

「そう！　ディアーナご明察だね！　さすが、賢いなぁ。ディアーナは可愛いねぇ」

「アディールの大冒険に出てくるアマードルっていう小悪党もそうですのよ」

「負けてないから、逆恨みもしないって事ですか」

ディアーナは読書家だ！　素晴らしい！　と褒め立てているカインを横に、ジャンルーカの相づちは少し疑問形だ。

「再戦の申し込みはあるかもしれませんわね。負けん気の強い方は、勝ち逃げされるとずっと心残りになるみたいですから」

そう言ってディアーナは馬車の窓から外を見る。

窓から見える、後ろを走る馬車にはアルンディラーノが乗っている。


翌週からは、ラトゥールは正式な寮生として自分の部屋が与えられた。ジャンルーカはまた一人部屋になると寂しそうだったが、一緒に食事が出来る友人がいなくならずに済んだ事を喜んでいた。

家出から正式な寮生になれたラトゥールは、次は奨学生を目指して勉強を頑張るのだと意気込んでいた。長兄がサインをしてくれたものの、両親があの場に居なかったのでまだ安心できる状況ではないのだ。

「奇襲みたいな勝ち方でしたが、私が小兄を剣で負かしたのは事実ですから。父様と母様が騎士学校へ転入させようとするかもしれません」

「ラトゥールは魔法が強いからな。頑張ればできるさ」

「引き続き、剣術補習にも通うんだよな？」

アルンディラーノとクリスも、ラトゥールを応援している。魔法学園の中で剣術練習をする、数少ない仲間を手放したくないという下心もあるのだろうが。

「カイン様、ありがとうございます。中兄が居ない日を狙ってくれたんですよね」

「何のことかな」

クリスの情報や、近衛騎士団と王宮騎士団の合同訓練に参加してわかったことだが、ラトゥールの中兄はとても好戦的な性格で、誰であろうとも手加減をしないタイプだった。常に全力で当たる事こそが騎士道であり誠意であると考えている人間なので、ラトゥールの奇襲が決まって一撃を入れられたとしても、長兄に止められたとしてもどちらかが倒れるまで試合するハメになった可能性があるのだ。好戦的なので、決闘となればリンダールを押しのけて自分がやると言い出しかねない。同じ騎士団員という立場と、体格がそんなに変わらないことから長兄でも止められるかわからなかった。

リンダールであれば、まだ学生で体も成長途中であり精神も未熟だ。再戦を希望しても長兄が押さえられるし、勝率が一番高いのもリンダールだった。

何より、ラトゥールを一番いじめていたのがリンダールだったので、それを中兄に邪魔されない為にも、カインは中兄が騎士団で外せない仕事がある日を狙って家に帰るよう仕向けたのだ。

アウロラが、セレノスタに頼んで薄い眼鏡を作り直して持ってきた。ディアーナがお古のリボンをプレゼントし、サッシャが中途半端に伸びた髪を結んであげていた。

歩いているとだんだん猫背になっていくラトゥールだが、時々思い出したようにシャキッと背筋を伸ばす姿がクラスで見られるようになった。

「眼鏡越しに目が見えるようになって、髪も結んで顔がよく見えるようになったな。モテるようになったんじゃないか？」

からかうように、探るように、水曜日の放課後にカインがラトゥールに聞いてみた。

「前よりも、声を、掛けてもらえるようには、なりました。魔法についてお話しする人がふえて、楽しい、です」

「恋人にしたいなぁとか、好みだなって子は？」

カインの言葉に、ラトゥールはおかしそうに笑った。

「そんなことより、今はもっと魔法を沢山覚えたいです」

自分の恋心を成就させるために、洗脳魔法を使うような少年はもうそこには居なかった。

ディアーナの幸せについて考える

ぱらりと、一冊の絵本のページをめくる。

もう何度もくりかえし読んで、真ん中あたりは綴じ糸が少し見えてしまっているページもある。

角は折れたりこすれたりして丸くなっているページもあるし、お気に入りのページはおり癖が付いていて、何気なく開くと自動的にそのページが開いてしまう。

絵本のタイトルは『少女騎士ニーナ』。ディアーナのお気に入りの一冊だ。

「ひとまず、精神崩壊エンドは回避できたのかな」

笑顔で学生寮へと帰っていくラトゥールの姿を思い出す。たどたどしくも、ジャンルーカと楽しそうに話しながら歩いて行く背中。猫背になりつつ、時々思い出したようにピッと背筋を伸ばしている姿にディアーナと一緒に笑ったりもした。

今は魔法に夢中で、恋なんか興味ないと本人も言っていた。だったら、大丈夫だろうか。

ノックの音がして、返事をすればイルヴァレーノが入ってきた。

「湯冷めしますよ。夏が近いとは言え夜はまだ気温がさがります」

風呂上がりのまま、ソファーに座って絵本を読んでいたカインの肩にイルヴァレーノがブランケットをかけた。

「なぁ、僕が法務省の役人になって騎士団に女性騎士の入団を認めさせるのに何年かかると思う？」

絵本を眺めたまま、振り向かずにイルヴァレーノに問いかける。

「カイン様の卒業までにあと二年半ですよね。そのまま法務省に入ったとしてもまだ下っ端ですから、法律の改正案を提出できるようになるまで五年ぐらいでしょうか？　法律の改定は元老院の過半数の賛成が必要ですから……。エルグランダーク家の当主が代替わりするまで無理では無いですか？」

カインの父であり、現在の元老院メンバーであるディスマイヤは、ディアーナが騎士になるのを反対している。今となってはディアーナがそんなことを望んでいるとすら思っていない。子どもの頃の一時的な憧れだと思っている。女性騎士の登用を促す法律改正などカインが出そうものなら、その意図を汲んだ上で却下してくるに違いない。父以外の元老院メンバーは皆年寄りなので、騎士団の女性進出など望まないだろう。

「ふがいない兄だなぁ」

「改革でも起こしますか？」

「物騒なこと言うなよ。そんなことして騎士になれても、ディアーナは嬉しくないだろ」

パタンと音を立てて絵本を閉じる。表紙には、剣をもって凛々しく獅子と戦う少女騎士のイラストが描かれている。白い騎士服に細身の剣。サイリユウムで騎士行列に参加したディアーナの姿がかぶる。

「こんな世界じゃあ、まだまだ女性の幸せって結婚することなんだろうか」

「そうですね」

寝る前に飲む為の、心が落ち着く薬草の入ったお茶がテーブルに置かれる。そのままイルヴァレーノはベッドへと行き、カインが寝やすいように掛け布団を綺麗に三角形にめくり上げる。

「ディアーナは誰と結婚するのが一番幸せだろうか」

「カイン様は嫌がるかもしれませんが、俺は王太子殿下だと思いますよ」

一カ所を残して天蓋から下がるカーテンを下げながらイルヴァレーノが答える。

「この国で一番偉い人のお嫁さんになるんですから、寝床にも食事にも困ることはありません。カイン様はいずれ王城にお勤めに行くんですから大好きなお兄様とも頻繁に会うことが出来ますし」

「大好きなお兄様」

「そこは繰り返さなくて良いです」

カインの側へと戻ってくると、空いたカップをティーワゴンの上へと片付ける。布巾で軽くカップを拭ってから、部屋の外にワゴンを出すイルヴァレーノの背中を眺めながら、カインは口をひらく。

「でも、この国で一番偉い人のお嫁さんだからこそ、命を狙われやすくなる。いつだって人の目にさらされて、真の姿で居られる時間がほとんど無くなってしまう。もし遅れて女性騎士の入団が可能になっても、王妃では騎士にはなれない」

「結婚後の職業婦人としての騎士団入団は諦めない方向なんですね」

呆れた顔を作りながら戻ってきたイルヴァレーノは、今度はカインの後ろに回って髪をいじる。就寝用の緩い三つ編みを編んでいく。

「じゃあ、ジャンルーカ殿下にお輿入れするのはどうですか。あちらはすでに女性騎士が認められています。騎士の国ですし、ジャンルーカ殿下もいずれ騎士になるのでしょう？」

「ジュリアン様は、あっちにも魔法学校作ってジャンルーカ様を校長にしたいらしいけどな」

「あ、そうなんですね」

「何より、サイリユウムにお嫁に行っちゃったら、僕が頻繁に会えないじゃ無いか」

「その頃には、カイン様も領主代理の仕事が増えてそうですしね。なかなか国を離れられなくなるでしょうから」

「無理！」

編み上がった三つ編みをカインの肩に乗せ、そのまま肩をもみほぐす。頭をぐいぐい押したり、首の後ろを押し込んで血の巡りをよくしていく。

「ラトゥール様は……無理ですね。魔法にしか興味が無いので結婚してもほうっておかれそうです」

「魔導士団員としては、将来有望そうだけどな」

「ティルノーア先生に嫁がせたいか？　というのと同じ質問になりますよ」

「無理だな」

クリスは騎士なのでディアーナと気が合いそうではある。アルンディラーノとの一騎打ち以降、剣の技術について意見交換している場面も何回か見ている。しかし身分が低すぎるし、アルンディラーノへの忠誠心が高いのでディアーナを一番にはしてくれなさそう。

ジュリアンなんかはもっての外だし、四年一組の同級生にだってこれはという男はいない。

「いっそ、イルヴァレーノがディアーナと結婚するか？」

ソファーの背もたれに頭をあずけ、後ろに立つイルヴァレーノの顔を見上げる。一瞬目を丸くしたイルヴァレーノだが、すぐにニヤリと笑って頷いた。

「良いかもしれませんね。カイン様を一緒にお守りできて、お互いカイン様を優先しても嫉妬しない。カイン様がいつも言っているのと同じ条件の結婚相手になれますよ」

カインが自分の結婚相手に求める条件として、いつも両親に言っている「ディアーナを一緒に愛してくれて、ディアーナを優先しても嫉妬しない人」というのを持ち出しているのだ。

「ただ、その場合はやっぱりカイン様が法務省の偉い人になって、貴族と平民が結婚出来る法律を作ってくださらないといけませんね」

「それって、僕がエルグランダーク家当主になるまでダメってことじゃないか！」

「そうですね。行き遅れてしまいますね、可哀想なディアーナお嬢様」

わざとらしい悲しい顔を作って、イルヴァレーノが泣き真似をした。そしてすぐに顔を戻すとカインを立たせて布団の中へと誘導する。

「では、おやすみなさいカイン様」

天蓋の最後のカーテンを下ろし、部屋の灯りを落とす。やがてドアが閉まる音がして、隣の隠し部屋へイルヴァレーノが戻る気配がした。

布団の中で目をつぶり、もう一度ディアーナを幸せにしてくれそうな結婚相手について考える。

「結局、誰も彼も一長一短で決められない！　保留だ保留!!」

カインが布団の中でそう叫ぶと、隠し扉の向こうから小さく笑い声が聞こえた気がした。

アンリミテッド魔法学園 間奏曲《インテルッツォ》

Reincarnated as
a Villainess's
Brother

魔法学園の合唱祭

『魔法の森の冒険』というオリエンテーリングも終わり、同じ組の仲間達が打ち解けてきた頃。教壇に立ったおじいちゃん先生が口をもごもごとさせてこう言った。

「……」

教室で座っている生徒達は、おじいちゃん先生の口が止まったのを確認すると、隣に立つ若い教師の方へと視線を動かした。

「二週間後に合唱祭があります。これからしばらくの間、魔法概念の授業は合唱の練習に充てることになります。……と、モンディック先生はおっしゃっています」

若い教師がそう伝え終わると、また生徒達は視線をおじいちゃん先生の方へと移動させる。

「……」

また、もごもごと口がわずかに動くが、やはり何を言っているのかは聞き取れない。おじいちゃん先生の口が動かなくなると、また生徒達が若い教師の方へと視線を動かす。

「しかし、今日は魔法学園で合唱祭をやる理由について、歌と魔法の関係について学ぶ時間とします。……と、モンディック先生はおっしゃっています」

若い教師の説明が終わると、また生徒達はおじいちゃん先生の方へと向き直る。一年一組では、入学してからずっと魔法概念の授業はこの形式で行われていた。若い方の教師が無能というわけではない。おじいちゃん先生のモンディックは、最初の十分ほど教壇に立つと、後を若い教師に譲って残りの時間はフカフカのソファーに座って過ごすのだ。

授業開始十分以降の若い教師の授業もちゃんとわかりやすく、生徒が質問をすればしっかりと答えてくれる。ちゃんと教え上手で優秀な魔法使いなのだ。

水曜日の放課後魔法勉強会でディアーナが

「なぜ、あのように面倒な形で授業をなさっているのかしら？」

とこぼしたことがあるのだが、

「どうしても王太子の授業は自分がやると聞かなかったらしい。すまない」

とアルンディラーノが頭を掻きながらすまないと思ってなさそうな顔で謝っていた。おじいちゃん先生の権威とか、名誉とか、何かそういった大人の事情があるのだろう。

「その昔、まだ平野にも街にも魔力が満ちていた頃。言葉を使って空気中の魔力に働きかけるという魔法が存在していました」

おじいちゃん先生がふかふかのソファーへと移動し、若い教師が教壇の前で授業を始めた。教室の後ろまでよく通る、聞き取りやすい声だ。

「魔法変遷史でならいましたか？」

「以前は国中に魔力が満ちていた、というのは習いました。空気中の魔力に働きかける魔法があったのは習っていませんでした」

「よろしい」

前の方に座っている生徒に別教科の進度を確認した教師は、また教室をぐるりと見渡して説明を続けた。

「今は体内にある魔力を体外で形にする魔法が主流ですが、遙か昔には空気中に満ちている魔力に働きかけて形にする魔法が主流だった時代がありました。その時代に魔法の呪文を歌にして唱える魔法使いが多かったという記録が残っています」

教師の説明に、なるほどという表情を浮かべる生徒たち。

「その頃の魔法の呪文を継承するために、形だけ歌をうたうということですか？」

文化の継承、歴史を伝える為の合唱祭なのかと生徒たちは考え、質問をした。しかし、教師はにっこりと笑って首を横に振る。

「いいえ。実際に歌で魔法を発動させます。失われた歌魔法を再現するのが合唱祭という行事なのです」

若い教師の言葉に、生徒達の目が丸くなる。アルンディラーノはパチパチと目を瞬かせ、ディアーナは首を小さくかしげている。事情を知っているアウロラはニヤリと笑い、ラトゥールはもしかして、という顔をして腕を組んだ。

〝空気中に多量の魔力が含まれていなければ発動不可能なのでは？〟という生徒たちの疑問は放置されたまま、その日の授業時間いっぱいを使って魔法概念の観点からみた歌魔法について、という授業が行われたのだった。

翌日の魔法概念の時間、生徒達は講堂へと集められた。ステージの緞帳は上がっていたが、床はフラットな状態になっていた。

「昨日の魔法剣補習のままになっていますね。……まぁ、本日は練習なので良いでしょう」

合唱祭の本番では他の学年や他の組が観客として入るので座席がすり鉢状に盛り上がった状態になると説明しながら、教師が皆をステージ上へ上がるようにと指示をした。

「……」

ステージ上に三列に並んだ生徒達に向かって、ステージの下からおじいちゃん先生が何やらもごもごと指示をした。

「まずは、普通に歌ってみましょう」

若い教師がおじいちゃん先生の言葉を翻訳すると、生徒達はお互いの顔を見合わせてザワザワと声をかわした。先生の次の言葉を待ったが、おじいちゃん先生はピクリとも動かない。

「何を歌えば良いでしょうか？」

しびれを切らした生徒が、小さく手を上げて質問をした。

「伴奏がないと歌えません」

「わたくし、歌はちょっと苦手で……」

「花の妖精はかく語りき、を歌いたいですわ！」

「それなら、見よ春の扉が開かれる様を！　を歌いたいですわ！」

「何それ。聞いた事無いんだけど」

「ほら、あれだよ。女性だけの歌劇団がやってる演目の……」

少女の質問を皮切りに、みながそれぞれ言いたいことを言い始めてしまった。女の子達は歌いたい曲名や、人前で歌をうたうことへの恥じらいについて相談しあい、男の子達はもう歌い出しちゃえよとお互いの脇腹を突き合っている。

パンパンッ、と教師が講堂の高い天井に響くように手を叩いた。生徒達の私語がピタリと止まり、視線が教師へと集まる。いつの間にかおじいちゃん先生はソファーに座って船を漕いでいた。

「効果がわかりやすいように、『花が舞う季節』という歌をうたいます。知らない人はいますか？」

そう言って生徒たちひとりひとりの顔を確認していく教師。目が合った生徒はコクリコクリと首を縦に振って歌を知っている事を示す。

花が舞う季節という歌はリムートブレイクではとても有名な曲で、貴族の子息令嬢が家庭教師から音楽を習う際に一番最初に教わる曲である。一曲がとても短く、音域も広くないため子どもでも歌いやすく、歌詞が単純なので覚えやすいのだ。

「先生。その歌は知りません」

スッと手を上げたのはアウロラ。貴族の子ども達が習う曲なので、平民であるアウロラは知らないのだ。

「わかりました。では、アウロラさんは一度皆が歌うのを聞いていてください。簡単なのですぐに覚えられると思います」

教師はそう言って、アウロラが頷くのを確認すると傍らにある箱をコンコンとノックするように叩いた。ノックから一拍おいて箱から音楽が流れ出す。魔法の道具が身近にある貴族の子ども達でも見たことのない道具だったせいか、一瞬だけザワついた。しかし、前奏が終わるところで姿勢を正してみなで歌い出す。

—花びらひらひら　舞い落ちる
—お日様きらきら　ひかってる
—芽生えのきせつ　こんにちは
—お外に出かけて　踊りましょう

ステージ上で生徒達が歌った歌は、講堂の高い天井へと響き渡り美しい余韻を残して消えていった。

「この歌なら知っています。私たちの間では『花のダンス』という名前でした」

小さく手を上げてアウロラが申し出た。

「では、問題ありませんね。次は一緒に歌ってください」

そう言ってにこやかに頷くと、教師は右手の親指と人差し指を輪にして口元へと運び、おもむろに指笛を吹いた。

ぴぃーぃぃぃ。

何事かと思って目をまるくする生徒たち。やがてバサバサと羽音が聞こえてきたので講堂の天井付近を見上げれば、真っ黒い鳥が飛んでいた。

「どこから入ってきたのかしら」

ぽつりとディアーナがつぶやけば、

「壁の中の鳥が壁から出てきているんだ」

とラトゥールが天井に近い壁を指差した。

いつもは壁の中を飛んでいる黒い影のような平面の鳥たち。動く壁画とも言うべき鳥たちが、壁を抜け出して講堂の天井近くを飛んでいるのだ。

ラトゥールの指先を追いかけ、アルンディラーノやアウロラも天井付近の壁を見上げる。廊下のほうからやってきた壁の鳥も、天井付近まで上って行くと壁を抜け出して講堂へと入ってくる。

そして、くるりくるりと三回ほど旋回すると、ふわりとほどけるように空気にとけていく。そうして、二十羽ほどの黒い鳥が空気にとけていった頃、パンパンと教師が手を叩いて生徒達の視線を地上へと戻した。

「それでは、もう一度『花が舞う季節』を歌ってみましょう。歌詞の内容をイメージして歌ってみてください」

「はい」

また、教師が箱をコンコンと叩いて伴奏を流しはじめる。簡単なメロディーが一節分流れ、せーので生徒達が歌い出す。

「あれ？」

――踊りましょう。と歌い終わったところで、二段目に立っていた生徒が違和感に気がついた。

「ディアーナ様、頭に何かついていますわ」

「アルンディラーノ殿下の肩にも、白いものが」

後ろの列の生徒が断りを入れ、その白いものをつまみ上げればそれは小さな花びらだった。

「花びらだ！」

「あ、こちらにも花びらがありました！」

あちらこちらに、小さな白い花びらが落ちているのが見つかり、隣に立つ生徒同士がお互いの肩や頭をのぞき込んだり、床に落ちていないかを見回したり、ちょっとした宝探し状態になってしまった。

パンパンッと教師が手を叩いて生徒達を静かにさせる。

「この魔法学校の壁は特殊な塗料が塗られています。魔法鍛錬所や講堂等で使われた魔法の余剰魔力をその塗料の力で壁が吸収するようにできています。魔法鍛錬中に魔力が暴走したり、最大火力で魔法を使ったりしても学校が壊れないのは、そうやって壁が余分な魔力を吸収するようになっているためです」

突然、魔法学園の設備説明を始めた教師に、生徒達はステージの上でキョトンとする。

「そうやって吸収された魔力は、鳥の形をとって壁の中を飛び回ります」

教師の言葉に、ラトゥールが目を爛々と光らせて聞き入っている。「なるほど」「あの鳥は魔力の塊だったのか！」「しかし、意思を持っているような動きをすることも……」などとブツブツ独り言を言っている。

「先ほど見たように、鳥の形を取っていた魔力をこの講堂内に開放しました」

「なるほど！　それでは今この場は、古代の再現となっているわけですね！」

教師の言葉にかぶせるように、ラトゥールが叫ぶ。鼻息が荒い。

「……。コホン。そうです。たった今この講堂の中は空気中に魔力が満ちている状態になっています。感情を込めて歌をうたえば、失われた歌魔法を再現することができるのです」

教師の声に、生徒達が「わぁ」と歓声を上げ、嬉しそうに隣の生徒と小声で声を交わす。

アウロラは、「なるほどね」と心の中で頷いていた。

ゲームのド魔学でも「合唱祭」はイベントとして存在していた。「授業」という名のミニゲームで、芸術系の授業を多く選択して芸術スキルを伸ばしていくと、イベントムービーの花吹雪の豪華さが変わる。

二年生以降も毎年合唱祭はあるのだが毎年歌う曲が違うのでイベントムービーの演出は異なる。芸術スキルをカンストまで伸ばしておくと、六年生の合唱祭ではドラゴンが現れる。もちろん、魔法で表現した幻のドラゴンなので害は無く、クラスメイト全員でドラゴンの背中で歌い続け、最後にステージに戻ってくるという演出なのだ。

一年生時点ではまだこなせるミニゲームの回数も少ないため、芸術スキルを上げきることが出来ずに花吹雪演出を豪華にするのは至難の業なのだが、『強くてニューゲーム』をすることで見ることが可能だった。

ゲーム的な演出であって、実際の合唱祭は普通に歌をうたうだけだとアウロラは思っていた。しかし今、実際に歌い、歌に合わせて花びらが舞ったのを見れば否が応でもテンションは上がる。

今日の教師の説明の通りであれば最大級の花吹雪演出を呼び出すことも不可能ではなさそうだった。なにせ、アウロラの前世はライトなオタクである。ライトというのは、アニメ、漫画、映画、ゲーム、小説などなど、広く浅く手広く嗜むという意味でのライトである。

お気に入り作品が出来れば行間を読み、物語世界について考察し、有りもしない友情や愛情、学園生活を送るパラレルワールドを捏造して妄想するなど、深く深く掘り下げて想像の翼を広げるのは得意であった。歌の歌詞から情緒豊かな物語を想像し、まぶたの裏のその姿を映し出すなんていうことは朝飯前である。

「歌魔法って素敵ですね」

手のひらに一枚落ちてきた花びらを見つめながらアウロラがぽつりとつぶやくと、

「同感ですわ。歌でお花を咲かせることが出来るなんて、絵本の魔法使いみたいですわね」

と、ディアーナが目を細めて答えたのだった。

一年一組の生徒達は、歌詞に意味を持たせて空気中の魔力に干渉する練習のために『花が舞う季節』を歌い、歌魔法の使い方が上手くなってきたところで本番用のもう少し難しい歌を覚えて歌うことになった。

せっかく身についてきた『花びらが舞う』というイメージをそのまま利用するために、本番用の歌も『花が咲いて、そして花が散る』という内容の歌を歌うことになった。

「私たち一年一組は『春爛漫の王都にて』という歌を歌うんですの。お兄様の組ではどんな歌を歌うんですの？」

「僕たちの所は、海の歌だよ。『海を行く船』っていう歌。でも、リムートブレイク王国では南西の方に海に面している領地があるけど、本当にちょっとだけでしょ。ほとんどの生徒が海を見たことがないもんだからちょっと苦戦しているんだよね」

合唱祭まであとわずかというある日、カインとディアーナは家のサロンでお茶の時間を過ごしていた。

サロンはカインとディアーナが幼い頃に家庭教師から音楽の授業を受けていた場所で、窓際の明るい場所にピアノが置いてある。合唱祭も間近ということで、お茶を楽しみつつ歌の練習も遊び半分な感じで行っていた。

「海って、見渡す限り水が広がっているんですよね。対岸の見えない川のような、湖のような。そして、しょっぱい」

ディアーナが、本で得た知識を披露する。カインもニコニコとそれを聞いて深く頷いている。

「よく勉強しているね。しょっぱい水なんて想像ができないよね。波というのも、湖の畔で見るようなものよりもずっと大きく動くらしいね」

カインは、もちろん前世で海を見たことがある。しかし乗ったことがある船と言えば、観光地の遊覧船か北海道へと車ごと出張することになった時のカーフェリーぐらいだった。この世界での船は魔法推進力と風力を利用した帆船なのだが、大海原を行く帆船を上手に思い浮かべることができるかどうか、不安なところではある。

ゲームの四年生の合唱祭イベントのムービーは、歌のタイトル通りに海上を進む船のイメージが再現される。主人公の芸術スキルが低ければ生徒達の足下にさざ波が寄せてくるだけであるが、芸術スキルがマックスまで行っていると、甲板に歌う生徒たちが並んだ状態の船が大海原のうねる波の上を進んでいくムービーが流れる。

カインとしては、自分自身も同級生達にも芸術に特化した生徒はいないので芸術スキル中レベルで見られる『波打ち際で歌う生徒たちと、背景の海を立派な帆船が横切っていくムービー』ぐらいは行けるんじゃないかなぁと考えていた。

「お兄様の学年が、子守歌じゃなくてよかったですわね」

ディアーナがカップをソーサーに戻しながらそんなことを言う。後ろでサッシャとイルヴァレーノもウンウンと深くうなずいていた。

「授業で子守歌を歌ったりはしないと思うけど、なんで？」

「なんでって……」

「カイン様はご自覚なさっていないのでしょうか」

首をかしげるカインの言葉に、使用人コンビが困ったような顔をする。

「お兄様が子守歌を歌うと、魔力に満たされた場所じゃなくっても皆寝てしまうんですもの」

「ティアニア様のお世話をしていた頃の事、お忘れですか？」

「ティアニア様だけでなく、室内にいた皆が寝てしまうところでした」

「えー」

カインとしては、夏の午後というのはとにかく眠いものだし、午前中はみなで外で遊んだりもしていたからちょうど良く昼寝をしていただけという認識だった。

「そうだ。小さい頃にお庭でお兄様とイル君と一緒に歌った歌があるでしょう？　魔法学園の講堂で歌ったらカエルさんやカッコウが出てくるのかしら？」

エルグランダーク邸の庭の目立たない場所にある、すこし寂れた東屋はカインのお気に入りの場所であった。幼少期はそこにディアーナと二人で隠れるように過ごし、歌をうたったり本を読んだりしていた。イルヴァレーノは二人を見守るように離れた場所にいることが多かったが、三回に一回はディアーナに見つかって輪唱などに巻き込まれていた。

「魔法学園の講堂も、いつも魔力に満ちている訳ではないから、あそこで歌えば良いということでもないのだろうけど」

「機会があれば試してみたいですわね。……そうだ、サッシャもいるから四人で輪唱しませんこと？」

良いこと考えた！　というように手を打ち合わせながらディアーナが言った。四人だとますます難易度があがりますわよね？　とニコニコワクワクした顔で提案してくる。

もちろんカインに否やはない。

カインが前世から持ち込んだカエルの歌や静かな湖畔といった定番の輪唱曲から、こちらの世界の花が舞う季節なども輪唱にして歌ってみたりした。

すっかり合唱祭の練習をする、という目的から外れていくディアーナとカインであったが、サッシャが歌劇団の歌手風に歌ったり、イルヴァレーノが四番手だと釣られやすかったり、楽しい時間を過ごしたのだった。


合唱祭当日。

「いいか？　二組に負けるわけにはいかないぞ」

ステージ脇の待機場所で、一年一組の生徒達は円陣を組んでいた。同級生達の顔を見渡し、アルンディラーノが声を掛けている。

「より美しくはっきりとした魔法を発現させるためにも、イメージを揃えよう」

合唱祭の練習中、本番の歌をうたうようになってからずっと繰り返し言い続けてきた言葉。

「最終確認ですわね。花の種類は？」

「「アルモンド」」

ディアーナの問いに、級友達が声を揃えて答える。

「風はどちらから吹いている？」

「「ステージの後方から客席側へ」」

アルンディラーノの問いかけに、級友達がやはり声を揃えて答えた。

「よしっ。客席を花びらで埋め尽くしてやろう！」

「「はいっ」」

アルンディラーノのかけ声に、級友達が気合いを入れたところで、ステージ上から一年一組を呼ぶ声が聞こえてきた。アルンディラーノとディアーナ、アウロラとラトゥールがそれぞれ目配せをし、そしてしっかりと頷きあってステージへと上がっていった。

『一年一組の合唱披露。春爛漫の王都にて、です』

風魔法で拡張された教師の声が講堂に響き、緞帳が上がっていく。三列に並んだ生徒達の顔が前の列の生徒から徐々に見えてきた。緊張しているようにも見えるが、その表情は楽しそうである。ちゃっかり最前列の席を確保していたカインは、最前列のセンターにアルンディラーノと並んで立っているディアーナを見つけると、それだけでもう感極まって泣きそうになっていた。

ディアーナは座席に座るカインと目が合うと、仕方が無いお兄様ね、という顔をした。

音楽教師がステージ端にあるピアノで伴奏を弾き始める。前奏が終わる所でステージ上の生徒達が一斉に息を吸う音がかすかに聞こえた。

―長き冬も終わり、固きつぼみもゆるむ

―窓を開け、扉開け、門を開けて風を入れよう

少年少女の清らかな声が講堂の高い天井へと響き渡っていく。

春爛漫の王都にて、という曲は王国に古くからある戯曲を基に作られた歌劇の幕開けに歌われる

曲で、冬に閉ざされていた王国に春がやって来たことを喜ぶ内容になっている。

冬が明け、風が温んで花が咲き、人々は外へ出て踊り、種を蒔き、散っていく花びらを感謝の気持ちで見送るという情景を装飾過多な歌詞で表現している。

「花が……」

つぶやいてカインがステージ後方を見上げる。三列に並んで歌っている一年一組の生徒達の後ろに、花のつぼみが現れ始めた。つぼみは膨らみ、ゆるみ、あっという間に花が開いていく。ステージ上の生徒達を照らしている照明の光が、白い小さな花たちにも当たって視界を明るくしていく。

歌が進んでいくと、窓も無いはずのステージ奥から客席へと向けてそよ風が吹き始める。

ディアーナのリボンが、アルンディラーノの前髪が、ラトゥールの束ねた後ろ髪が、そしてアウロラのアホ毛が風に吹かれて前方向へと揺れる。

伴奏のピアノが盛り上がっていき、ディアーナ達も少し上半身を乗り出して口を大きく開けて歌うようになってきた。歌が盛り上がり部分にさしかかってきているのだ。

客席の前方にも花が咲き始め、最前列に座るカインの目の前にもポンポンとつぼみが現れ、ふわりふわりと花が咲いていく。

カインもゲームでの合唱祭イベントムービーは何回か見ている。動画配信用に芸術スキルレベル別のムービーシーンを見ていたし、この花の咲き方は芸術レベルが五十ぐらいあるときに発生するのに似ていた。

カインがそっと手のひらを差し出すと、ポトリと花ごとそこに落っこちてきた。そして歌のクライマックス。

――さぁ喜びを分かち合おう、春爛漫の王都にて！

生徒達が力一杯に声を張り上げると、ステージから観客席へとブワリと風が吹き抜けていく。カインの手のひらに乗っていた花も、軸から花びらがはなれ、カインの耳元を掠めて後ろへと飛んでいく。

ステージ上で咲いていた花が一斉に散り、花びらとなって講堂へと飛んでいき、天井高く舞い上がる。会場全体が薄桃色に染まったかのように舞い上がり、舞い落ち、また舞い上がっていく。

そして、静かにピアノ伴奏が余韻を残して終わると、雪のように静かに客席へと舞い降りてきた。観客達の肩に、頭に、膝の上に降り積もっていく花びらは、やがて空気にとけるようにして消えていった。

花びらが全て消える頃、アルンディラーノが一歩前に出て紳士の礼をした。それに続いて、一年一組のメンバーが男子生徒は紳士の礼、女子生徒は淑女の礼の姿を披露した。

カインは一番に手を叩き、大きな拍手の音を講堂に響かせる。つられて、客席全部から割れんばかりの拍手が生徒達に惜しみなく送られた。

カインの手元のタオルは涙でびしょびしょになっていた。

その後、一年二組の発表、二年一組の発表と続いていき、お昼休憩を挟んで六年二組の発表まで全てが無事に終了した。合唱祭の為に講堂に満たされていた魔力はまた壁に吸収され、壁の中に現れた黒い鳥たちは再び学園中へと飛び立っていった。

ちなみに、カインの所属する四年一組の発表ではステージから客席に向けて大きな波が襲いかかり、座っている人達の頭上の高さに海面が来てしまうという現象が起きた。魔法の海なので呼吸が出来なくなったりはしないのだが、やはりイメージが強いためか客席にいた生徒たちが皆立ち上がって鑑賞するという事態になった。その上海面をイルカが跳ねながら通り過ぎたり海鳥が生徒の頭めがけて飛び込んできたり、トビウオが鋭く跳ねて泳いだりといった演出が入ったために、観客が歌に全く集中できなかったという文句が後々入ったという。

カインを含めた「一部の読書と観劇好きの生徒数名」が、過剰な演出を提案して同級生達をそそのかしたのだということで、教師からやりすぎだと叱られたのだった。

魔法学園の運動会

カインは走っていた。全力疾走に近い速度で、かれこれ一時間近く足場の悪い森の中を走り続けている。

「カイン様！　右上方木の上！」

後ろから飛んでくる級友の声に従って右上方を見上げれば、木の枝から枝へと飛び移っていく小動物の姿が見えた。

「見えた！」

後ろにいる級友へ、指示の方向を見て発見した旨を伝えるために声を上げる。それと同時に進行方向を右前方へと軌道修正して蹴り出す足に力を入れる。

木の上、枝から枝へと飛び跳ねるように移動して行くリスのようにもウサギのようにも見える小動物は、背中に小さなリュックサックを背負っている。あのリュックサックに入っているものを手に入れるのが今のカイン達の課題である。

「氷の矢よ、我が手の先に現れ……」

走る速度は落とさないまま、手のひらを腰の高さに構えて呪文を唱えるカイン。木の枝を走る小動物はチラリとカインの方へ視線を向けると、突然方向を変えて木の向こう側へと飛び降りていった。カインからは、木の幹が邪魔でその姿が見えなくなってしまう。

「アッシュ！　僕の視界から消えた！　回り込め！」

手のひらの先に作りかけていた氷の矢を握りつぶすようにかき消しながら、カインが叫ぶ。

「了解！」

カインの叫びに、左側から声が返る。ガサッと草の揺れる音がしてカインと同じ運動着を着ている級友のアッシュが飛び出していくのが見えた。

「挟み込む！　カイン様はいったん休んで！」

「任せた、グレイ！」

カインの右後方からも同じように運動着を着た級友が飛び出し、先のアッシュと大きな木を挟んで反対側から回り込むようにダッシュして行く。カインはその背中を見送りながら、だんだんと足を緩めていき、ついにはゆっくりとした歩調で歩き出した。

「聞いてない……。聞いてないよ……。乙女ゲームの運動会イベントがこんなにハードなんておかしいでしょ」

運動着の裾を持ち上げて首筋の汗を拭い、大きく深呼吸をして息を整える。ハンカチを出して使うなんて悠長なことはやっていられない。森のあちこちから級友達が小動物を追い立てる声が大きく、小さく聞こえてきた。

「水よ……」

手のひらをお椀の形に揃えて、その上に魔法で水を出す。一時間走りっぱなしで渇いた喉を潤し、もう一度出して顔を洗う。

「この状態で、偶然出くわしたヒロインに冷ややかに『一年生の集合場所は向こうだ。早く戻りなさい』なんて言うの？　ゲームのカインちょっとおかしいだろ……」

荒れた息を整えつつも、こぼしたカインの独り言は森に消えていく。留学中の魔物討伐訓練で巨大な狼の魔物に襲われたときだってこんなには走っていなかった。小動物との追いかけっこは命の危険は全く無いが、別の意味で死にそうだった。

「カイン様、別のカリンギを発見！　そっちに向かってるから迎え撃って！」

級友が、風魔法にのせてカインの耳元にメッセージを届けてきた。カインも風魔法で声の拡散などは出来るものの、ピンポイントで誰かの耳元だけに届けるといったことはまだ出来ない。とても高度な魔力操作が必要になる魔法である。

「攻略対象だし努力もしたし、俺最強！　と思っていたけど上には上がいるもんだ」

ピンポイントでのメッセージ送信が出来ないカインは、あえて返事をしないでくるりと体を反転させた。炎系の魔法が得意なカインだが、森の中で使えば火災になる可能性がある。

「氷よ……」

留学中、狼の魔物と戦った時に氷で足止めをした。それの再現。こちらに向かっているという小動物を凍らせて捕縛するつもりのカインは腰を落として両手で氷の粒を打ち出す構えをとる。

「いったぞ！」

前方から級友の声。今度は風魔法を介さずに直接届いたので、すでに至近距離まで来ているようだ。さらに気合いを入れて魔力を練り、集中するカイン。

目の前のしげみから、弾丸のように飛び出してきた小動物がカインの目の前に躍り出た。

「凄い成果を上げて、ディアーナに『サスオニ！』って言ってもらうんだ！　『氷縛！』」

カインの欲望と共に打ち出された氷の霧が小動物を囲み、そしてキュッと引き締まったかと思えば氷漬けの小動物がごろんと地面に落っこちた。

「やりましたね、カイン様」

小動物が飛び出してきた低木の向こうから、級友が続いて出てきた。この動物をこちらまで追い立てていた風魔法使いの友人である。

「これ、死んでませんよね？」

ズボンのポケットから網で出来た袋を取り出して、氷漬けの小動物をしまいつつ級友が声を掛けてきた。

「表面が薄く凍ってるだけだからすぐに解かせば大丈夫」

カインも側へと移動しつつ球体の水を出し、圧縮してお湯にする。ザバっと網の中の小動物に掛ければたちまち氷は解けて行き、小動物がキュイキュイと鳴きながら再び動き出した。

「ところで、サスオニってなんですか？」

「さすがですわ、お兄様。略してサスオニだよ。ディアーナに会うことがあったら是非とも僕の活躍を伝えておいてくれよ」

「一匹じゃ、大活躍とも言えませんね。早速次に行きましょうか」

カインのシスコンぶりは、すでに四年一組では有名である。ディアーナへのアピール依頼をさらっと流した級友は、腰に小動物入りの網をぶら下げると前方へと視線を向けた。

「じゃあ、僕は右の方へ支援に行くよ」

「では、俺は左かな。ご武運を！」

「お互いにね！」

カインと級友は、再び森の中を走り出した。

時間は遡って三日前。

四年一組のカインの教室では運動会についての説明が行われていた。

「魔法学園の運動会が思っていたのと違ったんだけど」

「そういえば、カイン様は今年が初めてですものね」

座った椅子のひじ置きを、指でトントンと叩きながらカインが不機嫌そうにこぼす。一応授業中なので声は潜めているものの、不機嫌さは隠せていない。

カインに声を掛けてくれた隣の席の令嬢も、他の級友達も特に驚いた様子はないので魔法学園の運動会と言えばコレなのだろう。

（そういえば、ゲームでもヒロインと各攻略対象者のスチルや会話シーンはあったものの、競技するシーンそのものは無かったな）

カインとして成長してすでに十五年。ゲームの記憶も細かい部分は怪しくなりつつあるが、大きなイベント事についてはきちんと覚えている。何せ前世で死ぬ直前にプレイしていた上に、動画編集のためにキャプチャーした動画を何回も見ていたゲームだ。なかなか忘れることは出来ない。

ゲームでは、何やら一生懸命やり遂げたらしい主人公の「どこに行って休憩しようかな」という台詞と共にいくつかの行き先が選択肢として表示され、選んだ場所によってそれぞれ攻略対象キャラクターと邂逅するようになっていた。そこで、キャラクターごとに「頑張ってるようだね。偉い偉い」と言って頭を撫でてくれたり、「思ったよりやるじゃん。その調子でてっぺん取ろうぜ！」とグータッチしてきたりする。普段とは違う運動服を着たキャラクターの汗で光る笑顔がまぶしいと評判のイベントだった。

ちなみに、カインは「一年生の集合場所は向こうだ。早く戻りなさい」とクールに冷たく言い放っていた。もし運動会中にアウロラに会うことがあれば同じ台詞を言って遠ざけようと思っている。羽根ペン作りや良い子になったディアーナと同じ組で過ごしているのですでにゲーム通りでは無いと気づかれているとは思っているが、それでもカインが転生者であることはまだバレたく無かった。悪あがきである。

そんな感じで、ゲーム中には運動会の競技に関する情報は何も出ていなかった。しかし、スチルに描かれている攻略対象者達が運動用の軽装だったりハチマキをしているキャラクターがいたり、爽やかに汗をかいたり拭ったりしている立ち絵で書かれていたので、一般的な運動会なのだと思っていたのだ。級友達が「もうすぐ運動会だな」という会話をし始めた頃にはカインも、徒競走やリレーのような競技を想像していたのだ。

しかし、教壇の上から教師が今説明している運動会の内容は、全く想像と違うものだった。

会場は一年生がオリエンテーリングで使用したのと同じ『魔法の森』。

一年生のオリエンテーリング時は手前側半分ほどしか使っていなかったが、四年生の運動会では森全体を使うということだった。そして、競技内容はチェックポイント探しとチェックポイントに記載されている課題の達成という、やはりオリエンテーリングと変わらない内容となっている。

ただし、運動会ではチェックポイントが動くのだという。

「今年の四年生のチェックポイントは、ヴィンラック先生の使い魔達だ。ヴィンラック先生の使い魔は『カリンギ』だから小さくて素早いぞ」

意地悪そうににんまりと笑って告げる教師の説明に、カインはそっと隣の席の令嬢に頭を寄せた。

「カリンギって何でしたっけ？」

「ウサギのように耳が長くて後ろ足も強いのですけれど、リスぐらいの大きさで大きなしっぽが付いている動物ですわ。とても可愛らしいんですのよ」

「しかも、モモンガみたいに木から木へと飛び移っていくんだよ。アレをチェックポイントとして捕まえるのはなかなかしんどいと思うぜ」

「なるほど」

聞いた令嬢と、令嬢の前の席の令息も加わってカリンギについて教えてくれた。ウサギみたいな見た目のリスを森の中で捕まえなければならないらしい。ソレはもはや狩りなのではないか？　とカインが思ったところに
「ヴィンラック先生の使い魔だからな、怪我させたり死なせたりしないように」

と教師から補足説明が入った。

続く教師の説明によれば、ヴィンラック先生の使い魔は全部で四十八匹いるらしく、制限時間内に捕まえた数と課題の達成度によって個人成績に点数が加算されるらしい。四十八匹全部捕まえるとボーナス得点もあるそうだ。来年も一組所属をキープするには落とせないイベントである。しかし森全体に罠も仕掛けられているそうで、木の上を移動するカリンギばかりに注目しているわけにも行かないらしい。

「去年はダスティーモ先生が作ったミニゴーレムを探し出すって競技でしたのよ。ミニゴーレムは動きが遅いので見つけられれば捕まえるのは容易だったんですの。でも、ダスティーモ先生ったら百八十体も森に放ったんですのよ！　しかも、ゴーレム自体が弱いながらも土魔法を使うものですから、寸前で落とし穴に落とされたり、ぬかるみに足を取られたり大変でしたの。今年は数は少ないけれどすばしっこいカリンギですから、やっぱり広い森の中を走り回らなければならなくて大変そうですわね……」

頬に手を添え、お上品にため息をつきながらも隣席の令嬢は楽しそうな顔でそう語ったのだった。

なんとなく、魔法学園の運動会の意地の悪さがカインに伝わってきたのだった。

そうして、運動会当日。カインはスタートと同時に森へと散らばっていくカリンギ達を追いかけて、一時間近く全力ダッシュをし続ける羽目になっていたのだった。

一匹目を捕まえ、級友のアッシュ、グレイと別れてから三時間。カリンギを四十五匹まで捕まえた四年一組のメンバーは昼休憩を取っていた。

「考えてみれば、だよ」

「うん」

「一組と二組は魔法の実力を計って組み分けされている訳だから、一組対二組で対戦するっていうのは成り立たないいんだよな」

「うん？」

「運動会っていうから、生徒同士で競い合うと思っていたんだよ」

カインの頭には前世の学生時代の運動会のイメージがどうしても残っていて、この「壮大な小動物との追いかけっこ」を運動会と呼ぶのにちょっとだけ抵抗があった。

前世では、一年生から最高学年までをクラスの縦割りで分けて紅組白組黒組などと名前を付けて最終得点を競ったりするのが一般的だった。競技も徒競走やリレー、騎馬戦などの短期決戦競技を複数行い、生徒はそれぞれいくつかの競技を選んで参加する。そして競技ごとの得点を重ねていって、最終的な合計点で勝敗を決めていた。だからこそ、自分が参加しない競技の時には体が自由になるし、ゲーム版の攻略対象キャラクターとの邂逅などはそういった競技と競技の間の自由時間の出来事なのだと思い込んでいたのだ。

「もしかして、サイリユウムの貴族学校だと生徒同士で競い合ったりしてた？」

「運動会っていうイベントが向こうには無かったよ」

級友からの質問に、前世の運動会と比べていたとは答えられないので、素直にサイリユウムの学校行事について語っておくことにした。

「代わりに、森への魔獣討伐訓練があったり、剣術の模擬試合があったりしたかな」

「へぇ。さすが騎士の国だな」

「後、やたら中期休暇が多かった」

花祭り休暇や収穫祭、建国祭など、ことある毎に一週間から二週間ほどの休みが設定されていた。

そして、その度に貴族家はため込んだ資産を散財させられていたのだが、そこまでは級友に話さなくても良いかと口をつぐんでいた。

カイン達は、森の中程にある湖の近くで、草の上に座り込んで持ち込んだパンなどを食べていた。さすが魔法学校の生徒達というべきか、皆それぞれ火魔法でパンを温め直したり水魔法でお茶を入れて水分補給をしていたりしている。

「皆、昼食を食べながらで良いから聞いてくれ」

湖畔で湖の主らしい大きなサンショウウオの腹を撫でていたアッシュが、突然立ち上がって声を上げた。

アッシュは魔法学校に通っているが騎士団への入団を目指している生徒なので、体格が良い。体力もあるのでカインや魔法剣士として騎士団を目指しているグレイなどと一緒に先頭を切って走り続けた人物である。ハキハキとしゃべり裏表のない性格をしているせいか、自然と四年一組のまとめ役になることが多い。

「どうした?」

手に残っていたサンドイッチの残りを口に押し込みつつ、カインはアッシュの近くまで行く。

「カリンギは残り三匹となったわけだが、探索範囲である魔法の森が狭くなるわけじゃないだろ?」

「ああ、却って捕まえるのが難しくなったってコトだよな」

アッシュの言葉に、グレイが頷きながら答える。

スタート直後は、気配察知の得意な騎士見習い系の生徒と音を拾うのが得意な風魔法持ちの生徒が手分けしてカリンギを探し、見つけ次第土系魔法と氷系魔法の得意な生徒で捕縛するという連携でうまく行っていた。魔法の森が広いとは言え四十八匹もいれば無造作に索敵をしても引っかかるし、入り口付近から地図を潰すように連携していけば探査漏れも起こしにくい。

しかし、カリンギは移動する目標なので昼休憩を取った今となってはまた一から探索のしなおしとなる。エネルギー補給と休息を取ったとは言えまた森の入り口からしらみつぶしに探索をしてくのは大変だ。なんせ、今度は捕縛対象が小動物三匹と的が小さくなってしまっているのだ。

「そこでなんだが。サンショーさんから有力な情報を手に入れた!」

アッシュの言葉に、カインは足下に仰向けになって伸びているサンショウウオを見た。

(アレがディアーナが言っていた湖の主だったのか)

たしかにサンショウウオにしては大きいが、湖の主というからにはもっと大きいものを想像していたカイン。なんとなく中途半端な気持ちになった。

「午後から、森の入口側半分を会場に一年生も運動会を行うらしい」

「ウッドミル坊やのお願いきいたのヨ。なぞなぞに答えたらサンショーさんの鱗あげて、言われたよ。ネ」

ウッドミルというのは、魔法学園の教師の名前である。四年一組のカインは直接関わりはないが、ディアーナの魔法実技を担当している。ディアーナと学校生活について会話するとよく名前が出てくる教師なので、カインも覚えている。

「運動会の会場がかぶることなんてあるんだな」

グレイがため息交じりにこぼせば、周りにいた同級生達もうんうんと頷いている。

魔法学園には普通に体育の授業を行うための運動場がちゃんとある。らせん階段の上にある魔法鍛錬所だって一組で使うには十分広いし、講堂だってフラットにすれば十分運動が出来る広さがある。学年別や組別で対戦しない魔法学園の運動会は、それぞれ別の場所に割り振られてやることもあるという。四年一組のメンバーは昨年も魔法の森だったが、彼らが入学した一年生の時は魔法鍛錬所で魔法の鳥捕獲と玉入れを掛け合わせたような競技をしたと言っていた。

なので、グレイの言う通り半日といえども同じ会場で別の学年がかぶって運動会をするというのはほとんどないそうだ。

「カリンギを探しつつ、先生の仕掛けた罠を躱しつつ、一年生を間違えて傷つけないようにするっていう競技になってきたな」

頭をボリボリとかきむしりながら、グレイが愚痴をこぼしたが、

「いや、逆だ。今回探してるカリンギはヴィンラック先生の使い魔だから、逃げる方向なんかに指向性があるはずなんだ。一年生と俺たちがかち合わないように指示してる可能性があると思わないか?」

というアッシュの言葉に皆が「あっ」という顔をする。

「じゃあ、午後からはこの湖から向こう半分だけを探索範囲にすればいいってわけだな」

「それだ!」

皆を代表してカインがまとめれば、皆の顔がぱあっと希望に明るくなった。体力を付けるための授業だとしても、走り回る範囲が狭くなるならその方が良いのだ。

「脳筋のくせに頭良いな、アッシュ」

「敵指揮官の思考をなぞるのは対戦での基本だろ、グレイ」

脇腹とみぞおちにグーパンを入れ合うという、貴族にあるまじきじゃれ合いをしている騎士見習い二人は置いておいて、カインがパンと一つ手を叩く。

「残りは三匹だから、午前中よりも索敵班の人数を厚くしよう。さっき捕縛班に回っていたけど、索敵系魔法つかえる人は？」

「わたくし、範囲はすこし狭くなりますが風魔法で音の収集が可能ですわ」

「俺も騎士見習いだから捕縛に回ってたけど、索敵ちょっと出来る」

カインの言葉に、手を上げたり隣の友人をひじで突いて推薦したり。同じ組の仲間として話し合いを進めていき、作戦を練っていく。

「じゃあ、挟み込みを狙って捕縛班は二名一組で三組六名。それ以外は範囲を確認しあって魔法で探索ってことで」

「じゃあ、まずは探索班は森に散らばろう。配置についたら合図で一斉に索敵。見つけ次第一番近い捕縛班に連絡」

「じゃあ、解散！」

最終確認を手短に済ませ、四年一組のメンバーが森の奥側半分に散っていく。カインはスタート地点からの捕縛担当なのでその場で待機だ。

「カイン様は、どっちも行けるけどなんで捕縛担当に残ったんです？」

反射神経と運動能力を考えて、カイン以外の捕縛担当は皆騎士見習いが担っている。カインと組んでこの場に残っている級友も、魔法剣士を目指す騎士見習いだ。

「……。妹ちゃん？」

「敵を見つけて知らせる係より、ダッシュして目標を確保する方が格好良くない？」

「……」

「妹ちゃんに自慢するため？」

「……」

「カイン様って……」

「ほら、合図があるかもしれないから静かにしておこうぜ！」

カインはごまかした。


ザワリと耳元に風がまとわりつくような感触があった後、探索班から近くにカリンギがいると指示が入った。カインは隣に立つ級友と目線で合図を交わすと次の瞬間にはその場を駆けだした。

「カイン様右から火の矢！」

一歩後ろを走っている級友の声を聞いて、カインはその場で高くジャンプする。膝をまげて高く跳んだその下を、炎の矢が通り過ぎていく。教師のトラップだ。

カインがやり過ごした炎の矢を級友が風魔法をぶつけて散らす。着地したカインはそのまま駆けていき、目の前の倒木を跳び箱の要領で飛び越える。飛び越えた先、倒木に隠れていた場所から地面すれすれを石つぶてが飛んでいくのが視界に入った。

「ジーン！　前方足下から石つぶて！」

カインの声を聞いた級友のジーンは先ほどのカインと同じように地面を蹴って飛び上がり、空中で宙返りをしながら倒木を飛び越えた。

「殺意高くない!?」

「罠の方はヴィンラック先生じゃないなこれ」

軽口を叩きつつも足を止めず走り続けたカインとジーンは、その後もいくつかのトラップをギリギリ躱しながら、ついに前方の木の上に小さなリュックを背負ったカリンギを発見した。

「守りの風よ！　反転してかの者を囲め！」

ジーンが叫ぶと同時に、カリンギの周りを風魔法の結界が囲う。いつか、サイリユウムの魔獣討伐訓練でカインが使った風魔法の結界と同じものだが、ジーンは反転させて内側から外へと出られないように工夫していた。

カリンギは暴れて風の結界から出ようとするが、透明な風の壁にぶつかって跳ね返されて転がっていた。

「このままだと網袋に入れられないな」

「せーので守りの風を解くんで、カイン様がその瞬間に凍らせる感じで」

「じゃあ、それで」

凍らせたカリンギを袋に入れ、すぐにお湯を掛けて解かすことでカインは捕縛に成功した。

ヘタに移動すると罠が発動する可能性もあるため、カインとジーンは近くの切り株に腰を下ろして一休みすることになった。他の二組から捕縛報告があがれば湖まで戻って今度は課題に取り組むことになる。

「他のチームは無事に捕まえられてますかねぇ」

「それより、この罠の危なさだと探索チームの方に割り振ってる令嬢達が心配だよ」

「あー……確かに」

きゅいきゅいと袋の中で鳴いているカリンギに、その辺で拾った木の実を与えて遊びながら、雑談を交わしていたカインとジーン。ふっと会話が途切れたところでガサリと茂みが揺れる音が聞こえてきた。

「他のチームかな？」

ジーンがのほほんと言い、カインがそちらを振りむくと、そこにはアウロラが立っていた。

（ヒロイン？）

カインは眉間にしわを寄せて目をすがめた。

一年生は湖より入口側の半分だけを使って運動会をしているはずである。ここは、湖からカインとジーンが全力疾走で十五分ほど走った場所なので、大分奥まで来てしまっていることになる。何より、四年生用のフィールドなので教師による罠などが設置されている。騎士見習いのジーンと努力家の攻略対象であるカインがギリギリで避けながら走り抜けるような危険な場所なのだ。

「君、一年生だよね」

ジーンがアウロラに向かって優しく声を掛けた。驚かせて走り出したりすると危ないと、ジーンもわかっているからだ。

「あの、ごめんなさい。先輩達がいると思わなくて」

しおらしく謝罪の言葉をこぼすアウロラだが、小鼻がすこし膨らんでいるのをカインは見逃さなかった。カインはアウロラの最推しらしいので、いつもとは違う運動着を着たカインをみて興奮しているのかもしれない。

「一年生の集合場所は向こうだ。早く戻りなさい」

努めて無表情を維持し、なるべく冷たい声に聞こえるようにカインは言い放った。ゲーム通りの台詞である。カインは言いながら長い人差し指をまっすぐ伸ばし、湖の方を指差す。このイベントでのカインの立ち絵のポーズがコレなのだ。

「……っっ！　……ッ！」

息を吐くことを忘れたかのようにヒッヒッと細かく息を吸い、両手で口元を押さえながら顔を真っ赤にして涙目になっているアウロラ。

「お、おい。わざとここまで来たんじゃないだろうし、一年生にそんな言い方……」

ジーンは、アウロラが上級生に冷たくあしらわれたことで怖がっているのだと思いカインを諫めようとした。しかし、カインはわかっているのだ。アウロラのこれは尊死寸前の歓喜の表情であることを。

「お兄様？」

アウロラの後ろから、ぴょこっとディアーナが姿を現した。クールに決めていたカインが、味噌ラーメンに載せたバターの塊のように溶けていく。

「ディアーナ、こんな森の奥まで来たの？　罠とかあったと思うけど大丈夫だった？　避けられた？　さすがディアーナ！　天才！　でも、本当に危ないから湖より入口側へお戻り。一年生の運動会会場は入口側の半分だけだよ」

「捜し物を追いかけていて、深追いしすぎてしまったみたいですわ」

カインはデレデレの表情でディアーナにひょいひょいと近寄り、罠が作動して襲いかかってきた風の刃を、氷をまとわせた手のひらでたたき落とした。

「ほらね、危ないから。あ、僕の担当は終わってるし湖まで送っていこうか？」

「大丈夫ですわ、アウロラさんとゆっくり気をつけながら戻ります」

ディアーナはそう言うと、未だにヒィヒィと過呼吸のような症状になっているアウロラの手を取った。

「それはそうとお兄様。アウロラさんは私のお友達ですのよ。冷たく当たるのはやめてくださるかしら」

プクッとほっぺを膨らましたディアーナの可愛いことよ。カインは怒られているにもかかわらず目尻を下げてデレデレと顔を崩した。

「いいの、いいの。ファンサだから。あれはアレでいいのディーちゃん」

息も絶え絶えになりつつ、なんとかそういったアウロラはディアーナに取られた手を自分からも握り返し、カインとジーンに向かってぺこりと頭を下げた。

「お邪魔しました」

「お兄様、またね」

よく見ると虫取り網のような道具をディアーナとアウロラは持っていた。一年生の運動会も虫か何かを捕まえるという内容なのかもしれない。

「あ、ディアーナちょっと」

あることを思いだしたカインは、ディアーナを呼び止めて耳元に口を寄せた。

「なんですの？　何かの暗号ですか？　お兄様」

カインから耳打ちされた言葉に、怪訝そうな顔をするディアーナだったが、カインはにこりと笑顔を返しただけだった。

「運動会が終わる頃にわかると思うよ。じゃあ、ディアーナ、アウロラ嬢、気をつけて行くんだよ」

カインとジーンは片手を小さく振りながら、見えなくなるまで一年生の少女二人を見送った。

その後すぐに、風魔法によって残り二匹のカリンギも捕まえたという連絡が来た。全てのカリンギが捕まったところで、カリンギ達が背負っていた小さなリュックを開けてカードを取り出すと、一枚に一文字が書かれていた。並び替えると
――一匹だけ野生のカリンギがいる――

という文章が浮き出てきたのだった。カイン達四年一組のメンバーはそこから手分けして捕まえたカリンギに魔力を流してみたりふわふわの毛をかき分けて使い魔の印を探してみたり、野生と使

い魔の違いを探して一時間ほどを過ごす事になった。

終了後、教師から「使い魔の見分け方は三年生でやったはずですけどねぇ。誰も覚えていなかったんですか？」といわれ、さらに宿題をもらう事になってしまったのだった。


ちなみに、運動会後の帰りの馬車で、カインはディアーナから「なぞなぞの答えを教わったせいで運動会の楽しみが半分になってしまいましたわ！　ああいうのは自分で解くから面白いんですのよ！」

と怒られてしまった。泣き真似をしてイルヴァレーノにすがったカインだったが、

「それはカイン様がいけませんね」

とすげなく突き放されてしまったのだった。その日の夕飯は少ししょっぱかったカインである。

魔法学園の図書室探検

魔法学園の図書室は、魔法鍛錬所へ向かうらせん階段の前を通り過ぎ、渡り廊下をずっと行った先にある。生徒達が授業を行う授業棟や、使用人達の控え室や教師達の研究室などのある特別棟とも、講堂や魔法鍛錬所や食堂などがある共用棟とも離れているため、あたりはとても静かである。

授業の空き時間が一緒になったカインとディアーナは、食堂か使用人控え室でお茶でも飲みなが

ら自習しようと思って待ち合わせをしていたのだが、図書室にまだ行ったことがなかった事を思い出したので目的地を変更することにした。

図書室へ向かう渡り廊下は長くとても静かだったが、壁の中の魔力の鳥が時々鳴くのでおしゃべりに罪悪感を感じる必要が無くてありがたかった。

たどり着いた図書室のドアの前には、見張りが立っていなかった。

「何でかしら？　先生のお話では建国の頃の貴重なご本もあるそうですのに」

図書室の入り口に立つディアーナは小首をかしげてつぶやいた。エルグランダーク家の図書室にだって騎士が一人立っているし、領地の城にある図書館には入り口裏口合わせて五人の騎士が見張りと巡回を行っていた。身近な図書室・図書館に必ず見張りが立っていた事で、ディアーナにとっては図書館の入り口は騎士が立っているものだという認識なのだ。

「魔法学園だからねぇ。何か、魔法で不法侵入や泥棒を排除する仕組みがあるのかもしれないね」

魔法学園の図書室の入り口は、カインの身長の三倍はあろうかという高さがあって横幅も両手を広げたディアーナが三人並べるぐらいに大きかった。

「そもそもこんな大きな扉、開けてくれる騎士がいなくて開けられるかな……」

天井近くまで伸びる大きな扉を見上げながら、カインが困ったような顔をした。エルグランダーク家の図書室も扉が分厚くて重たい一枚板で出来ていて、開けるときには見張りの騎士が手伝ってくれている。重くてゆっくりとしか開かない扉は不便ではあるものの、その存在がすでに防犯の役に立っているのだと騎士から聞いている。

「見張りの騎士様は室内にいらっしゃるのかもしれませんわね。ノックをしたら開けてくださるかもしれませんわよ」

そう言ってニコニコ笑いながらディアーナがそっと扉に触れると、まるで抵抗がないかのように大きな扉がスッと動いた。

「わわ。お兄様⁉」

動くと思わなかった扉が動いたことで、びっくりして手を引っ込めたディアーナが慌ててカインを見上げてくる。すっかりお嬢様っぽくなっていたディアーナのこうした年相応の姿を見ると、カインはほっこりとしてしまう。

「ディアーナが組み分けテストで使った闇魔法の『存在感を薄くする』魔法で軽くしてるのかな？」

ディアーナが手を引っ込めたことで数センチだけ開いた状態で止まっている扉を、今度はカインがそっと触れてみる。かすかに魔力が奪われる感覚があり、扉はやはり羽根のような軽さですーっと室内側へと開いていった。

「魔力が奪われる感覚があったから、やっぱり何か魔法が掛かっているみたいだね」

「どんな魔法が掛かっているのかしら。ドアが軽くなる魔法？」

「学園の生徒じゃないと開かない魔法かもね」

「あぁ、それなら見張りの方がいないのも頷けますわね」

この魔法があれば、両手が塞がっていても肩で押すだけで部屋に入れるのでは？　と、ずぼらな考えがカインの頭をよぎった。しかし、カインとして生まれてからのほとんどは両手が塞がっているような時は先回りしたイルヴァレーノが扉を開けてくれていて、部屋に入るのに苦労をした覚えがなかったことを思い出した。

資料や試作品のおもちゃを抱えて両手がふさがり、部屋に入れず足でドアを開けていたのは前世の話だったなと少し遠い目をした。

図書室の室内は少し薄暗かった。書籍が日光で痛むのを防ぐ為かもしれない。

「少し暗いですわね。本を読むところにはライトがあるのかしら」

初めて入る図書室を、興味深そうに見回しながらディアーナが言うと、

「そこはそれ、魔法学園なのだから自分で明るくする魔法を使いましょうってコトだよ！」

と言いながら、ひょこっと制服姿の少年が飛び出してきた。とっさにディアーナを背中にかばいカインが臨戦態勢を取る。気配もなく至近距離で現れた少年に、カインは殺気を隠しもせずに右手を構えた。

「待って待って！　驚かせたならごめん！　ワタシは図書委員だ。案内するために来たんだよ！」

カインの殺気を遮るように、両手を前に突き出しながらぶんぶんと振って慌てる少年。体はひょろっと細っこいが、背の高さは四年生のカインより高い。くるんくるんの短い巻き毛は若葉色で、くりくりと大きい瞳も同じく若葉色。胸元には本を開いた形のピンバッチが付けられていた。

「図書委員？」

「そうそう。図書委員、図書委員。図書室の使い方を教えたり本を探すのを手伝ったりするのがお仕事だよ」

そう言いながら、胸のピンバッチを指差している。学園案内などで図書委員がいるというのは聞いていないが、魔法学園の仕組みやしきたり全てが説明済みというわけでもなかったので、そういうのもあるのかとカインは受け流した。

「君たちは初めて図書室に来たよね。見覚えないもの」

「ええ。私は今年入学してきた一年生ですの。お兄様は今年転入してきたんですのよ」

図書室の入口前は本棚も机も椅子もなく開けていて、絨毯敷きの床が広がっている。ひとまず本の並んでいるところまで行くために、カインとディアーナ、そして図書委員の少年は並んで奥へと歩いて行く。

「図書室へようこそ！　今日は何か目的があって来たのかな？　それとも図書室ってどんなところだろう？　ワクワク！　って見学のつもりで来たのかな？」

少年が、一歩先へ進んでくるりと反転し、カインとディアーナに向き合いながら後ろ向きで歩き出した。しゃべる度に大きく身振り手振りを付けるのでとても視界が忙しい。

カインとディアーナは、今日は授業がないので一緒に学校の施設を巡って歩いているところだった。

魔法学園は各種魔法の授業の他に、普通の勉強の授業もちゃんとある。貴族の子息令嬢を迎え入れることが多いので、礼節の授業やダンスの授業といった貴族向けの授業もある。

ただし、高位貴族などは優秀な家庭教師が付いていて算学や地理歴史などは学園入学時点で先に進んでいる生徒なども存在している。

そういった生徒のために、各教師に申し込んで試験を受け、合格すればその単位は授業を免除されるという仕組みが存在する。もちろん、すでに履修済みであっても試験を受けずに復習のつもりで授業をうけるのも自由である。

現国王であるハインツ陛下は学生当時、学期はじめに教養系授業の試験を全てパスして時間を作り、校内に作った仮の執務室で公務をこなしていたらしい。授業免除試験の例として教師が皆に伝えており、生徒からの国王陛下の支持率をアップさせていた。

カインとディアーナは、いくつかの授業で試験を受けてパスしているものがあり、空き時間があえば先の授業について自習をしたり、こうして学校探検などをして過ごしていた。それで今日は、図書室初訪問となっている。

「この図書室にはね、この国の初代王様でもある大魔法使いが書いた魔導書があるって言われてるんだよ」

「まぁ、それは生徒でも読めるものなのですの？」

「見つけられれば、誰でも読むことが出来るよ」

「見つけられれば？」

ディアーナは、閉架図書ではないのか？　という意味で聞いたのだが、図書委員の少年はちょっとズレた回答を返した。

「その本は、隠れんぼが好きなんだ。図書室の中を自由に移動してて、その時々で自分の好きな棚に収まっているし、読まれたくない人が来れば別の棚に移動しちゃって見つからないようにしてるんだ」

「本に意思がある?」

「そうとも言えるし、そうではないとも言えるね!」

少年の答えに、カインは首をかしげた。明らかにごまかすような答え方をしている。

「さ、それはともかくまずはこちらの棚をごらんください！」

入口からまっすぐ奥まで来ると、壁一面が書棚になっている場所にたどり着いた。カインの身長の二倍ぐらいの高さまである書棚で、その上にはキャットウォークのような通路が設置されていて、さらに上まで書棚が続いている。

「おぉー」

ずっと上まで続く書棚を見上げて倒れそうになっているディアーナの背中を支えてやりながら、カインもグッと顎を上げて天井まで続く書棚を見上げた。前世でも、フランスだかイギリスだかの古い建築物の写真集でこのような図書館を見たことがあった。

「この辺は、学生かつ読書の習慣がない生徒達にも親しみやすい書物が収められているよ！」

そう言って図書委員の少年が腕を広げて一階の書棚を紹介する。カインとディアーナは上を見上げるのをやめ、目の前の書棚へと近づいてそこに並んでいる本の背表紙をツラツラと眺めた。

「あの子を振り向かせる恋のおまじない術」

「秋になっても色あせない！　花を長持ちさせる庭園魔法の活用法」

「虹になった魔法使い」

「月に恋したデルディルディ」

「本に意思がある？」

「火属性魔法の呪文辞典（初級編）」

身近な魔法の使い方の指南書や、低学年向けの教科書の副読本、普通の絵本などが入り交じって並んでいる。前世の図書館至上主義者で十進分類法信奉者が見たら発狂しそうな並びだ、とカインは苦笑いをした。

「並びがバラバラじゃないか。これじゃあ、利用者が探しにくいんじゃないか？」

「虹になった魔法使い」というタイトルの絵本の、背表紙の上部を指で押し込み、反動で飛び出してきた下部の背表紙を掴んで本を出す。カインがぱらぱらっとページをめくるのを、ディアーナがのぞき込んできて一緒に眺めた。

「お家にあるのと一緒ですわね」

ディアーナの言う通り、魔法が掛かっていたり仕掛け絵本になっていたりするわけでもない、普通の絵本だった。ただし、ディアーナの持っている絵本は破けた部分を補修するために、虹の部分がカイン手作りの飛び出す絵本になっている。この図書室にある分は特に破れも補修跡もない普通の絵本だった。

「うーん。ワタシ的にはちゃんと法則があって並んでいるんだけどねー」

実用書も絵本も一緒くたに並んでいて、基本文字順でも作者順でもないこの並びに、どんな意味があるというのか。そろって同じ方向に小首をかしげるカインとディアーナを見て、図書委員の少年はプハッと噴き出した。

「この図書室は利用者順に並んでるんだ。この辺は、読書初心者や、用事が無いと図書室に来ない人向けの本が並んでいるんだよ」

入口に近いからね！　と朗らかに少年が解説した。

そういうものか？　となんとなく腑に落ちない気持ちはあるものの、この広大な図書室に前世の分類法を持ち込んで自分で整理しようという根性のないカインは聞き流しておくことにした。

図書室の入口ホール全体が巨大なあせん階段のようになっていて、壁沿いに上がっていく階段を上りながらも、図書委員の少年は置いてある図書について解説してくれた。

階段の途中途中で壁の向こうに向かう通路がポカリと口を開けていて、それぞれ閲覧室や勉強室といった小部屋になっていたり、専門書を集めた本棚ぎっしりの部屋だったりにつながっている。

「この辺から、読書中級者や図書室通いが好きな人向け棚だよ」

壁に沿ったらせん階段を三階分ほど上ったあたりで、図書委員の少年はそう言って立ち止まった。

「確かに、厚い本が増えてきましたし、小説もシリーズ物が置いてありますわね」

「魔術書なんかも、腰を据えて研究する用のものだな」

魔法使いファッカフォッカシリーズは低年齢向けの童話なので一冊を読むのに時間はかからないのだが、シリーズが長いので全部読もうとすると図書室に通う必要がある。そんなファッカフォッカシリーズが全巻そろって並んでいた。

その他にも、魔石鉱物図鑑全三十巻や地域別魔獣図鑑全五十巻などもそろっていた。この辺は、エルグランダーク家の図書室にも一部しかない。主に、自領の地域とその周辺地域の分しか置いてないのだ。物珍しさにまたカインが適当に一冊手に取ってパラパラとめくり、ディアーナもファッカフォッカシリーズの持っていない本を手に取って中身を眺めていた。

「後は階段沿いに上がっていっても、読書上級者や泊まり込みレベルで図書室を利用する人向けの本棚になっていくだけだから案内は割愛するね！　興味があったら今度行ってみてね」

そう言って、図書委員の少年は書棚の案内を切り上げた。図書委員に袖を引かれたため、カインとディアーナは立ち読みしていた本を書棚に戻し、少年の後に付いていく。階段を少し上がったあたりで、少年はしゃがみ込み一冊の本を指差した。

「ね、おかしいと思わなーい？」

図書委員の少年が指差した背表紙は、階段の段差に阻まれて抜き出せないようになっていた。

「一段下の階段部分の本を抜いて、ずらせば抜ける？」

「ダメよお兄様。階段の段差と同じ幅で書棚も仕切られているもの。隣の本を抜いても段違いの方へスライドできないわ」

ディアーナの言う通り、本は階段が低くなっている方へは移動できなそうだった。同じ棚に入っている本は背が低い本ばかりだったので、つまみ上げれば隙間から出すことが出来そうだ。

「他の本を全部出してから、横に倒して隙間から出すか？」

思いついた案を口に出してみれば、図書委員の少年は二本の腕で大きくバッテンを作ると、

「ぶっぶー。ハズレでーす」

とにやけた顔でカインに不正解を告げた。カインはちょっとむかっときた。

「正解は、こうやって押し込むんでーす」

ムスッとした顔のカインを無視して、図書委員の少年は本の背表紙をグッと押し込んだ。すると、カチッと何かがハマる音がして立っていた階段の段が下がり、段差で半分隠れてしまっていた棚が全部見えるようになっていた。そして、その棚に収まっていたはずの書籍が消えてしまっている。

「あれ、本が無くなってしまいましたわ」

「あれらは本の亡霊だからね。通路を元に戻せば帰ってくるよ」

ディアーナのつぶやきに、図書委員の少年は答えながら階段の上で四つん這いになった。

「通路？　今通路って言った？」

「うん。公子様公女様には申し訳ないけど、ここは頭を下げてハイハイして通ってきてね」

図書委員は四つん這いのまま、小さくあいた書棚の一角に潜り込んで行ってしまった。カインはディアーナと顔を見合わせ、うーんとうなる。

行ってみたさは、ある。

実際に学校に通い出して見えてきた、乙女ゲーのド魔学のイベントムービーやスチル画像ではわからなかった魔法学園のあれこれは、とてもワクワクするものばかりだった。

名前入力用のUIとして用意されていたミスマダムは、動いてしゃべる魔法の絵画だったし、魔法鍛錬所へ続くらせん階段の手すりは人の手を避けてくれる魔法の蔓植物だった。壁の中を飛び回る平面の鳥や、しゃべるサンショウウオ。別の場所の景色を映す窓ガラスや登録者以外には見えない扉など。丸眼鏡の魔法少年映画ほどの派手さはないものの、魔法がふんだんに使われた学園内は不思議で一杯だ。

この小さな抜け穴を通り抜けた先に、何があるのか好奇心がうずいて仕方が無い。しかし、危険は無いのかという不安もある。向こう側に抜けたところで棚に本が戻り、階段が元通りの位置に戻ってしまえば、人が通り抜けられるほどの隙間は無くなってしまう。帰れなくなるのは困るのだ。

「お兄様、行ってみましょう？」

悩むカインの袖口を、ディアーナがツンツンと引っ張った。頭一個分低いディアーナの顔を見下ろせば、カインを見上げるワクワクがあふれた顔があった。

「そうだね、行ってみよう。何にしたって学校の敷地内であることは変わりないんだから」

カインが何よりも優先するのはディアーナである。ディアーナがやりたいというのであればできる限りやらせるべきだ。そこに危険がありそうであれば、それを排除するのが自分のやるべき事なのだ。カインは柔らかく微笑んで頷くと、率先して四つん這いになり、書棚の通路をくぐっていった。

「わぁ！」

くぐった先は、思ったより狭い空間だった。石造りの狭い通路で、図書館の外壁をぐるっと回っているらしく緩くカーブを描いていた。ただし、天井はとても高い。

「石壁がむき出しになっているね」

学園内の壁は魔法の塗料が塗られており、魔法の暴発などがあっても余分な魔力を吸収するようになっている。魔法学園としての安全対策の一つと言える。隠し通路を通って入ってきたこの場所は、壁にその塗料が塗られておらず、石壁がむき出しになっていた。

「塗料が塗られていると、魔力鳥が入り込んで来ちゃうからね。あいつらは何でもかんでも学園長に報告しちゃうからねー」

やっぱり、あの平面の鳥は監視カメラも兼ねていたのかとカインがため息をつく。しかし、この通路はその監視の目からもはずれているということだ。

「ホラ見て。まず一個」

通路をすこし進んだ先で、図書委員の少年が壁を指差した。そこには何か硬い物で石壁をひっかいたように文字が書き込まれていた。

「これは……何かの呪文？」

「あったりー。でも、四年生じゃまだ解読できないかなー？」

カインとディアーナで落書き箇所をのぞき込み、手でなぞって読み解こうとするが、わからない記号や単語が含まれていて読み解くことが出来なかった。

「火と土の属性を混ぜていることは……わかるんだけど」

呪文の中に、火属性の魔法を使う為の単語と、土属性の魔法を使う為の単語がかろうじて読み解けた。ディアーナは火だけわかったみたいだった。

「お、すごいじゃんすごいじゃん。そこまでわかればもう一歩だね」

そういえば、この図書委員の少年は何年生なのかわからない事にカインは気がついた。「四年生じゃまだ解読できない」という台詞から、五年生か六年生の可能性が出てきた。言葉遣いに気をつけた方が良いかもしれないと今更ながらに思い当たった。

「でも、じっくり解読するのはまた今度ね。さ、次行くよー」

そう言って、図書委員の少年はまたずんずんと通路を進んで行ってしまう。図書室の外周をぐるっと回るように配置されている隠し通路は狭く、横向きの分かれ道などはなかったが、上下方面への分かれ道が何度かあった。下がるときは飛び降りて、上るときは懸垂の要領でよじ登る。体力の必要な迷路になっていた。

とある行き止まりでは、様々な工作道具が散乱していた
「ここは、レプリコーンのたまり場ね。お酒あげるとクルラホーンに変わっちゃうから注意してね」

その部屋について、図書委員の少年はそう紹介してくれた。また別の行き止まりには、古い文房具や片方だけの靴などが綺麗に並べられていた。

「ここは、ブラウニーとノッカーの倉庫にされてるよ。もし何か無くしたらここを探しに来るとあるかもしれないから、覚えておくと良いよ」

いたずら好きの妖精が、生徒の私物をちょろまかしてここに隠してしまうのだと説明してくれた。

それから、通路や行き止まり、天井などに時々呪文や魔法についての解説、研究途中らしいメモ書きのようなひっかき傷があちこちで見つかった。

そうやって寄り道したり迷子になったりしつつ、隠し通路をずいぶんと上まで上ってきたところで、図書委員の少年が木戸になっている行き止まりまでカインとディアーナを連れてきた。

「さ、この扉を開けてごらん」

今までのにやけた笑い顔ではなく、いやに大人びた朗らかな笑顔で振り向いて木戸を指差した。

今まではずっと先導してくれていた図書委員の少年が、初めてカインとディアーナに先に行けと言って木戸を指差している。

「この先に何があるんですの？」

ワクワク半分、警戒心半分でディアーナが問いかけるが、図書委員の少年はニコニコと微笑むばかりで答えない。それでも、確かにここまで面白い場所を案内してくれて、危険な場所などはなかった事から、カインは図書委員の少年を信じることにした。

「じゃあ、僕があけるね」

ディアーナの頭を優しく撫でて一歩前に出たカインは、木戸の脇にたつ少年を体を横にしてすり抜けながら木戸の取っ手に手をかけた。

木戸の先は、図書室棟の屋根の上へとつながっていた。

図書室の前方には魔法の森が広がっている。中程にぽっかりと木々がなくなっている空間があるのはサンショーさんの住む湖かもしれない。

「あちらには、運動場とお庭もみえますわね」

ディアーナの指差す方には、土が踏み固められた広場とそれを囲む鮮やかな花々が見えた。どこかの組が体育の授業中のようで、走ったりボールを投げたりしている生徒が小さく見えた。授業棟の屋根も見えるが、手前に魔法鍛錬所の建物があるために教室の様子は見えそうになかった。

「良い眺めですわね」

「良い眺めだろう？　魔法の研究に飽きたり煮詰まったりしたらここに来て、空や森を眺めると良いよ。ワタシもそうやって息抜きをしていたんだ」

確かに、良い眺めだった。屋根の上は足下が斜めになっている上に手すりも柵もないのであまり歩き回ったりすると危ないが、木戸から出た所に立ち止まって風景を楽しむぐらいなら問題なさそうだった。

「さて、そろそろ授業も終わる頃だね。図書室の入り口まで戻ろうか」

明るい声で、図書委員の少年が言う。

「あー、来た道を戻らなくちゃいけないのか」

ここまでは、妖精の隠れ場所や誰かの残した魔法のメモ書きを見学しながら歩いてきたのでつらいという気持ちは感じなかった。しかし、あがったり下がったりしながら狭い石造りの通路を戻ることを考えると少し気が重かった。同じ道を戻るのは、楽しむのに少し工夫が必要そうだった。

「頑張りましょう、お兄様。魔法使いには体力も必要なのですわよ」

カインのうんざりした雰囲気が伝わったのか、ディアーナが慰めてくれた。ポンポンと優しくカインの肩を叩くディアーナの手をそっと撫でて、カインも来た道を戻る為に気合いを入れた。

「あは。今回は特別に入口までおくってあげよう」

そう言うと、図書委員の少年は制服のポケットを二回叩いて大きな杖を取り出した。あきらかに、ポケットには収まりそうにない大きさの、少年の背丈より長い杖だ。

「あ、その杖は！」

ディアーナは見覚えがあるらしく、目をまん丸にして図書委員が握る杖を見つめた。

「呪文の解読が出来た頃、また会おうね」

少年はカインに向かってウィンクを一つすると、杖を高く振り上げた。

「ファッカフォッカ、ファッカフォッカ、えーいっ！」

呪文を唱えると同時に、杖の先にはめ込まれている赤い宝石が輝き、カインとディアーナを光が包み込んだ。

「君はまさか！」

「あなた、もしかして！」

カインとディアーナが声を揃えて叫ぶが、図書委員の少年はニヤリと笑って立てた人差し指を唇に添えた。内緒だよ、のサインである。


気がついたら、カインとディアーナが図書室の入り口に立っていた。

「あらあら。いつ入ってきたのかしら？　初めての生徒さんね？」

入口すぐにあるカウンターテーブルの向こうから、初老の女性が立ち上がりながら声を掛けてきた。銀縁のモノクルを指先で持ち上げながら、カインとディアーナを見定めようと見つめてくる。

「ずいぶんと汚れているわね？　軒下でも通ってきたのかしら。本が汚れてしまうからまずはホコリを落としましょう？　こちらへおいで」

女性の声に、カインとディアーナがお互いの姿を確認し合うと、確かに蜘蛛の巣やホコリで制服のあちこちが汚れてしまっていた。隠し通路を通っていたときに汚れてしまったらしい。

モノクルの初老の女性は、魔法学園の図書室で働いている司書だった。

「この学校に、図書委員会なんてないわよ」

小さな羽箒でカインとディアーナのホコリを落としつつ、司書はそういった。

「魔法学園はあくまで学び舎である、という方針だから学生による学校運営などはやっていないのよ。生徒会もないでしょう?」

騎士学校や経営学校にはあるのにねぇ、とため息をつきながら司書は言う。

「確かに、新学期でも学級委員も決めなかったし、委員会の説明もなかった気がする……」

「図書委員会があったら、私も楽できたかもしれないわねぇ」

そう言って、司書の女性はカラカラと笑った。


では、あの図書委員を名乗った少年は誰だったのか。

司書の女性は「妖精にいたずらされたのかもしれないわね」と言っていた。

しかし、今では使わなくなった魔法補助の杖。しかもタクト型ではなく身長を超える大きなタイプの杖を持っていた。そしてあの呪文。

「内緒って、言ってましたわ」

カインとディアーナを魔法で送り出す瞬間、人差し指を唇に当てて「内緒」の仕草をしていた。

ジャンルーカやラトゥールが知ったら大喜びしそうなのに、とカインは少し残念に思ったが、

「今度は、ジャンルーカ殿下やラトゥール様を伴って図書館に参りましょう。お兄様」

とディアーナはリベンジする気満々の元気の良さでそういった。

「今日の事、あの方の事は内緒です。でも、また会いに行ってはいけないとは言われていませんもの！」

黙ってろと言われれば、黙っておくしかない。そう諦めかけたカインとは違う、ディアーナの前向きな考え方に、カインは目からぽろぽろと鱗が落ちまくる気持ちになった。そして、じわっと胸が熱くなる。

「そうだね！　今度はみんなで図書室に遊びに来ようね」

もし彼にもう一度会えなかったとしても、みんなでもう一度秘密の通路を探検するのはきっと楽しいに違いない。カインとディアーナでリベンジを誓い合ったところで、授業終了の鐘が鳴ったのだった。

優しいイルヴァレーノ

紙書籍限定書き下ろし番外編

Reincarnated as
a Villainess's
Brother

『アンリミテッド魔法学園～愛に限界はありません！～』、通称ド魔学。この乙女ゲームにはあまりシリアスな展開はない。プレイヤーから『悲アーナ』というあだ名を付けられるぐらい悪役令嬢ディアーナの結末は悲惨ではあるが、シナリオそのものには陰惨さはないのだ。お気楽極楽な軽い気持ちで、見た目の良い攻略対象者達との駆け引きと恋を楽しめるゲームになっている。

ディアーナの悲惨な結末には聖騎士ルート以外は特別なイラストが無い。テキストで説明されるか、攻略対象者の台詞で語られるのみである。聖騎士ルートでも、魔王に乗っ取られて黒いシルエットになったディアーナとロールプレイングゲーム風画面で戦闘になるだけで、倒した後のやられたディアーナのイラストなどは存在しない。なので、二周目以降はシーンスキップしてしまえば印象にも残らない。

各攻略対象者が心に抱える闇についても、回想シーンのムービーや会話シーンがあったりはするものの、さらっと流され匂わされているだけで終わっていることが多い。その後設定資料集などが出て詳しく解説されることになるが、ゲームだけプレイしている分には深刻さはさほど無い。

唯一、イベントムービーでもスチル画像でも過激でシリアスな画像がこれでもかと使われているのが『暗殺者ルート』である。皆殺しルートとも呼ばれているこのシナリオは、もちろんイルヴァレーノが攻略対象となっている。

王太子暗殺の命を受けて学園に忍び込んだイルヴァレーノが、唯一の暖かい思い出の人である主人公と再会することで、ヤンデレが爆発するというあらすじだ。

このルートだけは、若干ミステリアドベンチャー風になっていて、『平和だった学園で、ある時から一人、また一人と生徒が行方不明になるという事件が起こる。ひょんな事から死体の第一発見者になってしまった主人公は、攻略対象者達とともに謎を解こうと行動を開始する。しかし、一緒に捜査をしていた攻略対象者達も一人、また一人と殺されていき……。時々姿を見せて優しく声を掛けてくれる黒ずくめのお兄さんは一体何者なのか⁉』みたいな作りになっている。そして、攻略対象者達が死んでしまうシーンにいちいち血だらけだったり体が捩れちゃったりしているスチルが差し込まれるし、最後のシーンは死体の山の上で抱擁しあうイルヴァレーノと主人公というムービーシーンからのスチルアップという凄惨極まりない絵面になっているのだ。

だからこそ、賛否両論話題になったシナリオだし、好きな人は好き！　という感じでコアなファンも多いのがイルヴァレーノというキャラクターである。

「んもー！　またイルヴァレーノはこんなに暗器隠し持って！」

学校の休日。久々に街へ出かけておやつを買い込み、孤児院へ遊びに行こうと約束していた朝の事である。私服に着替えたイルヴァレーノが、一緒に出かけるカインを私室まで迎えに行ったところで、ボディチェックされて大量の暗器を没収されていた。

「ベルトの裏のナイフ、バックルに仕込まれた投げ針、靴底の投擲ナイフ、ソックスガーターにも短剣！　あ、袖口にも投擲ナイフ仕込んでる！　ただお菓子屋さんに寄って孤児院行くだけなんだから、こんなに必要無いでしょう？」

イルヴァレーノの体を服の上からバンバンと叩き、硬い物が当たるとめくって外す、ということをカインが繰り返している。軽く叩かれているだけなのだが、場所によってはこそばゆい所もあって、身じろぎをしながらイルヴァレーノはクスクスと笑っていた。

「カイン様とディアーナお嬢様をお護りするためです。必要最低限ですよ」

「い・ら・な・い・の！　戦争でもやりにいくつもりなの、イルヴァレーノは。あ、また投擲ナイフ！」

また一つ発見したカインがイルヴァレーノから武器を外していく。カインはゲームで、イルヴァレーノに投擲ナイフで足の腱を切られて動けなくされてから、薄刃のナイフで頸動脈を切られて殺されている。もはや、これらの武器が自分に向けられることがないとは信じているが、それでも暗殺用の小さな武器類を見つける度に、ゾワゾワと背中に寒気がよぎる気がした。

「カイン様はこういった隠し武器が苦手でしょう？　見て見ぬふりをしておけば良いのに」

見つける度、イルヴァレーノから取り上げる度に不快そうな顔をしているカインの様子に、イルヴァレーノはとっくに気がついている。付き合いは長いのだ。

「途中で落っことして孤児院の子どもが怪我したらどうする？　街中巡回中の警邏騎士に職質されて武器が見つかったら何言われるかわからないよ？」

「ショクシツ？」

「怪しいのでちょっと質問させてくださーいってやつだよ」

一通り確認し終わって満足したカインが、イルヴァレーノから一歩離れて腕組みをする。イルヴァレーノの姿をもう一度上から下までチェックして、不自然に膨らんでいたりとがっていたりする場所がないかを確認している。

「筆頭公爵家嫡男と並んで歩いていて、警邏騎士に怪しまれる事なんてありませんよ」

カインの心配性っぷりに、思わずイルヴァレーノも苦笑をこぼした。

「はい、これだけ許可」

そう言ってカインがイルヴァレーノに返したのは二本のナイフだった。イルヴァレーノの基本の戦闘スタイルが、ナイフを両手に逆手で持つというものだからだろう。イルヴァレーノは一本を腰のベルトの裏に隠し、もう一本をソックスガーターのホルダーに戻した。

「本当は一個も武器を持たせたくはないんだけどね」

いざという時の、ディアーナの護衛もかねての保険である。

「持っていない方が不安になるんです」

「知ってるよ」

武器を持っていた方がイルヴァレーノも安心するというのも、カインが知っているが故の判断だった。準備が出来たので二人そろって玄関ホールへと向かい、馬車の用意が出来るのを待つ。

玄関ホールの床に、明かり取りの窓にはまっているステンドグラスの影が落ちている。薔薇の意匠が赤く映っている床を踏み、カインがイルヴァレーノを振り返る。金色の髪の毛がステンドグラスの赤に染まり、赤毛のように見える。

「イルヴァレーノ、今幸せかい？」

ことある毎に、隙あらば。カインはこの質問をイルヴァレーノに問いかける。拾われた直後からしばらくは、イルヴァレーノはこの質問の度に「なんだこいつ」と思っていた。おんなじ事を何度もうっとうしいなと思っていたこともあった。

大体、幸せって何なのかがイルヴァレーノはわからなかった。人を殺すことに罪悪感なんて感じてなかった頃も、柔らかいパンがもらえれば自分も孤児院の仲間もお腹一杯になるから幸せだったと言えるかもしれない。両親はいなかったけれど、そもそも両親の記憶がほとんどないのでいない事が不幸とは思わなかった。

だから、幸せか？　と聞かれる度に適当に「はいはい幸せです」と答えてきた。

でもいつからか、イルヴァレーノが「幸せだ」と答えると、カインが嬉しそうに笑うのにイルヴァレーノは気がついた。

カインと、そしてディアーナが笑顔だと嬉しい。嬉しいっていうのは、幸せっていうことだ。

「あ！　お兄様髪の毛が真っ赤になってますわよ！」

出かける準備の終わったディアーナが、階段を降りながら玄関ホールへとやってきた。

「イル君みたいね！　同じ歳だから、お兄様とイル君は双子かしら？」

ステンドグラス越しの赤い光を浴びたカインと、その隣に立っているイルヴァレーノを見比べてディアーナがそんなことを言う。

「僕とイルヴァレーノが双子だと、ディアーナのお兄様が二人になってしまうね？　お兄様の座は渡さないよ！」

おどけて、イルヴァレーノに向かってなんちゃってファイティングポーズを取るカイン。そのカインの様子に、楽しそうに笑うディアーナ。

自分の恩人二人が、楽しそうだと自分も楽しい。楽しいっていうのは、幸せっていうことだ。

「俺は今、幸せですよ。カイン様」

ファイティングポーズを向けてられているカインの拳に、自分の拳をぶつけながらイルヴァレーノがそういえば、カインはとても嬉しそうに破顔した。花が開くように、朝日が差し込んでくるように、パァと変わった笑顔を見て、イルヴァレーノは心から思う。


ああ、幸せだな。

あとがき

皆さん、ビールは好きですか？　私は好きです。

内河は、小説家デビューをする前から『けだまファミリー』という二人組を組んでおりまして、動画を作ったりキャラクターデザインをしたりキャラクターグッズを作ったり、と色々な楽しいことをしてきました。

今は、「ビールが好きすぎてビールみたいになっちゃったにゃんこ」という設定で「くにゃふとびーる」というキャラクターを生み出し、くにゃふとびーるTシャツやグッズなどを作ってビールイベントで売る、ということを主にやっています。今年も、柏崎と長岡（新潟県）のザ・ビール展というイベント、名古屋と横浜のビアフェス、秋田のクラフトビールフェストに出店してきました。

それぞれクラフトビールのイベントなので「くにゃふとびーるグッズ」を売るのが目的なのですが、今年は隙間に悪役令嬢の兄に転生しましたをこっそり並べてみたんですよ。ツイッター（現X）でも「行くよー売るよー」って告知をちょろっとしてみたりして。

そうしたら「なろうで読んでます」という方が「せっかくだからこの機会に」と一巻を購入してくださいました。

加筆修正部分や書き下ろし短編部分を気に入ってくださると良いなぁと思っています。

また、すでに電子版で全部購入済みだけどせっかくなので、と全巻購入してくださった方や、途中から電子にしていたんだけどご本人から買えるのならば、と電子購入済分を書籍で購入してくださった方がいました。本人パワーすごい！

すでにお持ちの書籍を持ってきてくださってサインを書かせていただいた方なんかも何人かおりまして、本当にありがたいことです。感謝の気持ちで一杯です。

直接感想を聞かせていただいたり、手渡しでファンレターを頂いたり。とても素敵な体験でした。

夏が終わるので（後書きを書いているのは九月末）、今年のビールイベント出店予定は終わりましたが、まだまだ開催されるビールイベントには呑み手として参加する予定はあります。

また来年のビールイベントでも、この七巻を加えた既刊を持ち込んで販売する予定です。今年の夏に一巻を買ってくださった方が、来年の夏に二巻を買いに来てくださると嬉しいなぁと思いながら、執筆の気力にさせていただいています。

ビールイベントに来てくださった方々、本当にありがとうございました。

さて。ビールと読書って合わない感じがするでしょう？　でもそんなことないんですよ。ビアバーに一人でやってきて文庫本を読みながら濃いめのビールを飲んでいる方とか結構います。私の伴侶も、ビアバーで待ち合わせにしておくとウィスキーを飲みながら本を読んで待っていたりします。炎天下で開催されている屋外のビアフェスなんかでも、日陰になるテントの中で本を読みながらビールを楽しんでいる方って少なからず目にします。

スマホをいじりながらだと「一人で退屈してるのかな?」って見えるのに、読書しながらだと「一人時間を満喫してるんだ!」って見えるのでとってもお得です。

皆さんもお酒を嗜みつつ読書してみませんか?

あ、お酒は二十歳になってからでお願いしますね。

アウロラの発見

漫画:よしまつめつ

寮のジャンルーカの部屋に居候をはじめたラトゥール
実家のベッドより寝心地いい
えっ
夕食の時間だよ
ラトゥール食堂に行こう
ラトゥール?
もくもく
夢中で僕の声も聞こえてないしょうがない
読書家あるある
え
ド魔学の「ぬい」じゃん!
尊い!
前世で人気だったぬいぐるみとポーズが同じ
それでそのままはこんできたんですか!?